passion

of the books, by the books, for the books

喀布爾的書商，和他的女人

奧斯娜・塞厄斯塔（Åsne Seierstad）著
陳邕 譯

國際媒體讚譽

「直擊阿富汗人民生活的隱祕，擅長讓人物自己述說，講述在新聞報導中看不到的他們的真實故事。」

——英國《泰晤士報》

「精彩絕倫的描繪……塞厄斯塔對她所看到的一切感到著迷，她的好奇心加上敏銳的觀察使得本書每一頁都引人入勝。」

——英國《獨立報》

「非同凡響……筆觸誠實公正而富於智慧。」

——英國《星期日電訊報》

「繪聲繪色地描寫了人們在最殘暴的環境下如何苦苦掙扎。」

——英國《每日電訊報》

「《喀布爾的書商，和他的女人》讀上去像一本非常吸引人的報導體小說……從嚴格的文學觀點來看，它是一幅關於一個十分不幸的阿富汗家庭的肖像畫，毫無疑問這是西方記者對一個阿富汗家庭所做過的最細緻入微的描繪。」

——美國《紐約時報》

「精巧而又發人深省地描繪出阿富汗人民日常生活的細節。塞厄斯塔書寫的是不同的個體，但是她傳達的資訊卻要深遠得多……。」

——美國《華盛頓郵報》

「對於一個家庭日常生活的細緻入微的觀察，惟妙惟肖的描寫，尤其是對女性奴隸地位的深刻揭示，這一切預示著，對全體阿富汗人來說，前進的步伐是何等的艱難……每一個閱讀此書的人都能意識到這一點。」

——美國《華盛頓郵報》

「對於一個處於十字路口的國家，深刻動人的描繪。」

——美國《波士頓環球時報》

「塞厄斯塔直指人心的描繪既豐富又感人，一本令人震撼的國際暢銷書，必將成為描寫塔利班垮臺後阿富汗人民生活的最精彩書籍之一。」

——美國《出版家週刊》

「文筆冷峻優美，充滿異域情調……。」

——美國《科克斯評論》

「長達三十多年的時間裡，蘇爾坦冒著被捕的危險出售書籍和其他印刷物，但是在家裡，在那棟他與家人共同居住的飽受戰火摧殘的狹小公寓裡，他是個暴君……塞厄斯塔將塔利班垮臺後這個家庭並不十分樂觀的場景，逼真地呈現在讀者面前。」

——美國《圖書館月刊》

「客觀公正地描繪面紗後面真實生活的作品——第一次將阿富汗婦女的境遇呈現在讀者的面前。……本書一定會受到廣大讀者的熱烈追捧。」

——美國傑克森書店書友協會網評

目錄

前言

二〇〇一年十一月，當我抵達喀布爾時，蘇爾坦・汗是我遇到的第一批人之一。在那之前，我和北方聯盟的突擊隊一起相處了六個星期——在靠近塔吉克斯坦邊界的沙漠中，在興都庫什山脈間，在潘傑希爾山谷裡，在喀布爾以北的懸崖絕壁上。緊隨他們對塔利班發動攻勢的步伐，我睡過石頭地，住過小土屋，在硝煙瀰漫的前線搭乘貨車、軍用車，還騎過馬，也步行過。

塔利班垮臺以後，我和北方聯盟一起開進喀布爾。在一家書店裡，我碰巧遇到了這位舉止優雅、頭髮花白的人。在槍林彈雨和亂石間度過了幾個星期，整天談論戰略戰術和軍事進攻，現在卻能翻著一頁頁的書籍，高談闊論歷史和文化，的確是一件再愜意不過的事。蘇爾坦的書架上擺滿了多種語言的書籍，有詩集、阿富汗民間傳說、歷史書和小說。他是個優秀的推銷員，第一次從他的書店離開時，我買了七本書。後來一有空閒時間，我就會光顧他的書店，隨便翻一翻書，跟這位有趣的書商聊一聊。儘管阿富汗總是不斷令他感到失望，但他依然深愛著這個國家。

「一開始是蘇聯支持的共產黨人燒了我的書，接著是聖戰者組織肆無忌憚地掠奪與搶劫，最後是塔利班把一切全部燒得精光。」他告訴我。

我花了許多個小時聆聽這位書商講述的故事，他講起自己如何應對不同政權及其檢查人員，如何僅憑一己之力與員警展開周旋，要嘛把書藏起來，要嘛把它們寄放到別處——最後怎樣因此而入獄。他是這樣一個人，一個又一個的獨裁者竭盡全力摧毀他的國家的文化藝術，他卻想盡辦法拯救它們。從他的談話中，我深深意識到，他本身就是阿富汗文化史的一個生動寫照：一本有著兩條腿的歷史書。

有一天他邀請我去他們家共進晚餐，他的家人——一個妻子、兒子們、妹妹們、弟弟、母親、幾個堂弟堂妹——圍坐在地上，為我準備了一場非常豐盛的晚宴。

蘇爾坦不斷地講故事，他的兒子們又笑又鬧，席間的氣氛十分熱烈，這與我和突擊隊員在山中所吃的克難餐點形成了強烈的對比。但是我很快注意到，他們家的女眷很少說話，蘇爾坦年輕漂亮的妻子懷抱著小孩靜靜坐在靠近門的地方，他的大太太那天晚上沒有露面。其他女人只是對向她們提出的問題予以回答，或者默默接受客人對食物的讚美，但卻從不主動引起話題。

離開時我告訴自己：「這就是阿富汗。如果能寫一本有關這個家庭的書，那一定十分有意思。」

第二天，我去蘇爾坦的書店拜訪他，並且把我的想法告訴了他。

「謝謝你。」這是他的全部回答。

「但是，這意味著我必須和你們住在一起。」

「歡迎你。」

「我將和你一起四處走動，按照你的方式生活，和你以及你的妻子、妹妹、兒子一起生活。」

「歡迎你。」他重複道。

在二月一個霧氣沉沉的日子裡，我搬進了他家，我隨身攜帶的只有我的電腦、幾本筆記本、幾支鉛筆、一支手機和身上穿的衣服，所有別的東西都在旅途中遺失了，掉在烏茲別克斯坦的某個地方。他們一家人敞開雙臂歡迎我，我也漸漸習慣於穿戴他們借給我的阿富汗服飾。

他們在蕾拉旁邊的地上給我鋪了一個墊子，蕾拉是蘇爾坦最小的妹妹，她被安排來照顧我的飲食起居。

「你是我的小娃娃，」這位十九歲的姑娘第一天晚上對我說，「我會好好照看你的。」她向我保證。每次我一起床，她立刻就跳起身來。

蘇爾坦要求家人提供我所需的一切，我後來了解到，無論是誰，如果不按照這個要求做，就會受到他的處罰。

我整天都有茶喝、有東西吃，我慢慢融入這個家庭的生活中，即使我不主動問，他們有時也願意告訴我一些事情。當我手裡拿著筆記本的時候，他們的談話有些不太自在，但是如果是去逛市場、在公共汽車上，或是深夜躺在墊子上，情況就大不相同了。無論我提出何種難以想像的問題，他們的回答大都自然而然，絕少有什麼掩飾。

我這本書是以小說的形式寫成的，但它是根據真實的事件，或這些事件的參與者的親口講述為藍本。當我描述思想和情感時，我依照著人們告訴我的他們在某個場景下的所思所想。讀者會問我：「你怎麼能知道每個不同家庭成員的頭腦裡是如何想的？」我當然不是全知全能，內心深處的話語和情感完全是以家庭成員對我所作的描述為基礎。

蘇爾坦家人所說的波斯方言「達里語」，我始終沒能學好，但是有幾個家庭成員會說英語。不尋常嗎？確實如此。我所講述的喀布爾故事是一個最不尋常的阿富汗家庭的故事，當一個國家四分之三的人口不能讀或寫的時候，一個書商之家自然而然就是非比尋常的了。

在教一名外交官「達里」方言的過程中，蘇爾坦學會了一種形式華麗和冗長的英語。他妹妹蕾拉操一口流利的英語，她在阿富汗時曾上過九年學校，在巴基斯坦流亡時也曾上過英語夜校。蘇爾坦的大兒子曼蘇爾在巴基斯坦上過幾年學校，他的英語也很好。他能夠向我講述他的恐懼、愛戀以及他和真主的討論。他解釋自己想全身全心投入宗教洗滌的渴望，並且容許我做為看不見的第四個人和他們一起去馬札里沙里夫朝聖。我應邀和蘇爾坦同行去了白沙瓦和拉合爾，我也曾加入搜捕基地組織的行列，還陪伴女人們逛過市場，去過浴室，參加過婚禮儀式及其前期的準備工作，並且訪問了學校、教育部、警察局及監獄。

我沒有親眼目睹嘉米拉的悲慘命運或拉赫瑪尼的惡行，蘇爾坦向桑雅求婚的事我也只是從相關的人的故事中側面聽說，這些人包括：蘇爾坦、桑雅以及他的母親、妹妹、弟弟和沙里法。

蘇爾坦不容許任何家庭成員以外的人住在他家裡，因此我的口譯就只有他、曼蘇爾和蕾拉，這使得他們對家裡的故事多少有主觀的影響，但是我對有出入的地方都再三確認，我會向三個口譯提出同樣的問題，而他們恰好各自代表了家庭成員中鮮明的對比。

所有家庭成員都知道，我和他們住在一起的目的是為了寫一本書，如果有什麼他們不願意我寫的，他們會告訴我。儘管如此，我還是儘量避免令蘇爾坦的家人及其他書中人物感到難堪。

我的日常起居和家裡其他人完全一樣。每天拂曉，我在孩子們的哭號聲和大人們的勒令聲中起床，我等候輪到我如廁的時間，或者等每個人都解決後再悄悄溜進去。運氣好的日子裡會剩下些熱水，但是我很快發現用一杯冷水洗臉更令人神清氣爽。一天中剩餘的時間裡，我和女人們一起待在家裡、到親戚家串門子、去市場買東西，或是陪蘇爾坦和他的兒子去書店、在城裡閒逛、或是去哪裡旅行。晚上我和一家人一起用餐喝綠茶，一直到睡覺的時間。

我是個客人，但很快就感到賓至如歸。他們對我好得令人難以置信，全家人都很慷慨大方，我們分享了許多美好時光。但是我這輩子很少像在蘇爾坦家裡時那樣生氣過，也很少像在那裡時那樣激烈爭吵過，甚至從未有過那麼想揍一個人的強烈衝動。同樣的事情持續不斷地刺激著我的神經：男人對待女人的方式。男人的優越感是如此根深蒂固，卻沒有人提出質疑。

我猜想他們把我當成了某種類型的「雙性人」，身為一個西方人，我可以是男人和女人的混合。如果我是一個男人，我就永遠不會有機會如此近距離地和家庭婦女接觸交流；與此同時，身為一個女人，我在男人的世界裡也不存在任何障礙。當宴會分成兩半，男人和女人分別待在不同的房間時，我是唯一能夠在兩邊自由穿梭的人。

我不用遵從阿富汗婦女極為嚴格的穿衣規範，我可以去我想去的任何地方。儘管如此，我還是經常穿布卡，僅僅是為了不被干擾。西方女性在喀布爾街頭經常會招來許多意想不到的關注，罩在布卡下面，我可以隨心所欲地東張西望，而又不至於招致回視的目光。在我們外出時，我可以靜靜觀察其他的家庭成員，而不會被路人盯著瞧。蒙著臉成為一種解脫，布卡成了我唯一的隱蔽角落，這樣安靜的處所在喀布爾是極難找到的。

我穿布卡也是為了親自體驗一下阿富汗婦女究竟是什麼樣子，體驗一下當半個車廂都空著的時候用力往擁擠的後座擠的焦慮，體驗一下因為一個男人佔據著計程車後座因而只好擠在後車廂裡的痛苦，體驗做為一名高挑迷人的「布卡」而受人關注，並在大街上得到男人恭維時的得意。

但是我很快就開始討厭布卡了。它把頭部束得那麼緊，令人頭暈眼花；從網格中要想把一切都看清楚是多麼地困難；它是那麼地密不透風，要不了多久你就開始冒汗；由於看不見腳，走起路來你不得不小心翼翼，舉步維艱；它的上面佈滿了灰塵，既骯髒又礙事；當你回到家裡將布卡拋到一邊時，是多麼地如釋重負。

我穿布卡也是出於自我保護的需要，當我和蘇爾坦行走在通往賈拉拉巴德的危險道路時，當我們不得不在骯髒的邊界哨所過夜時，或是當我們深夜出門時。阿富汗婦女一般不會隨身攜帶一捆美鈔和一台電腦，因此公路上的攔路強盜常常會放過罩著布卡的女人。

有一點必須著重強調一下，這是有關一個阿富汗家庭的故事，還有成百萬的別的家庭，比起這些家庭，我所描述的這個家庭算不上非常典型。這是一個中產階級家庭——如果這個詞也可用於阿富汗的話。這個家庭中有些人受過教育，有好幾個人能讀會寫，他們有足夠多的錢，從來不會挨餓。

假使我是住在一個典型的阿富汗家庭，那一定會是一個生活在鄉村的大家庭，家裡沒有一個人能讀會寫，對他們來說，每天的生活就是一場生死攸關的戰鬥。我選擇這個家庭並不是因為我想用它來代表其他所有家庭，而是因為它激發了我的創作動機。

我在塔利班逃跑後的第一個春天居住在喀布爾，希望的微光已經在這個春天裡浮現。塔利班的垮臺受到了普遍的歡迎——不會再有人擔心在大街上受到宗教警察的盤問，婦女們又可以在無人陪伴的情況下進城去，她們可以學習，女孩子可以去上學。但是以往數十年留存下來的種種不如意，依然如揮之不去的陰影一樣存在。現在這一切何必改變呢？

在這個春天裡，隨著相對和平時期的到來，一種更為樂觀的情緒隨處可見。藍圖已經繪就，越來越多的婦女將布卡扔在家裡，有些還找到了工作，難民也陸續回家了。

政府搖擺不定——在傳統和現代之間，在軍閥和部族首領之間。在一片混亂之中，新領導人哈米德・卡爾札伊（Hamid Karzai）採取一種平衡的策略，並以此來把握政治進程的方向。他非常受歡迎，但是他既沒有軍隊，也沒有政黨——在一個武器氾濫、敵對派別林立的國度。

儘管有兩位部長被殺，還有一位暗殺未遂，喀布爾的局勢整體來說還算平靜。居民們依舊心懷不安，許多人寄希望於大街上巡邏的外國士兵。「沒有他們內戰又會爆發。」他們說。

我記錄下我所看到和聽到的，並試著把我對喀布爾春天的印象採集在一起。在這樣一個春天裡，一些人努力將冬天拋在身後，就像花兒似的默默生長，含苞欲放；另一些人則命中註定要繼續過一種「含垢忍辱」的生活，就像蕾拉所形容的那樣。

奧斯娜・塞厄斯塔

二〇〇二年八月一日，奧斯陸

Migozarad!

（一切皆如過眼雲煙）

——喀布爾一家茶室牆上的塗鴉

1 神祕的求婚者

蘇爾坦・汗覺得，是到了給自己再找一個老婆的時候了，可是沒有一個人願意幫助他。他先去和母親商量。

「你還是跟你現在的老婆好好過日子吧。」這是母親的回答。

他又去找大姊。「我喜歡你的第一個太太。」大姊說。他的妹妹們回答他的口吻也都完全一樣。

「這是對沙里法的羞辱。」嬸嬸的話說得更直白。

蘇爾坦需要幫助，求婚者不能自己跑到女方家去提親。按照阿富汗的風俗，這事要由男方家裡的女眷來轉達，她要先看一眼那個女孩子，以確定她是否能幹，是否有家教，是不是做妻子的材料。可是在蘇爾坦的女性近親裡，卻沒有一個人願意出面幫他促成這樁婚事。

蘇爾坦已經挑出了三個他認為合乎他條件的女孩子。她們都身體健康，人也長得漂亮，而且還都和他出身於同一個部族。在蘇爾坦家裡，很少有人和其他家族通婚——和親戚，尤其是表兄弟姊妹結婚被認為比較穩妥和可靠。

蘇爾坦的第一個候選新娘是十六歲的桑雅。她有一雙黑漆漆的杏仁眼，烏溜溜的頭髮閃閃發亮，身材姣好，一舉一動都很討人喜歡，據說幹起活來也很能幹。她的家裡很窮，而且他們之間還算得上是親戚——她母親的祖母和蘇爾坦母親的祖母是親姊妹。

當蘇爾坦還在琢磨著怎樣可以不透過家裡的女人，而向他心儀的候選新娘求婚時，謝天謝地，他的第一個妻子完全沒有意識到，蘇爾坦的心已經被一個小丫頭牢牢佔據了——這個小丫頭是他們結婚那一年出生的。沙里法已經慢慢變老了，和蘇爾坦一樣，她已經年過四十，她替他生了三個兒子和一個女兒。像蘇爾坦這樣身分的男人，也確實該找個新妻子了。

「你自己看著辦吧。」他弟弟最後說。

蘇爾坦想了想，這大概也是他唯一的辦法了。一天清早，他出發到那個十六歲女孩的家裡去。女孩的父母張開雙臂歡迎了他，在他們心目中，蘇爾坦是一個慷慨大方的人，對於他的每一次來訪，他們都會表示歡迎。桑雅的母親趕快燒水沏茶，他們斜倚在土屋裡的平扁墊子上，談了些輕鬆愉快的話題。末了，蘇爾坦想，該提出他的求婚請求了。

「我有個朋友想娶桑雅。」他對女孩子的父母說。

這已經不是第一次有人向他們的女兒求婚了，她既漂亮又勤快，但是他們認為她還有點兒小。桑雅的父親已經不能工作了，他在一場爭執中被人用刀子割斷了背部的幾根神經。他美麗的女兒可以成為婚姻交易上的籌碼，他和他太太總是期待著下一次的下注會更高。

「他很有錢，」蘇爾坦說，「他跟我做同樣的生意，受過良好的教育，有三個兒子，只是他的太太開始變老了。」

「他的牙齒怎麼樣？」女孩的父母馬上問道，暗示他們想知道這個人的年齡。

「跟我差不多吧。」蘇爾坦說。

老了點，女孩的父母想，不過也不一定是件壞事。男人年紀越大，他們的女兒越值錢。新娘的價碼是根據年齡、美貌、才幹以及家庭狀況來計算的。

果然不出所料，在蘇爾坦・汗表達了他的求婚之意後，女孩子的父母說：「她太小了。」對於蘇爾坦如此熱心推薦的這位富有的、不知名的求婚者來說，任何其他的回答都等於使他們賣不出好價錢，過於熱情的表現不會對事情的發展產生有益的影響，但是他們知道蘇爾坦會回來的，因為桑雅既年輕又美麗。

蘇爾坦第二天果真又回來了，重複了他的求婚。同樣的對話，同樣的回答，但這一次他得以見到桑雅。自從她出落成一個年輕少女之後，他還從未見過她。

按照傳統，她吻了他的手，這是向年長的親戚表示尊敬的意思，他則吻了她的額頭以示祝福。桑雅意識到眼前令人窒息的氛圍，蘇爾坦叔叔緊盯不放的熱切目光，讓她有些畏縮。

「我給你找了個有錢的男人，你覺得如何？」蘇爾坦問她。桑雅低頭看著地板，女孩子是沒有權利對一個求婚者有任何意見的。

蘇爾坦第三天又回來了。這次他帶來了求婚者的聘禮單：一枚戒指、一條項鍊、耳環和手鐲，全都是純金的。還有她想要的所有衣服、三百公斤米和一百五十公斤油、一頭牛和幾隻羊，還有一千五百萬阿富汗尼（約三百英鎊）。

桑雅的父親對這份禮單喜出望外，他要求見一見這位肯為他女兒出這麼大價錢的神祕求婚者。按照蘇爾坦的說法，這個人還和他們是同一部族的，但他們卻想不出這個人會是誰，也不記得曾經和他見過面。

「明天吧，」蘇爾坦說，「我會帶一張他的照片過來。」

又過了一天，在收了他的好處後，蘇爾坦的嬸嬸同意來向桑雅的父母挑明這個求婚者的身份。她帶了一張照片——一張蘇爾坦本人的照片——並且帶來一個絕無商量餘地的口信，要求他們在一個小時內做出決定。如果答案是肯定的，那麼他將不勝感激；如果答案是否定的，他們之間也不會產生任何的不愉快。他可不願意在也許行、也許不行的模稜兩可狀況中，沒完沒了地討價還價。

桑雅的父母在一個小時內同意了。他們對蘇爾坦本人以及他的財富和地位極為賞識。桑雅坐在閣樓裡等著，當求婚者的身分之謎揭曉，而她父母也決定接受的時候，她父親的弟弟來到閣樓上。「蘇爾坦叔叔就是你的追求者，」他說，「你同意嗎？」

桑雅沒吭聲，她躲在長長的頭巾後面，低著頭，滿眼淚花。

「你父母已經接受了求婚，」叔叔說，「現在是你唯一表達意見的機會了。」

桑雅恐懼極了，全身動彈不得。她不想要這個男人，但她知道她必須遵從她的父母。作為蘇爾坦的妻子，她在阿富汗的社會地位會大大提高，這份聘禮也可以為她家解決很多問題，幫助她的父母為兒子們買到好太太。

桑雅始終雙唇緊閉，她的命運就這樣決定了。沉默不語代表她同意了，協定達成了，甚至連日期也確定了。

蘇爾坦回到家裡，把這一消息通知了家人。太太沙里法、他的母親和妹妹們正圍坐著盛有米飯和菠菜的碟子用餐。沙里法以為他在開玩笑，她放聲大笑，忍不住也回敬了他幾句玩笑話。母親開心地笑著，說什麼也不相信，未經她的首肯，他居然去向人求婚了。而他的妹妹們則楞在那裡摸不著頭緒。

誰都不相信他，直到他給她們看了新娘的父母交給他的訂親信物：一塊頭巾以及一些蜜餞。

沙里法一連哭了二十天。「我做錯了什麼呀？多丟人哪！你對我究竟有什麼不滿？」

蘇爾坦叫她自己振作起精神來。家裡沒有一個人支持他，甚至他自己的兒子也是如此。即便這樣，家裡卻沒有人敢出面反對他——他總是能得到他想要的。

沙里法肝腸寸斷，最讓她傷心欲絕的是，她丈夫挑的人居然是個連托兒所也沒上完的文盲，而她自己是個擁有資格證書的波斯語教師。「她有什麼是我沒有的？」她抽噎著說。

蘇爾坦對妻子的眼淚無動於衷。

沒有人願意參加他的訂婚宴，但沙里法最終還是不得不咬緊牙關吞下屈辱，把自己打扮起來出席宴會。

「我希望讓所有人看到你同意並支持我。將來我們都將生活在同一個屋簷下，你必須得表現出桑雅是受歡迎的。」他要求道。沙里法一貫對丈夫百依百順，這次也不例外。儘管這次的情形糟透了，她將把他拱手讓給別人，可是沙里法還是屈從了。蘇爾坦甚至要求她把戒指戴在他和桑雅的手上。

求婚的二十天後舉行了隆重的訂婚儀式。沙里法設法打起精神，強作歡顏。她家的女眷卻淨說些令她心煩意亂的話。「太可怕了！」她們說，「他對你怎麼這麼狠？你一定要吃苦頭了。」

婚禮在訂婚兩個月之後的穆斯林新年除夕舉行。這一次，沙里法拒絕參加。

「我辦不到。」她告訴她丈夫說。

家裡的女眷再一次支持了她，她們都沒有置辦新衣服，也沒有像參加一般婚禮那樣穿金戴銀，只是簡單打理了一下頭髮，帶著僵硬的微笑來出席典禮——她們以此來聲援那位事實上被休掉的妻子，因為從今以後，她再也不可能和蘇爾坦同床共枕——那張床現在是為那個年輕而驚慌失措的新娘預備的。儘管如此，她們將會在同一個屋簷下生活，一直到死才能分開。

2 焚書

一九九九年十一月的一個寒冷下午，一堆火熊熊燃燒在喀布爾一個十字街頭的中心。一群街童聚集到火堆周圍，舞動的火光映照著他們髒兮兮的臉龐。他們在玩一個試膽遊戲，看誰能離火堆更近一些。大人們偷偷瞥了一眼那火堆，然後匆匆離開，這樣做比較安全。顯而易見，火堆並不是街道巡夜者為取暖而點燃的，而是為真主燒的。

身著無袖長袍的索拉亞王后的畫像，與畫像中她白皙勻稱的手臂以及表情肅穆莊嚴的臉龐，翻捲著被燒成了灰燼。她的丈夫阿曼努拉國王的畫像，與畫像中他所有的勳章，也被投入火堆中。所有王室成員的畫像全在烈火中翻騰，一起化為灰燼的畫像還有身穿阿富汗服飾的小女孩、騎在馬背上的聖戰者組織戰士以及一個坎大哈市集的農夫。

那個十一月的下午，宗教警察們在蘇爾坦的書店裡恪盡職守地工作。任何描繪著有生命的活物的書，不管是描寫人還是描寫動物的，都被拿下書架，扔到火堆裡。泛黃的紙頁、潔淨的明信片，還有舊工具書的乾燥的書皮，統統付之一炬。

火堆周圍圍觀的孩子們當中，站著一些帶著皮鞭、長棍和卡拉什尼科夫衝鋒槍的宗教警察。在這些人眼裡，所有喜歡圖畫、書籍、雕塑或音樂、舞蹈、電影以及自由思想的人，都是整個社會的敵人。

今天他們感興趣的只是圖片。異教的文字，即使就近在他們眼前的書架上，他們也沒有注意，因為這些士兵都是文盲，他們無法從文字上區分塔利班的正統教義和異端的學說，但是他們可以區分圖畫和文字、區分有生命的活物和無生命的事物。

最後，只剩下灰燼，它們和著塵土，在風中的喀布爾大街和下水道中打轉。書商本人還在為他心愛的書傷心欲絕，就被五花大綁押到一輛卡車上，左右兩邊各坐著一名塔利班士兵。士兵們查封了書店，蘇爾坦則因為反伊斯蘭的行為，將被拘禁。

一路上，蘇爾坦心想，幸虧這幫全副武裝的笨蛋沒有往書架後面瞧，那些被嚴令禁止的書都被他巧妙地藏到了那裡。除非有人特別詢問這些書，而且這個人他也能信任，他才會把它們拿出來。

今天的事件蘇爾坦早已預料到。他賣這些非法圖書和圖畫作品已經很多年，士兵們三不五時地來找他的碴兒，每次都要拿幾本書才離開。塔利班最高當局已經對他發出過恐嚇，他甚至還曾被召到文化部，政府希望對這位有野心的書商加以改造，並把他納入到塔利班的體系中去。

蘇爾坦‧汗心甘情願地賣一些塔利班的出版物，他是個具有自由思想的人，認為每一個人的聲音都有被聽到的權利。但是，除了塔利班的嚴峻法令，他也希望能賣歷史書、科普讀物、有關伊斯蘭教義的書，甚至是小說和詩歌。塔利班認為，辯論就是異端，而懷疑就是犯罪。除了刻苦研讀《古蘭經》外，任何別的事情都是沒有必要的，也是危險的。一九九六年秋天，當塔利班開始在喀布爾執政的時候，政府各部門的專業人士都為神學士所取代。從中央銀行到高等學府——神學士們掌管了一切。他們的目標，是重建七世紀時先知穆罕默德在阿拉伯半島生活的那種社會。即使是在塔利班和外國石油公司商討協議的時候，這些毫無專業背景的無知神學士們也圍坐在談判桌旁。

蘇爾坦深信，在塔利班的統治下，這個國家將變得更加貧困、陰暗和褊狹。在蘇爾坦看來，這個政權反對一切現代化的東西，拒絕任何有益於社會進步和經濟發展的觀念。他們迴避一切科學的辯論，不論它們是來自西方，還是來自伊斯蘭世界。在他們的宣言中，他們奉若神明的幾條教條，只是可悲地教人們應該怎樣著裝或把自己包裹起來、男人應該遵守祈禱的時間、女人應該和社會的其他成員隔離開來。他們似乎絲毫不顧伊斯蘭或阿富汗的歷史，他們也沒有任何興趣。

蘇爾坦坐在車裡，夾在兩個一字不識的塔利班士兵中間。他在心裡咒罵著統治這個國家的軍人和神學士。他也是個穆斯林，可是他並不極端。他每天早晨都向阿拉祈禱，但經常會忽略一天當中其他四次的祈禱呼喚，除非是宗教警察把他抓進最近的清真寺裡，跟其他在路上被抓到的人一起進去祈禱。在齋戒月期間也會遵守從日出到日落禁食的規定，他對他的兩個太太都很忠誠，對孩子的管束也很嚴厲，並努力把他們培養成敬畏真主的虔誠穆斯林。但是對於塔利班他只有蔑視，在他眼裡，他們只是些不識字的鄉巴佬，來自全國最窮、最保守、文化水準最低的地方。

塔利班的「道德促進與惡行防範部」，或稱「道德部」，是他這次被捕的背後執行者。在監獄裡接受審訊時，蘇爾坦・汗撫摸著自己的鬍子，他依照著塔利班的規定，把鬍子留到一個拳頭的長度；他拉平身上的長衫褲（shalwar kameez），它也同樣符合塔利班的標準——襯衫長過膝蓋，長褲超過腳踝。面對他們的質問，他自豪地回答：「你們可以燒了我的書，你們可以讓我受苦，你們甚至可以殺了我，但你們不可能抹殺掉阿富汗的歷史。」

書就是蘇爾坦的生命，打從他在學校裡得到第一本書起，書和故事就虜獲了他的心。二十世紀五〇年代，他出生在一個貧困家庭，在喀布爾郊外一個叫德庫岱達的村子裡長大。他父母都不識字，但他們湊了足夠的錢把他送進學校。做為家中長子，父親把所有的積蓄都花在他的身上，而他姊姊儘管出生比他早，卻從未跨進學校的大門一步，也從來沒有學過讀和寫。直到現在，她幾乎還不太會看時鐘。畢竟，她唯一的前途就是嫁人。

蘇爾坦註定是不平凡的。當年他遇到的第一個困難就是上學的路，母親為他打點好行裝，準備送他上路，可是因為沒有鞋，小蘇爾坦拒絕出門。

「唉，瞧你這沒出息的樣！」說著，她在他頭上打了一下。很快他就掙到了足夠的錢買鞋。整個求學期間，他都利用課餘時間從事不同的工作。每天早上上學前以及下午放學後直到天黑，他都在一家燒磚廠掙錢貼補家用。後來他又找了一個店裡的工作，他只告訴他父母他的實際工資的一半，並把它們如數上交，他把剩下的錢省下來買書。

蘇爾坦從十幾歲的時候就開始賣書。他被錄取為一個工程學校的學生，但找不到適當的課本。有一次他跟叔叔去德黑蘭，在一個小鎮琳琅滿目的書市裡找到了他想要的所有的書。他立刻就買了好幾套回來，並以雙倍的價錢賣給了他的喀布爾同學們。就這樣，他找到了一個賴以謀生的手段，一個書商就此誕生。

畢業後，蘇爾坦僅僅參與過兩棟喀布爾樓房的建造，就因為對書的癡迷而離開了工程行業。再一次，德黑蘭的書市誘惑了他。這個鄉下來的男孩子在這個波斯大都市的書海中遨遊，在環繞在他周圍的新的和舊的、古典的和現代的圖書中，他發現了許許多多他做夢也沒有想到的書。他帶回來一箱箱有關波斯詩歌、藝術、歷史的書，當然——出於他的專業習慣——還有工程方面的教科書。

回到喀布爾後，他在市中心開了他的第一家小書店，小店周圍是香料鋪和烤肉店。當時是七○年代，社會在現代和傳統之間動盪不安。國王查希爾（Zahir Shah）統治著這個國家，他是一個開明但懶惰的君主，雖然對推動國家的現代化並不是非常積極，但仍引來了宗教陣營的強烈責難。當時有一幫神學士因為抗議王室婦女不戴面紗就出現在公共場所，而被他關進了監獄。

越來越多的大學和學校相繼出現，隨之而來的是風起雲湧的學生運動。這些運動被當局殘酷鎮壓，大批學生被殺。從激進的左翼到宗教基本教義派，各種黨派和政治組織如雨後春筍般出現——儘管從未實行自由選舉。黨派彼此自相殘殺，全國籠罩在一片動盪不安的氣氛裡。經過三年的乾旱之後，經濟停滯不前，並最終釀成了一九七三年的嚴重饑荒。就在查希爾國王前往義大利就醫的時候，他的堂兄達烏德（Daoud）發動政變奪取政權，廢除了君王。

達烏德總統的統治比他堂弟更殘暴，但是蘇爾坦的書店卻日漸繁榮，他出售各種政治派別的書籍和期刊，從馬克思主義到基本教義派。他和父母一起住在村裡，每天早上騎車到喀布爾的書店，直到晚上才回來。他唯一的煩惱就是母親總是嘮叨著要他找個妻子。她經常介紹些候選人——一個表親或是一個鄰家的女孩，但是蘇爾坦還沒有準備好建立一個新家庭，他還有很多事要做，這事兒急不得。他希望有旅行的自由，想經常去造訪德黑蘭、塔什干和莫斯科。在莫斯科，他還有一個叫露德米拉的俄國情人。

一九七九年十二月，在蘇聯軍隊入侵阿富汗之前的幾個月，蘇爾坦犯了他的第一個錯誤。當時，強硬的共產黨人穆罕默德·塔拉基（Mohammad Taraki）統治了整個國家。前總統達烏德及其家人，包括家裡最小的孩子，都在一場突襲中被殺。監獄裡人滿為患，數以萬計的反對派被逮捕、拷問並被處決。

蘇聯支持的共產黨人想強化他們對於整個國家的統治，開始鎮壓伊斯蘭派別。聖戰者組織開始武裝反抗政府，衝突到後來演變成一場殘酷的反抗蘇聯的游擊戰爭。

聖戰者組織代表了一種很強大的意識形態，各種各樣的團體出版定期的讀物支持「聖戰（Jihad）」——反抗異教政權的戰爭——將整個國家伊斯蘭化。而政府則開始加強對所有暗中與聖戰者組織勾結的人民的控制，並嚴厲禁止印刷和發行任何有關其意識形態的書籍。

蘇爾坦同時販賣聖戰者組織和共產黨人發行的圖書。不僅如此，他還狂熱地四處搜尋被禁的書籍和期刊，每次遇到這樣的書刊，他都禁不住要購買幾本，為的是賣掉它們後賺取不菲的利潤。他覺得自己有義務讓希望讀到書的讀者得到他們想要的東西，不過那些被禁的書刊他總是藏在櫃檯下面。

很快就有人告發了蘇爾坦，一個因持有禁書而被捕的顧客供出，書是從蘇爾坦的書店購買的。在隨後的搜查中，員警發現了幾本非法出版物，升起一把火全燒了。蘇爾坦被抓進了監獄，嚴刑拷打一番後，被判了一年徒刑。他被關進關押政治犯的牢房，在那裡，紙、筆和圖書都是被禁止的。一連幾個月，他只是盯著牢房的牆壁發呆。後來，他設法用母親送來的幾包食品賄賂了一個獄警。之後，每週都有書被偷偷地送進來。在這個石牆之內，他對阿富汗文化和文學的興趣與日俱增，他沉浸在波斯的詩歌和祖國波瀾起伏的歷史中。當他被放出來的時候，蘇爾坦更堅定了自己的立場：他要為弘揚阿富汗的歷史文化知識而奮鬥。他繼續販售那些由聖戰者組織和親中國共產黨的反對派所寫的違禁出版物，不過他比以前更加小心謹慎。

當局一直對他嚴加防範，五年之後他又一次被捕。這又一次給了他在石牆後面潛心研讀波斯哲學的機會。不過現在除了以前的罪名，他又面臨一項指控——「小資產階級」——這是共產主義最嚴厲的指控，指的是他用資本主義的方式來賺錢。

所有這些都發生在蘇聯支援的阿富汗共產黨統治時期。除了戰爭帶來的痛苦，共產黨人採取的結束部族社會、過渡到「快樂的」共產主義的舉措更加劇了社會的動盪。農莊集體化的努力給老百姓帶來極大的衝擊，許多貧苦的農民拒絕接受從富裕的地主那裡強制徵用的土地，因為在偷來的土地上播種，這有悖於伊斯蘭教義。農村的抗議浪潮越演越烈，其結果是共產黨的計畫很少成功。不久，當局不得不放棄了。十年戰爭耗盡了每一個人的能量，更奪取了一百五十萬阿富汗人的生命。

當這個「小資產階級」從獄中被釋放出來時，他已經三十五歲了。反抗蘇聯的戰鬥幾乎蔓延到全國的每一個村落，而喀布爾或多或少也受到波及，日常生活的艱難壓在每個人頭上。這一次，蘇爾坦的母親好不容易說服了他，讓他娶了聰明美麗的沙里法，一個將軍的女兒。婚後他們一共生了三個兒子和一個女兒，幾乎每隔一年就有一個孩子降生。

蘇聯軍隊在一九八九年從阿富汗撤軍，老百姓都期待著和平的最終降臨。但是由於喀布爾政權繼續得到蘇聯的支援，聖戰者組織不願放下武器。他們在一九九二年五月佔領了喀布爾，內戰隨之爆發。蘇爾坦家購買的蘇聯式公寓恰好位於交火的最前線，火箭彈擊中了牆壁，子彈把窗戶打得粉碎，而坦克則衝進了公寓的庭院。在地板上趴了一個星期之後，趁著幾個小時的炮火停息的時間，蘇爾坦帶著一家人逃往巴基斯坦。

當他在巴基斯坦的時候，他的書店已被洗劫一空，連公共圖書館也未能倖免。有價值的書籍被廉價賤賣——或是被拿去交換子彈、坦克和手榴彈。當他從巴基斯坦回來看他的書店時，他弄到幾本從國家圖書館盜出的書。這可是實實在在的便宜買賣，他用不多的美元就買到了好幾百年前的珍品，其中包括一本來自烏茲別克的五百年前的手抄本，後來烏茲別克政府花了兩萬五千美元從他手中買去。他發現了查希爾國王個人最鍾愛的收藏原本，菲爾多西（Ferdusi）偉大的史詩《王書》（*Shah Nama*），他用便宜得不能再便宜的價錢從盜賊那裡買了好些難得一見的孤本，那些人甚至連標題也不會認。

經過聖戰者組織軍閥間近五年的激戰，喀布爾已經有一半淪為廢墟，有五萬居民在戰火中喪生。一九九六年九月二十七日早晨，當喀布爾的市民們從睡夢中醒來時，整個城市突然間徹底安靜下來。就在前一天晚上，艾哈邁德・沙阿・馬蘇德（Ahmed Shah Massoud）和他的軍隊逃往了潘傑希爾山谷。

兩具屍體被掛在總統府外面的一根柱子上，較大的一具從頭到腳都被鮮血所浸透，屍體已經被閹割，手指被壓爛，軀體和面部被抽打得傷痕累累，前額有一個彈孔。另一個只是被擊斃並吊了起來，口袋裡塞滿當地的貨幣「阿富汗尼」，用以表達輕蔑之意。這兩具屍體是前總統穆罕默德・納吉布拉（Muhammad Najibullah）和他的兄弟。納吉布拉是一個令人唾棄的人，在蘇聯入侵時期曾擔任祕密警察頭子，據說他曾下令處決過八萬名所謂社會的敵人。在蘇聯的支持下，他從一九八六年到一九九二年擔任國家的總統。聖戰者組織政變以後，馬蘇德成為國防部部長，前三個月由穆賈迪迪（Mujadidi）擔任總統，接著由拉巴尼（Rabbani）繼任。納吉布拉企圖從喀布爾機場逃往國外，失敗之後轉而向聯合國尋求避難。從那以後他就被監禁在喀布爾的一個聯合國監管區內。

當塔利班從喀布爾東區步步進逼時，聖戰者組織政府決定撤退，馬蘇德邀請納吉布拉這位著名人物與他們一同撤離，但是納吉布拉擔心離開首都後會有生命危險，因而選擇留下來同聯合國大樓裡負責安全的衛兵待在一起。況且，做為一名普什圖人，他很有可能與塔利班的同族達成某種協定。令他始料未及的是，第二天一大早，所有衛兵都失蹤了，塔利班的白色聖旗開始飄揚在喀布爾的天空。

喀布爾的居民聚集到阿里亞納廣場的柱子旁，內心充滿著疑慮。他們看了看懸掛著的屍體，然後靜靜地離開。戰爭結束了，一場新的戰爭又將開始——這場戰爭將把所有的歡樂踩在腳下。

塔利班頒布了一系列法令，同時也徹底摧毀了阿富汗的藝術和文化。政府放火燒毀了蘇爾坦的書店。他們手持斧頭來到喀布爾博物館，同行的是他們自己的文化部部長，他要親自監督。

當他們到來時，博物館裡的文物已經所剩不多。在內戰期間，所有搬得動的東西——從亞歷山大大帝征服這個國家時遺留下來的陶器碎片，到對抗成吉思汗和他的蒙古鐵騎時所使用的劍，再到波斯的細密畫像和金幣——都已經消失得無影無蹤。來自世界各地的不知名的收藏家們買走了其中的大多數。在最後的洗劫到來之前，倖免於難的手工藝品已經所剩無幾。

有幾尊阿富汗國王和王妃的巨型雕像，以及有著上千年歷史的佛像和壁畫依然矗立著。士兵動手了，他們的瘋狂勁絲毫不亞於他們燒毀蘇爾坦的書店時的熱情。當塔利班開始揮舞斧頭劈裂剩下的文物時，博物館的看守失聲痛哭。他們對著雕像砍了又砍，直到只剩下底座，昏暗的燈光中滿是飛揚的塵土。他們只用了半天時間就將一千年的歷史徹底摧毀，唯一倖存下來的是一塊刻有一句《古蘭經》引語的石碑，文化部部長認為最好還是別碰它。

等塔利班的藝術劊子手們離開被炸毀的博物館後——內戰時期它也是交戰雙方爭奪的首要目標之一——看守們呆立在廢墟中。他們吃力地將殘垣斷壁收集起來，將地上的灰塵掃去。他們將碎片裝箱，並做上標記。有些碎片依稀可以辨認：一座雕像的斷臂、另一座雕像的波浪捲髮。他們把箱子放在博物館的地下室，希望有朝一日，這些雕像會被修復。

在塔利班垮臺前六個月，他們炸毀了有著近兩千年歷史、被視為阿富汗最偉大的文化遺產的巴米揚大佛雕像。炸藥的威力是如此之大，雕像的碎片再也無法收集。

正是在政府這樣的高壓統治之下，蘇爾坦努力要保護阿富汗文化。在街頭焚書事件之後，他通過賄賂被釋放出獄。也就是在同一天，他打開了他被查封的書店。站在剩下來的寶貝書籍中，他哭了。他在沒有被士兵發現的有關有生命的活物的書上，塗上粗粗的黑線或字跡，這總比它們被燒掉要好。隨後他又想到個好主意——他將他的名片粘貼在圖片上，這樣一來，圖片雖然被蓋住了，但他卻可以輕易地把它們翻開。與此同時，他將自己的圖章蓋在名片上，這樣也許有一天他能將這些名片撕開。

但是，隨著時間的推移，政府的統治越來越嚴厲了。文化部部長又一次召見了蘇爾坦。「有人要抓你了，」他說，「我沒辦法保護你。」

這件事發生在二○○一年的夏天。沒有人能夠保護他，他決定離開這個國家。他為他自己、兩個太太、兒子和女兒申請了加拿大的居留簽證。他的太太和孩子們那個時候還生活在巴基斯坦，他們對這種流離失所的日子深惡痛絕。但是蘇爾坦知道他放不下他的書籍。他現在在喀布爾擁有三家書店，一家由他的小弟經營，一家由他十六歲的兒子曼蘇爾經營，第三家由他自己經營。

他的書只有一小部分放在書架上，它們中的絕大部分，差不多有一萬冊，被他藏在喀布爾各處的閣樓中。他不容許他在過去三十年間苦心收集經營的東西有所散失；他不容許塔利班，抑或是別的掠奪者，摧殘更多的阿富汗的靈魂。無論如何，對於他的這些收集品，他有個祕密的計畫，或者說是一個夢想：當塔利班最終離開，而一個可信賴的政府重返阿富汗的時候，他要把它們全部無償捐給城裡被洗劫一空的圖書館，在那裡，曾經有幾十萬冊圖書將書架堆得滿滿的。

由於受到死亡的威脅，蘇爾坦・汗和他家人的加拿大簽證很快批了下來，但是他一直沒有動身。每次他太太打點行李準備出發時，他總是找出各種各樣的理由來延遲行程。他在等一些書、書店遭到威脅、或者是一位親戚去世了，總是有什麼事情妨礙了他的行程。

隨後是911事件，當炸彈如雨點般落在阿富汗的時候，他逃往巴基斯坦。他吩咐一個還未成家的年輕弟弟尤努斯，留在喀布爾照管書店。

恐怖份子襲擊美國後兩個月，塔利班政權垮臺了，蘇爾坦成為最早幾個重返喀布爾的人之一。他終於可以按照自己的意願把所有的書放到他的書架上，那些被畫上黑線條和文字的歷史書可以賣給外國人做紀念品，那些覆蓋在有生命的活物圖片上的名片，也可以撕下來了。他又可以展示佩戴裝飾物的王后索拉亞的白皙的臂膀，以及國王阿曼努拉的胸膛了。

一天早晨，他坐在書店裡，喝著熱呼呼的茶，看著喀布爾從黑夜中醒來。在他構思實現自己夢想的計畫時，他想起了他最喜歡的詩人菲爾多西的一句名言：「要想成功，有的時候你要變成一隻狼，有的時候又要變成一隻羊。」是變成狼的時候了，蘇爾坦心想。

3 一切都由阿拉裁決

石頭從各個方向嗖嗖地朝樹樁上砸去，大多數都擊中了，女人強忍住不哭出聲來。但是人群中很快響起一陣歡呼聲，一個強壯的男人發現了一塊特別好的石頭，又大又有稜角，他仔細對準女人的身子狠命地砸了出去，石頭重重擊中女人的腹部，很快，那天下午的第一滴血就從衣服裡流了出來，正是這一擊使得眾人歡呼起來。另一塊同樣大小的石頭擊中了女人的肩膀，這一擊同樣帶來了鮮血和喝彩聲。

——詹姆斯·A·米切納《沙漠商旅隊》

沙里法，這位年老色衰的妻子，還在白沙瓦等著他。她心裡片刻也靜不下來，她知道蘇爾坦這些天隨時都可能出現，但他卻不願意告訴她離開喀布爾的準確時間。沙里法只得從早到晚等待著。

每頓飯都是為她丈夫隨時可能出現而準備的：肥溜溜的雞，他喜歡吃的菠菜，家裡自製的綠辣椒醬。床鋪整理得乾乾淨淨，衣服熨燙得平平整整，裝在箱子裡的信件收拾得整整齊齊。

好幾個小時過去了。雞肉被包了起來，菠菜可以再加熱，而辣椒醬又被放回櫥櫃裡。沙里法不停地擦地板、洗窗簾、撣永遠也撣不完的灰塵，有時候坐下來，嘆氣，掉幾滴眼淚。她並不是想念他，她是懷念她曾經擁有的生活——那個受人尊敬的書店老闆娘，蘇爾坦的兒子和女兒的母親。

有時她會恨他毀了她的生活，奪走了她的兒女，讓她在世人面前丟臉。

蘇爾坦和沙里法結婚已經十八年，蘇爾坦娶他第二個老婆也已過了兩年。沙里法就像一個離了婚的女人一樣生活，卻沒有得到離婚女人所享有的自由。蘇爾坦還是她的主人，他要求她必須住在巴基斯坦，以照看那棟存放著他最珍貴圖書的房子。這裡有電腦和電話，從這裡他可以把書寄給他的客戶，並且可以接收電子郵件——所有這些在喀布爾都是辦不到的，因為那裡的郵局、電話和電腦都運轉不靈。她住在巴基斯坦，因為這合蘇爾坦的意。

離婚是根本行不通的。如果一個女人要求離婚，就意味著她失去了她所有的權利。做丈夫的不僅自然獲得孩子的撫養權，而且還有權利拒絕妻子和他們見面。她會成為家庭的恥辱，不僅會被趕出家門，所有的財產都歸到丈夫的名下。而沙里法將不得不搬到她的一個哥哥家裡去住。

在九〇年代初的內戰時期和塔利班統治的那幾年，蘇爾坦全家都住在白沙瓦哈亞塔堡區，那裡的居民十個中有九個是阿富汗人。但是後來，蘇爾坦和他的兄弟、姊妹、桑雅、兒子——先是十六歲的曼蘇爾，接著是十二歲的艾默，最後是十四歲的伊克巴——一個個都回到了喀布爾，只有沙里法和她最小的女兒莎布娜姆留了下來。她們期待著有一天蘇爾坦能帶她們回到喀布爾，和家人、朋友在一起，而他也總是不斷地許諾，但是總有什麼事情從中作梗。白沙瓦那間破破爛爛的小屋，曾經是她躲避槍林彈雨的臨時避難所，而現在卻成了她的監獄。沒有丈夫的許可，她不能離開半步。

蘇爾坦娶了二太太後的頭一年，沙里法跟他和他的新婚妻子住在一起。在沙里法的眼裡，桑雅既笨又懶。也許她並不懶，只是蘇爾坦從不讓她動手做任何事情。沙里法煮飯、端菜、洗衣、整理床鋪。開始的時候，蘇爾坦一天到晚把自己和桑雅鎖在臥室裡，只是在需要的時候才叫沙里法端茶送水。時不時傳來他們竊竊私語和打情罵俏的聲音，令沙里法心如刀割。

她嚥下自己的自尊，表現得完全合乎一個模範妻子的規範，她的親戚和女友推薦她角逐首屆模範妻子大賽的頭獎。從來沒有人聽過她抱怨，也沒有人聽到她和桑雅爭吵，或是讓桑雅出醜。

蜜月結束之後，蘇爾坦離開新房，開始重新回到他的生意中，撇下兩個女人單獨待在家裡彼此為伴。桑雅臉上擦粉，身上的新衣服換了一件又一件。沙里法則像一隻婆婆媽媽的老母雞，做最重的活兒，一步一步地教桑雅做蘇爾坦最喜歡吃的菜，給她展示他喜歡怎樣擺放衣物，洗澡水要多高的溫度才合他的意，以及做一名妻子所應該知道的一切有關丈夫的生活細節。

但是，唉，太丟人了！雖然娶第二個太太，有時甚至是第三個太太，並不是什麼大不了的事情，不過顯而易見，做為大太太的她總是處在屈辱蒙羞的不利位置。不管怎樣，沙里法就是這樣認為的，因為蘇爾坦太明顯偏愛他年輕的妻子了。

沙里法有必要為蘇爾坦年輕的妻子辯護，因為她得為自己找到一個開脫的理由，表明並不是她沙里法本人有何過錯，而是外部因素使得她遭此冷落。

她向每一個願意聽她嘮叨的人透露，她子宮裡長了顆腫瘤，腫瘤已經被切除，但是醫生警告她，如果她想繼續活下去的話，她就再不能和她丈夫睡在一起。是她沙里法自己要丈夫找一個新太太，而桑雅就是由她選定的。畢竟，他是個男人嘛，她說。

在沙里法看來，作為他孩子的母親，比起日漸被丈夫所拋棄的現實而言，這種想像中的疾病無疑為她挽回了些面子。無論如何，她只不過是聽從了醫生的建議而已。

為了加深這種印象，她甚至眉飛色舞地告訴別人，她愛桑雅如親姊妹。對於蘇爾坦和桑雅後來生的女兒拉蒂法，她也視若己出。

其實，像蘇爾坦那樣擁有一個以上的妻子的男人，他們通常會在妻子中間保持平衡，頭天晚上和一個妻子過夜，第二天晚上和另一個妻子睡，數十年間都是如此。妻子們生兒育女，他們親如兄弟姊妹般地長大。母親們對孩子們是否被一視同仁極其敏感，誰也不能厚此薄彼。她們會設法弄清楚自己所收到的衣服和禮物是否與另一個妻子一樣多。有許多這樣共侍一夫的妻子彼此憎恨，從不說一句話。也有一些妻子會認為擁有幾個妻子是她們丈夫的權利，因而她們彼此成了好朋友。不管怎麼說，對方的婚姻多半是由父母包辦的，這是一個預先設好的圈套，通常與女孩的意願相違背。沒有哪個年輕女子會夢想成為年老男人的二太太，因為大太太得到的是丈夫的青春活力，而自己得到的卻是年老力衰。在某些時候，妻子們誰也不願意每天晚上都和丈夫同床，她們很高興從這種束縛中解脫。

沙里法美麗的棕褐色眼睛，那雙蘇爾坦曾稱之為喀布爾最迷人的風景的眼睛，此時此刻正對著天空發呆。它們已失去了往日的光彩，厚厚的眼瞼和隱隱約約的皺紋耷拉在它們上面。她小心翼翼地用化妝品遮蓋住臉上的黑斑，白皙的皮膚曾經是她的長處，彌補了她身高的不足。在阿富汗，窈窕的身材和白皙的皮膚是女人社會地位最重要的象徵。一直以來，保住她年輕的容顏，對於她來說就是一場戰鬥——她還隱藏了自己比丈夫年長幾歲的事實。灰白的頭髮可以在家裡的浴室染上顏色，可是對於臉上的令人傷心的斑點，她就無能為力了。

她步履沉重地在屋裡走著，自從丈夫帶著她的三個兒子回到喀布爾以後，她就經常無所事事，地毯已經洗過了，飯已經做好了，她打開電視，看一部美國奇幻驚悚片，英俊的主人公與龍、猛獸和骷髏作戰，最終戰勝了這些邪惡的生物。沙里法聚精會神地看著，儘管她不懂英文。

電影結束後，她跟她的表妹通了個電話。然後她站起來，走到窗戶前，從二樓望下去，她可以將下面庭院裡的一切看得清清楚楚，齊頭的磚牆將庭院圍了起來。庭院裡掛滿了晾曬的衣物。

但是在哈亞塔堡區，什麼也不用看，一切就瞭若指掌。閉上眼睛，待在你自己的臥室裡，你就知道鄰居正在演奏刺耳的巴基斯坦流行樂，孩子們正在高聲叫喊著玩耍，一位母親正在大聲嚷嚷著什麼，一個婦人正在用力敲打毯子，另一個婦人正在太陽下洗餐具，一個鄰居正在烹調食物，另一個鄰居正在搗蒜。

這些聲音和氣味所無法傳遞的，就交由流言來幫忙，它像野火似的在左鄰右舍間迅速蔓延。在這個街坊鄰里間，每個人都盯著彼此的一舉一動。

沙里法和三戶人家一起住在這幢又舊又破的磚房裡，房前有一個不大的水泥地庭院。每當蘇爾坦看上去不會出現時，沙里法就會下去到鄰居家裡串門子。樓房裡的女人們，以及周圍庭院住著的女人們聚集在一起。每個星期四的下午，沙里法都要和她們一起去祈禱，順便閒聊。

她們用頭巾將自己的頭裹得嚴嚴實實，放好各自的墊子之後，她們就面向麥加方向開始鞠躬，祈禱，然後起身，祈禱，再鞠躬，總共四次。祈禱是在沉默中進行的，只是嘴唇默默地念。墊子空出來以後，其他的人很快站了上來。

奉慈悲、仁慈阿拉之名，

一切讚頌全歸阿拉，全世界的主，
慈悲、仁慈的主，
報應日的主，
我們只崇拜您，只向您求佑助，
求引導我們上正路，
所佑助者的路，
不是受譴怒者的路，也不是迷誤者的路，
主啊！准我們所求。

儀式結束，默默的禱告聲就被喧嘩的聊天聲所取代。婦人們坐在牆邊的墊子上。鋪在地上的油氈上放滿了茶杯和碟子。新鮮的豆蔻釀製的茶、蜜餞餡甜麵包以及各種各樣的糖果都擺出來了。每個人都把手放在臉上，再次圍坐在食物旁一起默默祈禱：「La Ilaha Illa Allah, Muhammadun Rasul Allah（阿拉是唯一真主，穆罕默德是祂的使徒）。」

這以後，她們將手伸到臉部，從鼻子向上撫摩到前額，然後伸起來再從臉頰撫摩到下巴，最後將手停在嘴唇上。從母親到女兒，她們從小就被告知，如果她們以這樣的方式祈禱，她們的禱告就會被聽到，如果它們是值得的話。這些話將直接傳到阿拉那裡，他將決定是否回答它們。

沙里法祈禱蘇爾坦能把她和莎布娜姆接回喀布爾，這樣她就可以和她的孩子們相聚。

當所有的人都向真主祈禱完畢之後，真正的星期四儀式才算開始了：大家開始吃蜜餞，喝豆蔻茶，交換彼此最近的新聞。沙里法喃喃自語地說了幾句希望蘇爾坦趕快出現的話，可是沒有引起任何人的注意。她的「三角關係」不再是哈亞塔堡區一〇三街道的熱門話題，十六歲的薩琳卡是目前大家閒聊的焦點所在。因為幾天前的一項不可饒恕的罪過，這個可憐的女孩被關在小房間裡，她被家人狠狠打了一頓，此時此刻正躺在床鋪上，一張臉腫得嚇人，背上布滿一條條紅色的淤血。

那些不知道這個故事細節的人都津津有味地聽著。

薩琳卡的罪行開始於六個月前。一天下午，沙里法的女兒莎布娜姆傳了一張紙條給薩琳卡。「我保證過不說出這張紙條來自誰，不過它來自一個男孩。」她說道，聲音因為激動而有些顫抖，同時又為被委以如此重責大任而欣喜若狂，「他不敢表露自己的身分，但是我知道他是誰。」

莎布娜姆不斷出現，每次都帶來那個男孩的小紙條，上面畫著被箭射穿的心，以及用笨拙的字體寫的「我愛你」之類的話語，紙條還告訴她她是多麼地漂亮。每遇到一個男孩，薩琳卡都把他當成是那個不知名的寫信者。她特別留心自己的穿著打扮，讓自己的頭髮油亮閃耀。每次她叔叔要她披上長長的頭巾，她總是在心裡暗罵不止。

一天，男孩來信說，他將站在隔她家幾戶的街燈旁，他將穿一件紅毛衣。離開家的時候，薩琳卡激動得渾身發抖。她穿了一件淺藍色天鵝絨衣衫，並且佩戴了她喜愛的珠寶，金色的手鐲以及重重的項鍊。她帶了一個朋友做伴，但是終究還是不敢走近那個穿著紅毛衣的高挑男孩。那個男孩將臉側向一邊，一動不動地立在那裡。

現在輪到她主動寫信了。「明天你必須轉過身來。」她寫了一張紙條，並將它交給莎布娜姆。莎布娜姆對信使的差事不僅心甘情願，現在更自告奮勇地參與其中。但是那男孩依然一動不動。到了第三天，他才轉過身來面對著她。薩琳卡感到心臟在胸膛裡猛跳，不過她卻沒有停下腳步。撲朔迷離的臆想終於為一種狂熱的愛所取代。他並不很英俊，但這就是他，那個寫信的人。一連好幾個月，他們交換著紙條，彼此暗送秋波。

在第一宗罪過之後，她又犯了新的罪行。她不但接受了一個男孩的信，居然還膽敢回了信。如今她和這個不是她父母選定的男孩墜入愛河。她知道他們不會喜歡他，他沒受過教育，沒有錢，出生在一個社會地位低下的家庭。在哈亞塔堡區，父母的意願舉足輕重。薩琳卡的姊姊就是在歷經五年與父親的苦苦抗爭之後，才如願以償地結婚的。她愛上了一個小夥子，可是父母卻給她挑選了另外一個人，她拒絕放棄那個小夥子，抗爭的結果是兩個相愛的人一起吞下了一整瓶藥丸自殺，他們很快被送去醫院洗胃。直到這個時候，父母才不得不妥協。

一天，薩琳卡和寫信的男孩納迪姆，逮到了一個難得的約會機會。薩琳卡的母親到首都伊斯蘭馬巴德的親戚家度週末去了，叔叔全天都出門在外，只有嬸嬸一個人在家。她告訴嬸嬸說，她要去拜訪朋友。

「你得到允許了嗎？」嬸嬸問。父親不在家的時候，叔叔就是一家之主。當時，她父親正待在比利時的難民收容中心，他正在等待居留申請批准，這樣他就可以找到工作並寄錢回家——或者更理想的，把全家人都接來。

「媽媽說我做完家事後就可以去。」薩琳卡撒謊道。

她並沒有去找她的女朋友，而是直接去找納迪姆，親自見面。

他們裝做是偶然在街道的拐角相遇的樣子。「我們不能在這裡交談。」她飛快地說。納迪姆招手叫了一輛計程車，他把她推進了車。薩琳卡從未和一個陌生男孩一起坐過計程車，她的心臟都要從喉嚨裡跳出來了。他們在白沙瓦的一個公園旁停了下來，在這個公園裡，男人和女人可以一起散步。

他們坐在公園的長椅上聊了近半個小時。納迪姆正在為將來籌畫一個宏偉的計畫，他準備買下一家商店，或是賣地毯。薩琳卡從頭到尾都非常恐懼會有人看到他們在約會，因此離開家還不到半個小時，她就回來了。但是地獄之門已經被打開來。莎布娜姆看到她和納迪姆坐在計程車裡一起離開，於是便把這件事告訴了母親，沙里法立即轉告薩琳卡的嬸嬸。

薩琳卡回來後，嬸嬸掌了她一巴掌，把她鎖在房間裡，並打電話給她在伊斯蘭馬巴德的母親。叔叔回家後，一家人都進到房間，要她說出她幹了些什麼事。當聽到計程車、公園、長椅及一路所發生的事情，叔叔氣得暴跳如雷。他抓起一截電線，朝她的背狂抽猛打，她嬸嬸在一旁緊緊拽住她。他又狠狠地打她的臉，直到她的嘴巴和鼻子鮮血直流。

「你做了什麼好事，你做了什麼好事？你這個妓女！」叔叔咆哮著說，「你丟盡了全家人的臉，你玷污了我們的名聲，你這只破鞋。」

他的叫聲響徹整個房間，並透過開著的窗戶傳到了鄰居那裡。不久，每個人都知道了薩琳卡的罪行。這項罪行使得薩琳卡被鎖在自己房間裡，躺在床上，她向阿拉祈禱，祈求納迪姆能夠向她求婚，父母能夠允許她結婚，納迪姆能夠在地毯店謀得一份工作，他們能夠搬走。

「如果她膽敢單獨和一個男孩坐在計程車裡，我敢肯定，她還會幹出更傷風敗俗的事。」她嬸嬸的一位朋友娜斯瑞一邊說，一邊傲慢地瞅著薩琳卡的母親。娜斯瑞用一個大勺子盛了一勺蜜餞送到嘴裡，等待著別人的回應。

「她只不過是去了公園，沒有必要打得差一點要了她的命。」席芮說，她是一名醫生。

「要是我們沒有阻止他，我們就得送她到醫院裡去了。」沙里法說，「她在庭院裡祈禱了整整一個晚上。」她接著說。夜裡醒來時，她看到了那個可憐的姑娘。「她一直在那兒，直到今天一大早的晨禱呼喚。」她補充道。

婦人們一邊嘆息，一邊默默祈禱著。她們都同意，薩琳卡犯了一個大錯，她不該到公園裡和納迪姆約會，但是究竟薩琳卡的行為僅僅是忤逆犯上，還是一項嚴重的罪行，她們無法達成一致意見。

「太丟人，太丟人，太丟人！」薩琳卡的母親號啕大哭著說，「我的女兒怎麼做出這種的事來？」婦人們討論接下來該如何收場，要是他向她求婚，所有的不體面都可一筆勾銷。但是薩琳卡的母親不願認這個女婿，他家裡很窮，又沒受過教育，大多數時間裡他都在街上無所事事。他只在一家地毯工廠謀到過一份工作，不過很快又失去了。如果薩琳卡嫁給他，她得搬去和他們家人一起住。他們永遠買不起自己的房子。

「他母親也不是一位好主婦。」一位婦人聲言，「他們家的房子又破又髒。她很懶，一天到晚不在家。」

一位年長的婦人想起了納迪姆的祖母。「當他們還在喀布爾的時候，他們家對任何人都敞開大門。」她說，接著又意味深長地補充，「甚至當只有她一個人在家的時候，也讓男人進家門，而他們還不是她家的親戚呢。」

「原諒我講話直了點，」一個婦人轉向薩琳卡的母親說道，「但我必需承認，我一向認為，薩琳卡有點喜歡賣弄風騷，她總是濃妝豔抹，打扮得花枝招展。你應該早就注意到她滿腦子裡壞念頭。」

有好一陣子，誰也沒吭聲，似乎大家都表示贊同，只不過出於對薩琳卡母親的同情沒有說出來罷了。一個婦人抹了抹嘴巴，是吃晚飯的時間了。其他人一個一個站起身來，沙里法也朝樓上的房間走去。她路過了監禁薩琳卡的房間，她將一直被關在那裡，直到她家裡的人做出怎樣處置她的決定。

沙里法嘆了嘆氣，這件事讓她想起她鄰居嘉米拉所受到的懲罰。

嘉米拉出身上流社會，非常高貴富有，性格天真爛漫，美麗得像一朵嬌豔的鮮花。一個在國外存了很多錢的親戚打算迎娶這位十八歲的美人。婚禮隆重而盛大，賓客多達五百人，菜餚極為豐盛，新娘則光彩照人。嘉米拉在婚禮之前從未見過那位男人，是她的父母安排了一切。新郎高高瘦瘦，年齡約莫四十出頭。為了這個阿富汗式的婚禮，新郎專程從海外回來。這對新婚夫婦一起住了兩個星期，然後新郎就回去辦理簽證，準備讓她移民海外。這段時期，嘉米拉則和她丈夫的兩個兄弟及他們的妻子住在一起。

三個月後，她被捉了，警察告發了她，因為他們懷疑有個男人爬進了她的窗戶。雖然他們一直沒有逮到這個男人，但是她丈夫的兄弟在她房間裡發現了那個人一些東西，這證明了警察的懷疑屬實。新郎家立刻解除了婚約，叫嘉米拉打包回家。她連著被關了兩天，等待家族議會的裁決。

三天後，嘉米拉的哥哥告訴他們的鄰居，由於電扇短路，他妹妹觸電死了。

葬禮在第二天進行，無數的鮮花，無數的嚴肅面孔。她母親和姊妹悲痛異常，所有人都在哀悼嘉米拉短暫的生命。

「像婚禮一樣，」他們說，「一場隆重的葬禮。」

她家庭的榮耀由此而得到了保全。

沙里法本來有個婚禮的錄影，但是嘉米拉的哥哥把它借走後就再也沒有歸還。沒有什麼能證明曾經有過這麼一場婚禮，但沙里法還保存了幾張照片。當這對新婚佳偶切蛋糕時，他們的神情是那樣的莊嚴。嘉米拉的臉上透露著純真善良，她黑黑的頭髮，紅紅的嘴唇，在潔白無瑕的婚紗和頭巾襯托下，看起來是多麼地可愛。

沙里法嘆了口氣，嘉米拉犯下了不可饒恕的罪行，不過，她的罪行，與其說是出於邪惡，不如說是出於無知。

「她罪不該死啊。但是一切都由阿拉裁決。」她喃喃自語地祈禱道。

不過，有一件事情始終讓她感到不安：經過家族議會兩天的討論，嘉米拉自己的母親同意處死她。正是她親生的母親，最後授意她的三個兒子殺死她的女兒。這幾個兄弟一起走進房間，一起用一個枕頭蒙住嘉米拉的臉，一起用盡全力往下壓，用力，再用力，直到她氣絕身亡。

然後他們回來向母親交差。

4 自殺與哀歌

在阿富汗，婦女對愛的渴望是一項禁忌，它同時為部族的榮譽觀和神學士們所禁止。年輕人沒有約會、相愛和選擇的權利。愛不僅與浪漫毫不相干，相反卻被視為一種嚴重的罪過，要被處以死刑。敢踰越雷池一步的人將被殘酷地被處死。如果只有一方有罪過的話，那一定是婦女了。

年輕女子是最重要的物品，可以用來交換和出售，婚姻不過是家族之間和家族內部的一份契約，決定取決於婚姻能給部族帶來多大的好處——感情很少納入考慮。許多世紀以來，阿富汗婦女就一直忍受著強加在她們身上的不公正。但是在歌謠和詩歌中，她們還是證明了她們生命的存在。這些歌謠並不是為了發表，但是它們綿延不絕地迴盪在山脈中和沙漠裡。

「她們用自殺和歌唱來抗爭。」阿富汗詩人賽義德・巴哈丁・馬吉諾赫（Sayd Bahodine Majrouh）在一本介紹普什圖婦女詩歌的書中這樣寫道。依靠他表妹的幫助，他收集了這些詩歌。馬吉諾赫本人一九八八年在白沙瓦被基本教義份子殺害。這些詩歌和韻文源自於日常的話語，傳頌於井邊，在去田野的路上，在家裡的烤爐旁。她們歌詠被壓抑的愛，無一例外地，情人都不是她們所嫁的人。她們談到她們可惡的丈夫（經常年齡很大）。但是她們也表達了她們的驕傲與勇氣。這些詩歌被稱為Landay，意思是「短暫」，它們通常只有幾行，非常簡短，但節奏感很強，「像是一聲尖叫，又像被刀刺時的哀鳴。」馬吉諾赫寫道。

殘酷的人們，你們可以看見那個老人
正朝我的床頭走來
而你竟然問我為何要哭泣並撕扯頭髮
啊，主呀，你為什麼又讓黑夜降臨到我的頭上
我渾身顫抖不已
我又要踏上那張厭惡的床鋪

但是婦女在詩中也是反叛者。為了愛，她們不惜失去生命——在一個視激情為洪水猛獸而加以禁止和嚴酷處罰的社會裡。

把你的手給我，我的愛人，我們可以躲進那草地

為了愛，我甘願倒在刺刀下
我跳進河裡，但是激流並未把我帶走
我丈夫是幸運的；我總是被拍打回岸上
明天我就要因為你被處死
別說你並不愛我

幾乎所有的「尖叫」都表達著失望和痛不欲生的情緒。一位婦女請求真主來生將她變成一顆石子，而不是一個女人。沒有一首詩是有關希望的——恰恰相反，絕望之情普遍蔓延。婦女們還沒有活夠，還沒有嘗過美貌、青春及愛情歡愉的滋味。

我美如一朵玫瑰
但是在你的下面我枯黃如一只柑橘
我從來不知道痛苦
因此我長得筆直又筆直，就像一棵冷杉樹

詩歌有時也充滿了甜蜜。在真摰、狂熱的愛的驅使下，一位女性炫耀著她性感魅惑的曼妙身軀——似乎是要激發、喚醒她所熱愛的男人的男子漢氣概。

把你的嘴放到我的嘴上
但讓我的舌頭自由以訴說愛的話語
先把我攬在你懷裡
然後讓我光滑的大腿盤住你
我的嘴就是你的，品嚐它，別害怕！
它並不是糖蜜做的，它不會融化
我的嘴，你快吻它
可是別再刺激我——我已經全身溼透
只要我灼熱的目光看上你一眼
就要把你燒成灰燼

5 商務之旅

天氣依然寒冷，第一束陽光照在陡峭山脈的懸崖絕壁上，周圍的景色從棕褐色漸漸變成了灰白色。山邊上全都是石塊，岩石隨時有可能如山崩地裂般滾滾而下，將下面過往的行人砸得粉碎，路面的沙石和泥土在馬蹄的踐踏下發出嘎吱嘎吱的響聲。從石縫中長出的薊草劃破了走私販、難民和逃亡士兵的大腿，一條若隱若現的小路彎彎曲曲地延伸著，直到消失在岩石和小山後面。

這就是走私販在阿富汗和巴基斯坦之間偷運武器、毒品、香煙和可口可樂的通道。這條小路開通已經數百年，當塔利班和基地組織發動的解放阿富汗的戰爭失敗之後，他們正是通過這條小路秘密逃往巴基斯坦部族地區。總有一天，他們也將從這條小路重新返回，擊退美國大兵——那些佔領了穆斯林神聖土地的異教徒。無論阿富汗還是巴基斯坦當局，都對這一邊界周圍地區沒有實際的控制，普什圖部族在兩國邊界線兩邊建立了他們的實際控制區。令人匪夷所思的是，部族利用這一區域設法鑽巴基斯坦法律的漏洞。在距離兩邊邊界線二十公尺遠的區域範圍內，巴基斯坦當局有權管轄，但是在邊界線二十公尺以外的地方，那可就是部族法律支配的地方了。

那天早晨，書商蘇爾坦‧汗就這樣路過一個巴基斯坦邊界哨所，不到一百公尺之外就是巴基斯坦的警察。然而只要人、馬匹和馱滿貨物的驢子保持距離，他們就什麼也不能做。

當局不能控制這些來來往往的人流，但是許多旅行者還是被全副武裝的人員、有時候甚至是普通村民攔住徵收所謂的稅，蘇爾坦預先做了防範，桑雅把他隨身攜帶的錢縫在他襯衣的袖子裡，他的所有物品都裝在一個髒兮兮的糖袋裡，他身上穿著他最破舊的長套衫。

就像對大多數阿富汗人那樣，通往巴基斯坦的邊界是不能踰越的。儘管他在那邊有家、有房子、有生意，還有女兒在那裡上學，但這些都幫不了他——他是不受歡迎的。在國際社會的壓力下，巴基斯坦關閉了它的邊界，以防止恐怖份子和塔利班成員躲藏到他們國家。這是一個勞而無功的措施，恐怖份子和塔利班士兵畢竟不會出現在被嚴密監控的邊界通道。他們選擇的路線與蘇爾坦做生意的所走的路一樣，每天都有好幾千人從這條小路進入巴基斯坦。

馬兒吃力地行進在有些陡峭的斜坡上，身材壯碩的蘇爾坦坐在一匹沒有配鞍的馬背上。即便穿上最舊的衣服，他看上去還是儀表堂堂。他的鬍鬚一如既往地修整得很整潔，頭上的土耳其氈帽大小剛好。他看上去像一位來這裡欣賞山區風光的紳士——即便此時此刻的他由於害怕而緊緊拽住轠繩。他感到渾身直打顫，哪怕是踩錯一小步，他們就會跌入無底的深淵，但是馬兒用力平穩地行走在被踩踏得很平整的小路上，絲毫沒有受到背上的主人影響。價值不菲的糖袋由於綳得太緊而磨傷了蘇爾坦的手，裡面裝的是他準備為自己的書店印刷的書，以及他希望成為自己畢生巨著的草稿。

他周圍是那些徒步行走的阿富汗人，全都渴望偷渡到前方那個國家。婦女們穿著一身「布卡」，彷彿是要去拜訪親戚。其中還有一些是大學生，他們要回到位於白沙瓦的大學和家人一起慶祝「開齋節」。人群中也許還有些走私販，也可能是商人，蘇爾坦沒有問。他全神貫注於自己腳下的路和手中的轠繩。一想到這一路上所吃的苦頭，他不禁咒罵起巴基斯坦當局來。頭一天，他坐著汽車從喀布爾到了邊界，然後在一個簡陋的邊防站整整待了一個晚上。接下來是一整天的顛簸，要嘛騎馬，要嘛是步行，要嘛搭乘一輛小型貨車。其實從邊界到白沙瓦的大路只有一個小時的路程，可是他卻不得不像一名走私犯一樣東躲西藏，白白地繞了許多彎路。蘇爾坦感覺自己就像一條流浪狗，被人吆來喝去。巴基斯坦曾經在政治上支持塔利班，為他們提供金錢和武器。轉眼之間，他覺得他們現在成了兩面人，一面去討美國人的歡心，一面關閉了阿富汗的邊界。

除了沙烏地阿拉伯和阿拉伯聯合大公國以外，巴基斯坦是唯一官方承認塔利班政權的國家。巴基斯坦當局希望能由普什圖人來掌控阿富汗，普什圖人居住在巴阿兩國邊界地區，在相當程度上受巴基斯坦的影響。事實上，所有的塔利班都來自普什圖族，他們是阿富汗最大的民族，約占總人口的百分之四十。塔吉克人是北方最大的民族，約有四分之一的阿富汗人是塔吉克人。911後得到美國支持的北方聯盟，整體而言都是由塔吉克人組成的。巴基斯坦人對他們多多少少存有戒心。塔利班垮臺後，塔吉克人成了政府依靠的一股勢力。許多巴基斯坦人覺得他們現在是腹背受敵：東邊有印度，西邊則是阿富汗。

但是總的來說，在阿富汗各個群體之間，部族間的仇恨並不是十分強烈。衝突主要來自於不同軍閥之間的權力爭鬥，他們煽動本身的部族向其他民族發動戰爭。塔吉克人害怕一旦普什圖人變得過於強大，他們就會在另一場戰爭中被屠殺。由於同樣的原因，普什圖人也擔心塔吉克人。西北部的烏茲別克人和哈札拉人的情形也大體上是這樣。有時候，同一民族的不同部族首領之間也會爆發戰爭。

對於自己血管裡流的是哪個民族的血，抑或別人血管裡流的是哪個民族的血，蘇爾坦並不十分在意。就像許多阿富汗人一樣，他生活在一個混合的家庭：他母親是普什圖人，他父親則是塔吉克人；他的第一個太太是普什圖人，而第二個則是塔吉克人。從嚴格意義上講，他是塔吉克人，因為種族血統應隨父親一方。他講普什圖語和達里語（一種塔吉克人講的波斯方言）兩種民族的語言。蘇爾坦持這樣一種觀點，對於阿富汗人來說，現在是忘記戰爭的創傷，重建國家的時候了。他夢想有朝一日他們能修復已經失去的鄰里間的關係，但是形勢看起來似乎沒有那麼樂觀。蘇爾坦對他的同胞深感失望。他勤勉又踏實地工作，努力拓展他的生意，同時他為那些把辛辛苦苦掙來的積蓄全花在麥加朝聖之路上的人感到難過。

就在他去巴基斯坦之前，他曾和表兄瓦希德有過一次交談。瓦希德正苦心經營著一家小型汽車零配件商店，好不容易才賺了些小錢。他興致勃勃地跑來告訴蘇爾坦說，他終於存了足夠的錢可以飛去麥加了。「你真覺得祈禱能幫你嗎？」蘇爾坦問，「《古蘭經》教導我們必須去工作，憑藉辛勞、汗水解決我們自己的問題。但是我們阿富汗人太懶惰了，我們只知道尋求援助，要嘛向西方國家，要嘛向阿拉。」

「但是《古蘭經》也告訴我們要敬拜真主。」瓦希德辯解說。

「先知穆罕默德如果聽到對他發出的所有呼喊、哀號和祈禱，他是會哭的。」蘇爾坦接著說，「無論我們磕了多少下頭，但是如果我們不工作，祈禱就一錢不值，對我們的國家來說都是沒有幫助的。我們不能只是坐著等待真主的恩典。」蘇爾坦現在是口若懸河，語調也不禁高昂了許多，「我們盲目地尋求一位聖人，結果找到了許多吹牛大王。」

蘇爾坦知道他已激怒了他的表兄。對於蘇爾坦來說，工作是他生命中最重要的事情。他努力用同樣的道理來教育他的兒子，並且自己身體力行。正是出於這樣的考慮，他要兒子離開學校，到他的書店來工作，以便幫助他建立他的圖書帝國。

「但是，到麥加朝聖是穆斯林的五功之一啊，」瓦希德爭辯道，「要做個好的穆斯林，你必須信奉真主、齋戒、祈禱、施捨並且去麥加朝聖。」

「我們當然都要去麥加，」蘇爾坦最後說，「但只有當我們值得這樣做的時候。我們去是為了感恩，而不是去祈求。」

瓦希德此刻想必身穿著飄逸的朝覲長袍，正在前往麥加的路上吧，蘇爾坦心想。他用鼻子哼了一聲，抹了抹額頭上的汗水。太陽高懸在當空，坡道終於走完，小路開始向下延伸了。在一個小山谷的運貨馬車道上，幾輛小型貨車等在那裡。這些就是開伯爾山口的計程車，對於這些進入他們國家的不受歡迎的來訪者，車主們總是要狠狠地宰上一刀。

這裡曾經是古代絲綢之路的一部分，這條商貿之路連接起兩個偉大的文明古國——中國和羅馬。絲綢通過這條道路被運往西方，用以交換黃金、白銀和羊毛。

兩千多年來，開伯爾山口就一直是無數不請自來者的必經之地。波斯人、希臘人、蒙兀兒人、蒙古人、阿富汗人和英國人為了佔領印度，就是通過這裡到達那個國家的。西元前六世紀，波斯國王大流士征服了大半個阿富汗，之後又通過開伯爾山口繼續向印度進軍。兩百年以後，亞歷山大大帝的將軍們率領軍隊穿過開伯爾山口。在開伯爾山口最狹窄的地方，只能容一匹馱滿貨物的駱駝或兩匹並肩而行的馬同時經過。成吉思汗一度廢棄了絲綢之路的部分路段，像馬可波羅那樣的和平旅行家，就只得跟隨來往於沙漠的商隊去東方了。

遠自大流士國王時期起，一直到十九世紀英國人入侵開伯爾山口時，來自周圍山脈的普什圖部族就從未停止對侵略者的殊死反抗。一九四七年英國撤軍以後，部族重新控制了開伯爾山口以及一直到白沙瓦的周圍所有地區。其中尤以阿夫里迪部族最為強大，他們的武士個個勇猛兇悍，令人生畏。

越過邊界線以後，首先映入眼簾的依然是武器。在公路沿巴基斯坦一側，每隔一段距離，就會看見「開伯爾槍械」的字樣，它們或刻在半山腰，或印在不毛之地的髒兮兮的標誌牌上。「開伯爾槍械」是一家槍械公司，它同時也是負責這一地區的地方民兵組織的名字。該組織保護著一個聞名遐邇、財源滾滾的市場，它位於緊鄰邊界線的一個村莊，那裡充斥著走私違禁品，印度大麻葉和武器在這裡賤價出售，沒有人會檢查執照——相反地，在巴基斯坦境內，任何攜帶武器的人都要冒被判長期監禁的危險。一棟棟富麗堂皇的宮廷建築坐落在村落的小土屋之間，這裡的開銷全部用黑錢來支付。一段段混凝土障礙物若隱若現地出現在遠方，它們就是被稱為「龍齒」的楔形反坦克防禦工事，二次世界大戰期間由英國人所建造，用以防範德國裝甲師的進攻。由於發生了幾起外國人被綁架事件，當局不得已在這些邊遠部族地區採取了嚴格的措施。即使是在通往白沙瓦的有巴基斯坦軍隊巡邏的幹道上，外國人也不被允許驅車行駛，除非他們得到保護。沒有適當的證件和武裝人員的護送，他們也不能離開白沙瓦到阿富汗邊界。

沿著一邊是山脈、一邊是懸崖的小路行駛了兩個小時，又騎了幾個小時的馬後，蘇爾坦終於看見平原上的白沙瓦了。他換乘了進城的一輛計程車，趕往哈亞塔堡區一〇三號街道的家裡。

天色開始轉暗的時候沙里法聽到了敲門聲。他終於來了。她跑下樓去，打開門，他站在那裡，又累又髒。他把糖袋遞給她，她扛起袋子上樓，他在後面跟著。

「一路上還好吧？」

「景色不錯，」蘇爾坦回答，「日落美極了。」

趁他洗澡的時候，她準備晚飯。她在地板上攤開桌布，兩邊放著柔軟的坐墊。蘇爾坦從浴室裡出來，身上穿著熨燙整齊的乾淨衣服。他看了看沙里法擺出的玻璃盤子，心裡有些不高興。

「我不喜歡玻璃盤子，它們看上去很寒酸，」他說，「像是舊貨市場買回來的東西。」

沙里法將它們換成了陶瓷盤。

「這好多了，東西吃起來也更可口。」

蘇爾坦講了些喀布爾的最新消息，沙里法則講了些發生在哈亞塔堡的新鮮事。他們已經有幾個月沒有見面了，他們談論著孩子、親戚和接下來幾天的安排。每次蘇爾坦到白沙瓦，他都不得不耐著性子去探望那些還沒有回到阿富汗的親戚。首先是家裡有人過世的人家，其次是關係最為密切的親戚，如此等等，拜訪多少人取決於他停留的天數。

蘇爾坦特別害怕去見沙里法的姊妹、表兄弟姊妹和堂兄弟姊妹。他不可能隱瞞他回來的事實，每個人對小鎮裡所發生的一切都瞭若指掌。再說，這種禮節性的拜訪也是他和沙里法婚姻生活存續的全部證明。她現在對他所能提出的全部要求，無非是在他逗留期間能夠對她的親戚好一點，並且在別人面前以對待妻子的態度來對待她。

當所有例行拜訪計畫商量妥當之後，沙里法談起了樓下最近所發生的一件事——薩琳卡的不軌行為。

「不知廉恥，」蘇爾坦說，他靠在一個枕頭上，像個羅馬皇帝，「真是個不知廉恥的婊子。」

沙里法不以為然，薩琳卡甚至沒有和那個男孩單獨相處過。

「她的態度，她的態度。」蘇爾坦說，「即使她現在還不是個妓女，也很快會變成妓女。她選擇了一個沒工作的無用男孩，她怎麼可能有足夠的錢買她所想要的東西，如珠寶呀、漂亮衣服呀？當一個沒有蓋子的水壺燒開以後，什麼樣的東西都可能掉進去，垃圾呀、泥土呀、灰塵呀、昆蟲呀、爛樹葉呀。」他繼續說：「薩琳卡一家人的生活就像那樣，沒有蓋子，各種髒東西都落到上頭。他父親遠在國外，就算他以前還在國內時也從不回家。現在他在比利時難民營已經住了三年，還是沒辦法弄到文件接他們過去。」蘇爾坦哼聲說，「他是個沒用的人，真沒用。從薩琳卡學會走路開始，她就一直在找人嫁，這個人碰巧是游手好閒的窮光蛋納迪姆。你記不記得，起初她還打過曼蘇爾的主意？」蘇爾坦問，書商顯然已經被流言蜚語給左右了。

「是她母親在那裡瞎攪和，」沙里法想起來，「她不斷地問是不是到了該給他娶媳婦的時候了。我總是回答說還早了點，孩子還要唸書。我打死也不願意給曼蘇爾找一個像薩琳卡那樣既驕傲又可悲的妻子。你弟弟尤努斯來白沙瓦的時候，也被同樣的問題轟炸，但可他從沒打算娶個像薩琳卡這樣的窮酸姑娘。」

有關薩琳卡罪行的話題被翻來覆去聊了個透，不過，這對老夫老妻還有更多的親戚供他們說三道四。

「你堂妹怎麼樣？」蘇爾坦笑著問。

沙里法有一個堂妹一輩子都在照料她的父母，父母去世以後，她哥哥將她許配給一個老人，他需要一個能夠照顧他孩子的母親。蘇爾坦對有關她的故事總是興致勃勃，從不厭倦。

「她婚後完全變了個人，她總算成了一個女人，」蘇爾坦笑著說，「但是她從沒生過孩子，因此她顯然在婚禮前就已改變了她的生活。壞蛋可從不會歇手，他每天晚上都在幹壞事兒。」他又笑了。

「也許是吧。」沙里法大膽地說，「你記得結婚前她看起來又瘦又癟嗎？她現在完全變了。我猜她如今可是如狼似虎呢。」她大聲嚷嚷道。沙里法捂著嘴，吃吃地笑個不停，因為她無意中暴露別人的隱私。他們靠在枕頭上，周圍是滿地的剩飯剩菜，夫妻兩人往日的親密感情似乎又重回他們之間。

一個故事接著另一個故事，蘇爾坦和沙里法躺在地板上，又笑又鬧，彷彿是兩個孩子。

單純從外表上看，阿富汗人似乎沒有性生活，女人罩在布卡後面，布卡下面穿著又長又寬的衣服，在裙子下面她們穿著長褲，即使是在四周圍著牆的房間裡，也很少穿低胸的衣服。不同家庭的男子和女子不能坐在同一個房間，他們絕對不能互相談話或一起用餐。在鄉下甚至婚禮也要分開，女人和男人的跳舞和嬉戲打鬧都在不同房間裡分別進行。但是，表面的平靜下是洶湧澎湃的激情。儘管冒著死亡的嚴酷處罰，在阿富汗人們照樣也有情夫和情婦。城鎮裡也有賣淫的地方，一些年輕男子在等待迎娶新娘的同時，會經常光顧這類場所。

性慾在阿富汗神話和傳說中也有其地位。蘇爾坦很喜歡八百年前的詩人魯米（Rumi）在其經典作品《瑪斯納維》（*Masnavi*）中所寫的故事。他用性慾來警告人們不要盲目步別人後塵。

一個寡婦有一頭她非常珍愛的驢子，它每天都馱著她去她想去的任何地方，而且非常聽話。主人對驢子呵護備致，總是用最好的飼料餵養它。可是有一天驢子突然病了，一點力氣都沒有，什麼東西也吃不下，寡婦尋思一定是什麼地方出問題了。一天晚上她到畜棚裡去看驢子睡了沒有，她看見她的女僕躺在乾草上，驢子騎在她的上面。同樣的事情每天晚上一再重覆，寡婦心生好奇，決定自己也去試一試。她支開女僕，自己躺在乾草上，讓驢子騎在她身上。等女僕回來時，寡婦已經死了，她驚恐地發現，她的主人沒有照她做的那樣去做——套一個南瓜在驢子的傢伙上，以便縮短一截長度。對女僕而言，後面的一截兒就已經足夠。

鬧夠笑夠後，蘇爾坦從靠著的枕頭上站起身來，理了理他的長套衫，開始查看電子郵件。美國大學想要七〇年代的期刊；研究人員希望得到一些古舊的手抄本原件；拉合爾的印刷商發來了印刷明信片的報價，這是根據紙張的最新價格估算出來的。明信片是蘇爾坦一項主要的收入來源，他花一美元的成本印六十張，而以三張一美元賣出。一切都按他的計畫在進展，如今塔利班走了，他可以做他想做的事情了。

接下來的一天，他處理信函、逛書店、去郵局寄收包裹，然後開始沒完沒了的禮貌性探望。他首先去造訪了一位堂姊，她的丈夫不久前死於癌症，他向她表示了哀悼之情。接著是一次相對愉快的探訪，對象是他的一個堂弟，名叫賽德，在德國當比薩外送員，剛剛從那裡回來。他以前曾在阿里亞納航空——阿富汗人一度引以為豪的航空公司——擔任一段時間的飛航工程師，如今想和家人一起回喀布爾重操舊業。但是他必須攢更多一點錢。在德國當比薩外送員所賺的錢比在阿富汗當飛航工程師要多得多，同時他對擺在面前的家庭問題也還未想出一個解決的辦法。在白沙瓦他已娶妻生子，在德國他和第二個太太生活在一起。如果他回到喀布爾，他們不得不生活在同一屋簷下。他害怕這樣的想法，大太太對二太太一無所知，她們從未見過面。儘管他一直在往家裡匯錢，算得上一名稱職的丈夫，但是如果她們搬到一起呢？對此他有些不敢想像。

白沙瓦的生活費用很昂貴。一個親戚被趕出了他租借的住所，另一個希望得到資助去做生意，第三個想借款。蘇爾坦很少給親戚錢，由於他經營有方，當他去走親訪友時，他們總是向他尋求幫助，但大都被他拒絕了。他覺得他們過於懶惰，應該依靠他們自己。無論如何，在尋求他的幫助之前，他們必須給他一個有說服力的理由，可是在他看來，他們大都拿不出這樣的理由。

夫婦兩人一起出訪時，沙里法是個地地道道的話匣子，她談笑風生，總有講不完的故事。蘇爾坦喜歡坐在那裡聽著，偶爾插上幾句有關職業道德或自己生意的評語。但是只要蘇爾坦說，該走了，他們就立刻起身回家，莎布娜姆跟在後面。他們安靜地走在哈亞塔堡區昏暗骯髒的街道上，一陣陣刺鼻的垃圾惡臭從後街小巷中飄散出來。

一天晚上，沙里法將自己打扮一新，去看望一位遠房親戚。儘管他們離沙里法居住的地方僅僅幾條街，平時他們卻沒有往來。沙里法蹬著高跟鞋搖搖擺擺地走在前面，蘇爾坦牽著莎布娜姆的手慢吞吞地跟在後面。

他們被熱情地迎進門，主人擺出水果、乾果、糖和茶，他們開始說東道西地閒聊起來，孩子們則在一旁靜靜地聽著。莎布娜姆百般無聊地啃著開心果。

主人家有一個女兒不在場，她就是十三歲的貝爾琪莎。她很知趣地躲到一邊去了，因為客人的來訪與她有關。

沙里法之前已經來過，為著相同的目的。這一次蘇爾坦勉強同意陪她一起來，以加重拜訪的砝碼。他們為尤努斯——蘇爾坦的小弟弟——而來。幾年前，當他以難民身分居住在巴基斯坦時，他愛上了貝爾琪莎，當時她還只是個小孩。尤努斯要沙里法為他提親，雖然他自己還沒有跟她說過半句話。

回答總是如出一轍：她還太小。另一方面，如果他們想要二十歲的大女兒雪琳的話，事情就另當別論了。但是尤努斯不想要她，她不如貝爾琪莎漂亮，更何況，她實在有點太迫不及待了。每次他來訪，她總是圍著他轉，當別人不在場時，她甚至讓他牽她的手。這一點在尤努斯看來可不是好跡象，顯而易見，她不是一個貞潔的女孩。

僅管已經有別的人向雪琳求婚了，但考慮到尤努斯是個不錯的人選，雪琳的父母仍主動向蘇爾坦提起，並最後一次把雪琳介紹給尤努斯。但是尤努斯並不想要雪琳，他眼裡只有貝爾琪莎。

儘管遭到了拒絕，沙里法還是不斷回來為尤努斯向貝爾琪莎求婚。這樣做沒有絲毫失禮的地方，恰恰相反，這顯示了求婚的嚴肅性。按照傳統說法，求婚者的母親必須磨破她的鞋底，直到它們薄得和大蒜皮一樣。由於尤努斯的母親比比・古兒在喀布爾，作為嫂子，沙里法扛下了媒人的職責。她極力誇大尤努斯的優點，說他英語說得多流利，他在蘇爾坦的書店裡工作，他們的女兒嫁過來後什麼也不會缺。但是尤努斯已經快三十歲，貝爾琪莎的父母覺得相對女兒來說是太大了些。

貝爾琪莎的母親還看上了蘇爾坦家的另外一個男孩曼蘇爾，蘇爾坦十六歲的兒子。「如果你們願意為曼蘇爾提親，我們馬上可以答應下來。」她說。

現在輪到蘇爾坦採取堅定立場了。曼蘇爾只比貝爾琪莎大幾歲，他甚至一眼也未曾見過她。沙里法覺得現在談婚論嫁為時尚早，他還要去學習，去見世面。

「不管怎麼看，她都不是十三歲，」沙里法晚些時候對她的一個女友說，「我敢肯定，她至少有十五歲。」

貝爾琪莎進屋待了一會兒，蘇爾坦得以從頭到腳打量她一番。她個子很高，身材苗條，看起來不止十三歲。她穿著深藍色天鵝絨衣服，坐在她母親身邊，顯得有些害羞和不自在。她很清楚眼前所的事情與她息息相關，因而有些手足無措。

「她流淚了，她不願意。」她的兩個姊姊當著她的面，對蘇爾坦和沙里法說。貝爾琪莎低著頭。

但是沙里法卻很高興，新娘不情願，這可是好兆頭，它表明新娘心地純潔。

幾分鐘後，貝爾琪莎起身離開，她母親解釋說她第二天還要參加數學考試。當雙方協商的時候，當事人一般不宜在現場。反對的一方首先要擺出一副反對的架勢，以摸清對方的底細，然後討價還價，直到彼此達成共識。接著他們開始細談父母會拿到多少聘金，婚禮、服飾、鮮花的開銷有多大。所有的費用都由新郎家承擔。蘇爾坦的到場給協商加重了砝碼，因為他很有錢。

拜訪結束了，什麼也沒定下來，他們在有些寒冷的三月夜晚走回家，街上靜悄悄的。「我不喜歡這家人，」蘇爾坦說，「他們貪得無厭。」

他尤其不喜歡貝爾琪莎的母親。她是她丈夫的第二個妻子。第一個太太婚後生不出孩子，於是他另娶新妻子，新太太處處給大太太難堪，逼得她不得不搬出去和兄弟同住。有關貝爾琪莎的母親惡劣品行的故事源源不絕。她既貪婪又嫉妒，她的大女兒嫁給了蘇爾坦的一個親戚，據那個親戚講，婚禮舉辦的時候，她不斷抱怨食物太少、裝飾品太少，把婚禮攪得一團糟。「有其母，必有其女。貝爾琪莎和她母親是一個模子刻出來的。」蘇爾坦下結論。

不過他又很不情願地接著說，如果尤努斯確實想娶她，他也只好盡力而為了。「遺憾的是他們終究會答應，我們家可是打著燈籠都難找，他們不會拒絕的。」

盡完家庭的禮節性義務之後，蘇爾坦終於著手進行他這次來巴基斯坦的主要任務：印書。一天清晨，他起身前往這次旅行的第二站——拉合爾，以印刷、裝訂和出版著稱的城市。

他隨身攜帶了一個手提箱，裡面裝著六本書、一本月曆和幾件換洗的衣服。和以往旅行時一樣，他把錢縫在襯衣袖子裡。天氣看起來似乎會轉暖和，白沙瓦的客運車站擠滿了人，客運公司的喇叭不停地大聲播放：「伊斯蘭馬巴德、卡拉奇、拉合爾！」每輛汽車前都有一個人站在那裡招攬乘客。沒有發車的時刻表，哪輛車先坐滿了就出發。開車前，小商販們上車兜售堅果、小紙袋裝的瓜子、餅乾、薯片、報紙和雜誌，乞丐們則向每個敞開的車窗伸手尋求施捨。

蘇爾坦對他們視若無睹，他遵從先知穆罕默德有關施捨的教誨：首先要照顧好你自己，其次是你的家人，第三是你的親戚，然後是你的鄰居，最後才是那些素不相識的窮人。他可能會施捨一些阿富汗尼給喀布爾的乞丐，但是巴基斯坦的乞丐是在這張列表的最後，巴基斯坦應該照顧自己的窮人。

他坐在汽車的後排，左右都擠滿了人，他的手提箱放在腳下，裡頭有他的人生計畫，寫在一張紙上。他想印刷阿富汗的新教科書。等學校今年春季開學的時候，學生將沒有教科書可用，聖戰者組織和塔利班出版的書籍毫無用處。看看一年級的學生是怎樣學習字母的：「J是Jihad（聖戰），我們的使命；I是Israel（以色列），我們的敵人；K是Kalashnikov（卡拉什尼科夫衝鋒槍），我們要征服；M是Mujahedeen（聖戰者組織），我們的英雄；T是Taliban（塔利班）……」

即使在數學課本裡，戰爭也是中心主題——因為塔利班出版的教科書是專門為男孩子準備的——題目不是計算蘋果和蛋糕，而是子彈和突擊步槍。比如有這樣一道題：「小奧瑪爾有一支突擊步槍和三個彈匣，每個彈匣裡有二十發子彈，他用三分之二的子彈殺了六十個異教徒。請問，他用每顆子彈殺死了多少個異教徒？」

蘇爾坦希望教科書能回到查希爾國王的時代，在一九七三年被推翻之前，國王統治阿富汗長達四十年之久，那是一個相對比較和平的時期。他已經找到了一些可以重新印刷的舊教科書：講述波斯故事和神話的課本、計算「一加一等於二」的數學書、摒棄了教條的灌輸而保留了一點純潔的愛國主義內容的歷史書。

UNESCO（聯合國教科文組織）已經承諾要對阿富汗的新教材提供財政支援。作為喀布爾最大的出版商之一，蘇爾坦已經和他們進行了多次會面，等他這次從拉合爾回去以後，他會向他們提出一個報價。他背心口袋裡有張小紙條，他在上頭計下了一百一十三種教科書的頁數和開本，整個計畫的預算高達兩百萬美元。到達拉合爾以後，他要作一番考察，看看哪家印刷廠能給他最好的價錢。然後他將返回喀布爾，爭取將這筆穩賺不賠的合約拿下來。蘇爾坦專注地計算在這兩百萬美元的大餅之中，自己能瓜分到多大的一塊。不過他決定不要太貪心。如果他贏得這份合約，在接下來的許多年裡就夠他忙了——不但要重印舊書，還要印新的教科書。他翻來覆去地想著，窗外道路兩旁的田野和平原飛快地被甩到車後。這是一條連接喀布爾和加爾各答的幹線公路，越接近拉合爾，天氣就越熱。蘇爾坦身上還穿著從阿富汗高原地區出發時穿的家裡自製的衣服，他撓了撓頭頂所剩無幾的頭髮，又用手帕擦了擦臉。

除了那張紙上所羅列的一百一十三種教科書，蘇爾坦還有幾本自己打算出版的書。隨著大批記者、社工人員和外交官相繼湧入阿富汗，國內對於英文圖書的需求肯定會大增。蘇爾坦不打算從國外出版商那裡進口圖書，他決定自己印製。

巴基斯坦是盜版印刷商的天堂，沒有任何管制，也少有版權和版稅的概念。蘇爾坦花一美元印的一本書，可以賣到二十甚至三十美元。艾哈邁德・拉希德（Ahmed Rashid）所寫的暢銷書《塔利班》（*Taliban*），蘇爾坦已經再版了好幾刷。一位俄國記者寫的《我的祕密戰爭》（*My*

Hidden War），描述了一九七九至一九八九年蘇聯佔領阿富汗時期的情形，在外國士兵中最受歡迎。書中所描繪的內容與今天在喀布爾巡邏的國際維和部隊士兵所經歷的現實，形成了強烈的反差。這些維和部隊士兵時常光顧蘇爾坦的書店，買一些明信片或者以前的戰爭書籍。

汽車駛進拉合爾車站，熱浪向他撲來，這裡也是人頭鑽動。拉合爾是巴基斯坦的文化藝術重鎮，一個繁忙、污染嚴重同時又有些神祕的城市。由於地處平原，缺少天然屏障，這個城市曾被佔領、摧毀、重建，再被佔領、摧毀、重建。但是在被征服和重建的過程中，許多統治者招攬了一流的詩人和作家來此，並且將他們奉若上賓。儘管藝術家們所造訪的宮殿不斷被夷為平地，拉合爾還是因此而成為一個藝術和書籍之城。

蘇爾坦喜歡拉合爾的圖書市場，他在這裡有過好幾次意外的收穫。很少有比在布滿灰塵的市場上發現一本有價值的書，然後用極低的價格把它買到手更令他怦然心動的了。蘇爾坦認為自己擁有全世界最豐富的阿富汗書籍收藏，其總數多達八千到九千卷之多。所有關於這方面的書他都感興趣：古老的神話故事，年代久遠的詩歌、小說、傳記，近年來的政治、文學以及詞典和百科全書。每當他碰巧遇到一本他沒有或是不知道的書，他的臉就會立刻亮了起來。

但是這次他沒時間在書市裡淘金。他在拂曉時分起床，換上乾淨的衣服，修整了鬍子，頭上戴了頂土耳其氈帽。他要完成一件崇高的任務——為阿富汗的兒童印刷新課本。他直接去找以前最常打交道的客戶。他在那裡遇到了泰勒哈，一個傳承第三代的年輕的印刷商。他對蘇爾坦的計畫沒什麼興趣，原因很簡單：太大了。

泰勒哈請蘇爾坦喝奶茶，他用手捂住嘴，看上去有些憂慮。

「如果只有少數幾種我倒不介意，但是一百一十三種！那可要花掉我們一年的時間。」

蘇爾坦只有兩個月的期限。印刷機的聲音越過薄薄一層牆壁傳到小小的辦公室裡，他試圖勸說泰勒哈先擱下所有其他的業務。

「不可能。」泰勒哈說。雖然蘇爾坦是一個非常重要的客戶，為阿富汗的兒童印課本也是一件神聖的工作，可是他不大可能撇下別的業務不管。即使這樣，泰勒哈還是快速計算了一遍，他估計每本書的印製成本最低可以控制到三美分。價格取決於紙張、顏料的品質以及裝訂的方式。泰勒哈將品質和規格綜合計算的結果列了一個長長的清單。蘇爾坦瞇起眼睛，按照巴基斯坦盧比、美元、天數和週數心算了一下。關於交貨期限他沒有對泰勒哈說實話，為的是讓他加快進度，並且將別的業務撇在一邊。

「別忘了，兩個月，」他說，「要是你不能如期完成，我的生意就被你毀了，聽清楚沒有？」

談完教科書，蘇爾坦接著和他商量自己書店的那幾本新書。他們再一次從價格、數量和日期討價還價。蘇爾坦帶來的這幾本書是直接從原版翻印的，書頁被拆開來重新複製，印刷工把它們放在一個大金屬板上壓印。當他們印刷彩色的封面時，他們會在金屬板上澆鑄鋅液，之後把這些金屬板放到太陽底下，以顯示出正確的顏色。如果某一頁有許多種顏色，則金屬板必須一次次分別曝曬。一切都在一台舊的半自動化機器上完成，一個工人給印刷機上紙，另一個蹲在另一頭將印完的東西歸類。無線電臺正在播放一場斯里蘭卡和巴基斯坦的板球賽，聲音充斥著整個廠房。廠房的牆上畫著一幅麥加的壁畫，天花板上搖晃著一盞燈，燈上沾滿死蒼蠅。一股黃色的酸性液體沿著地面流進排水溝裡。

巡視一番之後，泰勒哈和蘇爾坦坐在地上開始考慮封面。蘇爾坦已從他的明信片上選定了主圖，再加上一些他慣常使用的條紋和花邊，僅僅五分鐘，他們已設計了六個封面。

幾個人坐在一個角落裡喝茶，他們是巴基斯坦的出版商和印刷商，他們靠地下非法翻印盜版書為生，和蘇爾坦的生意有相當多的聯繫。彼此問候之後，他們開始談論起有關阿富汗的最新消息，諸如哈米德・卡爾札伊如何在軍閥之間走鋼索，幾股基地組織武裝在東部地區發動了襲擊，美國特種部隊已經前來增援，並且對靠近巴基斯坦邊界線的洞穴展開轟炸。其中一個坐在墊子上的人說，他為塔利班被趕出阿富汗而感到遺憾。

「我們巴基斯坦也需要一些塔利班，好好整肅一下。」他說。

「這只是你的一己之見。你沒有吃過塔利班的苦頭，如果塔利班上臺了，巴基斯坦將會徹底崩潰，沒別的可能。」蘇爾坦大聲反駁道，「只要想像一下：所有的廣告招牌都必須拆除，光是這條街上就至少有幾千個。所有圖畫書都要燒光，所有巴基斯坦的電影拷貝、音樂帶、文檔資料及相關器材都將被摧毀，你們將再也聽不到音樂，再也不能跳舞。所有網路咖啡店都會被關閉，所有電視機都會被沒收，你們在無線電裡只能收聽到宗教節目。女孩們全會被趕出學校，婦女們將從工作崗位上被趕回家裡。巴基斯坦會發生什麼事情？數十萬個工廠倒閉，國家將陷入大蕭條。當巴基斯坦不再是一個現代化國家時，那些失去工作的多餘的人該做什麼呢？也許他們會變成軍人？」蘇爾坦越說越憤怒。

那個人聳聳肩：「嗯哼，也許不是所有塔利班，而是他們中的一小部分。」

泰勒哈藉由印製塔利班的小冊子支持他們，有那麼幾年他甚至印刷了他們的一些課本，最後他還幫助他們在喀布爾建起了自己的印刷廠。他從義大利弄來一台二手印刷機，他很便宜地賣給了他們，並且還為他們提供紙張和其他技術設備。就像大多數巴基斯坦人一樣，泰勒哈他們認為擁有一個普什圖族政權作為鄰居比較安全可靠。

「你也真是太搞不清楚狀況了。」在發洩完對塔利班的厭惡之後，蘇爾坦又對泰勒哈的慷慨大方冷嘲熱諷起來。

泰勒哈微微動了動身體，他依然堅持自己的觀點：「塔利班和我們的文化並無衝突，他們推崇《古蘭經》、推崇先知和我們的傳統。我永遠不會印刷任何反伊斯蘭的東西。」

「比如說？」蘇爾坦笑道。

泰勒哈想了一會兒後說道：「比如像《魔鬼詩篇》（*Satanic Verses*），或者薩曼・魯西迪（Salman Rushdie）寫的任何東西。願阿拉指引我們找到他的藏匿之處。」

「他早該被殺了，可他總是僥倖脫逃。任何印他的書或幫助他的人都該被解決掉。」泰勒哈繼續說，「就算把全中國的茶葉都給我，我也不會印他的任何東西。他褻瀆了伊斯蘭教。」

「他傷害並羞辱了我們，在我們身上捅一刀。他們總有一天會抓住他的。」其中一個人說道，儘管他們都沒讀過這本書。

蘇爾坦表示同意：「他企圖摧殘我們的靈魂，必須阻止他繼續毒害他人。就算是共產黨也沒有他那麼過份，他們至少還對我們表示出了相當程度的尊重，並沒有把我們的宗教貶得一錢不值。接著從那些自稱為穆斯林的人當中產生了魯西迪這樣一個敗類。」

他們靜靜地坐著，好像甩脫不掉叛徒魯西迪散布在他們身上的陰影。「他們會抓住他的，走著瞧吧，Inshallah（真主保祐）。」泰勒哈說。

接下來的幾天裡，蘇爾坦尋訪了拉合爾所有的印刷廠，有在後院的，有在地下室的，還有在小巷裡的。為了確保印量，他必須把訂單分散到十幾家廠商。他先向對方說明了自己的業務內容，然後打探他們的報價，他一一記錄在案。遇到特別滿意的報價，他會禁不住眨眨眼睛，嘴唇微微顫抖，內心裡迅速盤算一番，看看這筆生意的利潤額度究竟如何。兩星期後，他所有教科書的訂單都已安排妥當。他向這些印刷廠承諾說，他會回來正式下單。

一切都安排妥當之後，他終於可以回喀布爾了。這一次越過邊界時，他不用再受鞍馬勞頓之苦了。阿富汗人不允許進入巴基斯坦，但在回程的路上卻沒有任何邊防檢查，蘇爾坦可以大搖大擺地離開這個國家。

蘇爾坦坐在一輛破舊的汽車裡，搖來晃去地駛在從賈拉拉巴德到喀布爾的崎嶇道路上。公路的一邊，巨大的石塊隨時可能從山上掉下來。他曾經看過有兩輛汽車和一輛拖車翻倒在道路一旁，好幾個死人被運送走，其中有兩個年輕的男孩。他為他們的靈魂，同時也為他本人祈禱。

不僅僅是巨大的石塊威脅著這條路，這一帶還是阿富汗違法犯罪最為猖獗的地區。外國記者、社工人員甚至當地的阿富汗人都曾因為在此撞見不法之徒而丟掉了性命。塔利班垮臺後沒多久，四名外國記者被殺，他們的司機卻保住了性命，因為他背誦了伊斯蘭教義。就在那次事件後不久，一輛滿載著阿富汗乘客的汽車被攔了下，所有刮掉鬍子的人都被割掉了耳朵和鼻子——那些匪徒想以此表明他們心目中的國家的統治方式。

蘇爾坦在外國記者遇難的地方為他們祈禱。出於安全考慮，他總是留著鬍子，並且穿傳統服裝。只不過這一次他沒有纏頭巾，而是戴了一頂土耳其小氈帽。

離喀布爾很近了。桑雅肯定在生氣，想到這一點，他微微笑了笑。他曾向她許諾只離開一個星期。他一開始試圖向她解釋，自己不可能在這麼短的時間裡處理完白沙瓦和拉合爾的事情，但是她可不管這些。「那我不喝我的牛奶了。」她這麼說。蘇爾坦笑出聲來。他多麼希望能立刻見到她。桑雅不喜歡牛奶，但是因為她在哺育拉蒂法，蘇爾坦要求她每天早上都要喝一杯，這杯牛奶於是成了她要脅的籌碼。

他離開時，她想他想得很厲害。由於他不在家，家中其他成員對她不怎麼好。那時她不再是家裡的女主人，而像是某個偶然造訪的客人。忽然之間，別人主宰了所有事務，並且隨心所欲地做他們想做的事情。「農夫的女兒，」他們這樣稱呼她，「蠢得像頭驢。」但是他們不敢做得太過分，因為她會向蘇爾坦訴苦，誰都不想與他為敵。

蘇爾坦也很想念桑雅，他從來沒這樣子想念過沙里法。有的時候，他覺得她對他來說太年輕，她就像個小孩，他必須照料她，哄她喝牛奶，送她些小禮物，給她帶來驚喜。

他思量著兩個太太之間的不同。當他和沙里法在一起時，沙里法料理、安排所有的事情，沙里法將他的需要和願望擺在首位；桑雅則依照吩咐行事，從不採取主動。

只有一件事他難以在她們兩個之間得到妥協，那就是她們各自不同的作息時間。蘇爾坦每天早上都要在五點起床晨禱，這是他一天內唯一遵守的祈禱時間，沙里法總是和他一起起床，為他燒水沏茶，拿出乾淨的衣服。而桑雅就像個孩子，怎麼也叫不醒。

蘇爾坦有時候也想，他們之間年齡差距過於懸殊，他不是一個合適的丈夫。但是他又提醒自己，她絕對找不到比自己更好的人選。如果她嫁給了和她同齡的人，她永遠無法享有她現在的生活水準，他很可能是一個備受貧窮煎熬的男孩，因為她村裡所有的男孩都很貧窮。還有十到二十年的快樂時光在前面等待著我們。想到這裡，蘇爾坦臉上露出滿意的表情，他覺得自己既幸運又幸福。

蘇爾坦又笑了。他的身體顫抖了一下。他已經快到米克羅拉揚，就要回到那個甜美可口、孩童般的女人身邊去了。

6　你要惹我生氣嗎？

宴會結束了，羊骨頭和雞腿橫七豎八地散落在地板上，紅辣醬混合著酸乳酪，將掉在桌布上的飯粒染成了暗紅色。麵包屑和橘子皮零亂地扔在房間裡，好像它們是在宴會的最後時刻被亂丟在地上的。

三個男人和一個女人坐在靠牆的墊子上。門邊的角落裡兩個女人蹲在一起，她們並沒有用餐，頭巾下的眼睛直盯著前方，彼此的眼神沒有任何交流。

靠牆坐著的四個人慢慢品著茶，他們都若有所思，略顯疲憊。幾件重要事情已經定下來：瓦基將得到夏琪拉，拉蘇將得到芭布拉。只有婚禮的時間和最後的價錢還沒有談妥。

喝茶和嗑糖杏仁的時候，夏琪拉的價錢確定了，一百美元，而芭布拉則是免費的。瓦基已經準備好了現金，他從口袋裡拿出鈔票交給蘇爾坦。蘇爾坦代他妹妹接受了這筆錢，態度有些傲慢，又有些不樂意，這顯然不是個很好的價錢。另一方面，拉蘇也鬆了口氣。要想攢足買新娘和舉辦婚禮的費用，至少要花費他一年的時間。

蘇爾坦對他妹妹感到不滿，他覺得是她們的壞脾氣讓很多追求者望而卻步。早在十五年前，她們就應該找到年輕而富有的男人。

「她們太挑剔了。」蘇爾坦心想。

然而，決定她們命運的不是蘇爾坦，而是他的母親比比・古兒。她雙腿盤坐著，滿意地搖來晃去。油燈柔和的光線照在她滿是皺紋的臉上，她的雙手吃力地放在衣服下擺中，充滿幸福地微笑著，她似乎不再聽他們的談話。她自己在十一歲時就嫁給了一個比她大二十歲的男人，她的婚姻是兩個家庭交換的結果。她的父母請求鄰居家的一個女兒嫁給他們的兒子，鄰居接受了他們的請求，但是有一個附加條件，那就是比比・古兒被免費贈送給他們的大兒子做媳婦。他曾在後院裡瞥見過她。

在婚後的漫長歲月中，她經歷了三場戰爭、五次政變，生了十三個孩子。終於，這個寡婦現在把倒數第二個和第三個女兒也嫁掉了。她把她們拽在身邊很長一段時間，她們都已經年過三十，在婚姻市場上越來越缺乏吸引力。但是她們丈夫的條件也不怎麼樣，今天晚上成為夏琪拉未婚夫的男人是個有十個孩子鰥夫，五十歲出頭；芭布拉未來的老公也是個鰥夫，好在沒有孩子。

比比・古兒長時間把她的女兒們拽在身邊是有自己的理由的，儘管很多人認為她這樣做對她們不公平。她把芭布拉形容成一個不很聰明、缺乏才幹的女人。她說這話的時候嗓門很大，一點兒也不感到羞愧，即使女兒在場時也是如此。芭布拉的一隻手有些殘疾，走起路來還一瘸一拐的。「她永遠沒辦法操持一個大家庭。」母親說。

芭布拉在六歲的時候突然得了場大病，後來雖然好了，行動卻有些困難。她哥哥說這是小兒麻痺症，醫生無法確定，而比比．古兒認為這是由她的悲傷所引發的。她只知道芭布拉病了，由於太思念她被關押的父親。她父親原本在倉庫工作，因為被懷疑偷了錢而被抓起來。比比．古兒證明他是無辜的，幾個月後他被釋放出獄，但芭布拉的病卻再也沒有好轉。「她是在替她父親受罰。」母親說。

芭布拉從未上過學，病毒侵入她的大腦，她不能清楚地思考，只好由父母來撫養。在孩提時代，她整天纏在母親身邊。由於這神祕的疾病，她從不用做任何家務，結果是生活逐漸拋棄了她，一切都和她不相干。沒有人和她玩耍，也沒有人請她幫忙。

很少有人會有什麼話同她說。一種無精打采的神情掛在這個三十一歲的女人臉上，好像她用力地拖著自己走在生活的道路上，或者走在遠離生活的路上。她有一雙大而空洞的眼睛，在她坐著的時候，她總是半張著嘴巴，下嘴唇耷拉著，好像快要睡著的樣子。狀態最好的時候，她也會注意到他人的對話，或是別的活的東西。比比．古兒放任她白天在房間裡四處走動，晚上睡在自己旁邊的墊子上，並打算把她一輩子留在身邊，但後來發生的一件事讓比比．古兒改變了想法。

一天，比比・古兒打算去看望她住在鄉下的一個妹妹。她披上布卡，牽著芭布拉，叫了一輛計程車。以往她通常走路去，但是現在她年齡大了，腿腳有些不聽使喚，再也沒有力氣走遠路了。經歷過早年的饑荒，以及做為一個年輕主婦，長期以來在捉襟見肘中操持家務所體驗到生活的艱辛，使得比比・古兒逐漸養成了一種對於食物的迷戀——她總是不停地吃，直到所有的盤子都空空如也。

接送這位身穿布卡的胖女人和她的女兒的計程車司機，是她們的一個遠房親戚，名叫拉蘇，幾年前剛剛死了老婆，是分娩時難產死的。

「你找到新媳婦了嗎？」比比・古兒在車上問他。

「沒有。」他說。

「我為你感到難過。真主保祐，你會很快找到一個的。」比比・古兒說，接著聊起了她自己的家庭，談起她兒子、女兒和孫子們的一些最新情況。

拉蘇領會了她的用意，幾個星期以後，他姊姊代他來向芭布拉求婚。「她應付這個丈夫一定沒問題的。」比比・古兒想。

她毫不猶豫地答應了，這是頗不尋常的。立刻答應把女兒送出去意味著她沒什麼價值，而娘家人也樂得擺脫她。相反地，遲遲不鬆口，猶豫不決則會增加女孩子的砝碼，男方的家人必須登門拜訪幾次，懇請呀，勸說呀，送禮呀。可是對於芭布拉，所有這些步驟一律省去，甚至連份禮物也不用。

芭布拉兩眼瞪著空中，好像談話與她一點兒關係也沒有。而她妹妹夏琪拉卻聚精會神地聽著。姊妹倆的個性截然不同。夏琪拉手腳俐落，嗓門很高，常常是整個家庭的中心。她對生活有美好的願望，有教養，又豐滿漂亮，這一切對於一個阿富汗女人來說是至關重要的。

從她還是一個十幾歲的苗條少女開始，一直到現在長成一個豐腴的女人，在過去的十五年中，夏琪拉有過很多的追求者。然而此刻的她，卻坐在角落的火爐旁，靜悄悄地聽母親和哥哥跟對方討價還價。

夏琪拉很挑剔，每當追求者的母親來找比比・古兒向夏琪拉提親時，她從來不像一般人那樣，詢問對方的家庭是貧是富。

她的第一個問題是：「你們願意讓她婚後繼續念書嗎？」

回答永遠是一個「不」字，婚事也就談不下去了。這也不奇怪，不少追求者本人甚至不識字。夏琪拉完成了她的學業，成為一名數學和生物教師。這時登門為兒子向時髦的夏琪拉求婚的母親們更多了。比比・古兒總是問一個問題：「你們願意讓她婚後繼續工作嗎？」

不，沒有人願意，夏琪拉因此依然待字閨中。

夏琪拉得到她的第一份教師工作，正是抵抗蘇聯的戰爭風起雲湧的時候。每天早上，她腳蹬高跟鞋，身著長至膝蓋的裙子——八〇年代典型的時髦裝束——到喀布爾郊外一個叫德庫岱達的村子裡上課。既沒有子彈擊中過她，也沒有榴彈在她身邊爆炸，是夏琪拉自己火山爆發了：她墜入了愛河。

不幸的是，她的戀愛對象馬哈茂德是一個有婦之夫。那是一個毫無感情的媒妁婚姻，他比他的妻子大幾歲，已經是三個小孩子的父親。作為同事，他和夏琪拉可以說是一見鍾情。沒有半個人知道他們彼此之間的戀情，他們躲開眾人的視線偷偷約會，或是通過電話沒完沒了地聊悄悄話。除了學校，他們從未在別的地方見面。在他們一次私下約會中，他們一起謀劃將來，馬哈茂德準備娶她做第二個妻子。

但是馬哈茂德不能自己去向夏琪拉的父母提親，他必須求助他的母親或姊妹。

「她們絕不會願意的。」馬哈茂德說。「我的父母也絕不可能答應。」夏琪拉嘆了一口氣。馬哈茂德認為，只有夏琪拉本人可以說服他母親去向她父母提親。他建議她表現出瘋狂絕望的樣子，威脅說如果得不到馬哈茂德，她就要自殺殉情。他要她在他父母跟前又哭又鬧，說她是如何為愛所困，不能自拔。這樣一來，為了救他們的命，他父母就有可能屈服。

可是夏琪拉實在沒有這種呼天搶地的勇氣，而馬哈茂德也不敢請他家的女眷去夏琪拉家，他永遠無法向自己的妻子提起另外這個女人。夏琪拉徒勞無益地去請求母親幫忙，但是比比・古兒認為這不過是個笑話，每次夏琪拉說她想嫁給一個有三個孩子的同事時，她母親總把她當成是在說笑。

在這所鄉村學校裡，馬哈茂德和夏琪拉保持這樣若即若離的關係長達四年。後來馬哈茂德被升遷並調離了這所學校，他無法拒絕升遷，於是電話就成了他們彼此聯繫的唯一方式。夏琪拉十分痛苦，無時無刻不思念著情人，但又得隱藏情緒不讓人察覺。愛上一個無法得到的男人是一件極不體面的事。

後來內戰爆發，學校被迫關閉，夏琪拉逃到了巴基斯坦。四年後，塔利班控制了政權，雖然火箭停止了發射，和平重新降臨到喀布爾，但是她原先的學校再也沒有重新開課，所有的女子學校都不再重開。就像喀布爾所有的婦女一樣，一夜之間，夏琪拉失去了尋找工作的機會。三分之二的喀布爾女教師丟掉了工作，一些專收男生的學校也被迫關閉，因為很多教師都是女性，找不到足夠稱職的男教師來頂替她們。

時間一年年過去，內戰期間，所有電話線路都被切斷，她和馬哈茂德的秘密聯繫也中斷了。夏琪拉和家裡的女眷待在家裡，她不能工作，不能獨自出門，必須把自己裹得嚴嚴實實。生活失去了所有的色彩。等她年屆三十時，追求者不再上門了。

在塔利班控制政權將近五年之後，一天，她家的一位遠房親戚瓦基的姊姊來找比比・古兒向夏琪拉提親。

「太太突然過世，孩子們急需一個母親。他很善良，手頭也有些積蓄。他從未當過兵，從未做過違法的事，為人誠實，身體也很健康。」他姊姊說，「她突然發了瘋，不久就死了。」她壓低聲音說，「她神經錯亂，誰也不認得，對孩子凶巴巴的。」

這個有十個孩子的父親迫切需要一個新妻子，家庭拆散以後，現在是由最年長的照料最年幼的。比比・古兒說她會認真考慮這件事，她從親戚朋友那裡了解這個人的情況，最後認定他是個勤勞而誠實的男人。

無論如何，在夏琪拉這樣的年齡，要想自己生孩子就得趕快了。

「她的額頭上清楚地寫著，是她該離家的時候了。」比比・古兒向每個願意聽她說話的人反覆這樣說。反正塔利班也不允許女人工作，她甚至懶得問瓦基婚後是否允許夏琪拉工作。

她要瓦基本人親自來。婚姻大事通常由父母安排，但是考慮到這個丈夫已年近五十，她想親眼瞧瞧他。不巧瓦基正駕駛載重卡車外出運貨，要幾天後才回來。他立即吩咐他姊姊再次登門道歉，之後是他哥哥，然後又是他姊姊，訂婚的事因此也就拖了下來。

這時候 911 事件發生了，為了躲避從天而降的轟炸，蘇爾坦再次帶著姊姊、妹妹和孩子們逃往巴基斯坦。也就在這個時候，瓦基親自來訪。

「等局勢恢復正常之後，我們再和他好好商量這件事情。」

塔利班被趕出喀布爾兩個月之後，瓦基再度登門拜訪。學校依然還沒有開課，比比・古兒根本沒有想起問他是否允許夏琪拉工作之類的話。

從角落裡的火爐旁，夏琪拉聚精會神地聆聽著有關她命運的進展狀況，以及她的婚禮舉辦的日期。兩個已經訂婚的人還沒有時間來得及打量對方一眼，坐在墊子上的四個人已經將所有的事情定了下來。

瓦基偷偷看著夏琪拉，她直瞪著前面的牆壁，看向虛空。

「我很高興找到她。」他對蘇爾坦說，眼睛卻盯著他的未婚妻。

宵禁很快要開始，兩個男人匆匆出門，消失在夜色中。在他們身後，兩個已經被嫁出去的女人繼續直瞪瞪地望著空中，即使在他們道別的時候，她們也沒有抬一下頭。芭布拉站起身來嘆了口氣，還沒有輪到她，她還得等上幾年，直到拉蘇攢夠舉辦婚禮的錢為止。她看起來並不十分在意，她往火爐中扔了幾根柴火，沒有人搭理她，就像往常那樣，她只不過是個旁觀者，直到她拖曳著腳步走出房間，拾起她職責範圍內的事情——待洗的碗盤和沖刷用的水桶。

當所有的妹妹們向她祝賀時，夏琪拉感到有些羞怯。

「三個星期！你可要加把勁哪！」

「我絕對沒法安排。」她呻吟道。新娘禮服的料子已經選好，正等著送到裁縫那裡。但是全套禮服、床單、陶器呢？瓦基是一個鰥夫，他的絕大多數東西已經齊備，但是無論如何，新娘一定要為婚禮備些東西。

夏琪拉有點兒失望。「他身材矮小，我喜歡高一點的男人。」她告訴她妹妹，「他是個禿頭，他要是再年輕幾歲就好了。」她噘著嘴說，「如果他很兇，如果他對我不好，如果他不讓我出門怎麼辦？如果他不讓我來看你們，如果他打我怎麼辦？」她感到擔憂。她的妹妹們一句話也沒說，都在想這些可怕的問題。

夏琪拉和她的妹妹們越來越感到這樁婚姻前景暗淡，直到比比・古兒要她們閉嘴。「他對你來說是個好丈夫。」她堅持認為。

訂婚儀式舉行後兩天，夏琪拉的妹妹瑪利安為這兩位新人安排了一個聚會。瑪利安二十九歲，已經結過兩次婚。她的第一任丈夫在內戰中被殺，她的第五個孩子隨時可能降生。

瑪利安在居室的地板上放了一塊長長的布，瓦基和夏琪拉坐在這塊布的一端，比比・古兒和蘇爾坦都沒有出席。當家裡年長的親戚在場的時候，他們一定不能有身體的接觸。不過，現在被年輕一些的兄弟姊妹包圍著，他們低聲交談著，幾乎對周圍那些急於想知道他們談話片斷的親戚視而不見。

他們說的並不是特別的情話，大多數時間夏琪拉都是對空而談。根據當地風俗，她在婚禮前不能正眼看她的未婚夫。相反地，他自始至終都盯著她看。

「我好想你。你要兩個星期後才是我的，我都有些等不及了。」他說。夏琪拉依然兩眼看著空中，臉上泛起了羞澀的紅光。

「我晚上睡不著，我想你。」他繼續道，夏琪拉沒有反應，「你呢？」他問。

夏琪拉繼續吃東西。

「想像一下，我們結婚後，每天我回家時，你都為我準備好了晚飯，你總是在那裡等著我。」他夢想著，「我永遠不再孤單了。」

夏琪拉一言不發，但不知為什麼，她突然鼓起勇氣來，問他婚後是否允許她繼續工作。他說是，但是夏琪拉不相信他。他們一旦結婚，他也許立刻會改變主意。但是他向她保證說，如果工作令她感到快樂，對他來說也沒什麼不好。當然，除此之外，她要照料孩子和家庭。

他摘掉戴在他頭上的棕色「巴卡爾」帽，這表明他是被暗殺的北方聯盟領導人艾哈邁德・沙阿・馬蘇德的支持者。

「你這樣看起來很醜，」她大膽地說，「你是個禿頭。」

現在輪到瓦基感到尷尬了，他沒有理睬未來妻子的侮辱，而是想辦法將話題引向安全的方向。夏琪拉今天才在喀布爾市場逛了一整天，購買她在婚禮上所需的物品和送給夫妻雙方所有親戚的禮物。瓦基將把這些禮物中的一部分送給夏琪拉的家人，以表示對他們的感謝。他付錢，她買東西：深底鍋、平底鍋、刀具、金屬餐具、床單、毛巾、他和拉蘇的長套衫布料。她曾答應芭布拉的未婚夫拉蘇，允許他挑自己喜歡的顏色。她談起她的採買過程，瓦基問起布料的顏色。

「一塊藍色，一塊棕色。」夏琪拉回答。

「哪一種是我的？」瓦基問。

「我不知道，拉蘇會先挑。」

「什麼？」瓦基驚訝地叫道，「為什麼？我應該先挑，我是你丈夫。」

「好吧，你先挑。」夏琪拉回答，「不過它們都不錯。」她說，眼睛盯著前面。

瓦基點了一根香煙。「我不喜歡煙味。」夏琪拉說，「我不喜歡抽煙的人，如果你抽煙，我也不喜歡你。」

夏琪拉刻意提高音量，每個人都聽到了她的話。

「既然我已經抽上了，恐怕很難戒掉。」瓦基不好意思地說。

「煙草味太難聞了。」夏琪拉繼續道。

「你應該禮貌些。」瓦基說。夏琪拉什麼也沒說。

「你必須用面紗罩住你自己。穿著布卡是女人的本分。你可以按你喜歡的方式著裝，但是你如果不穿布卡，我會不高興的。你要惹我不高興嗎？」瓦基問，語氣中有點威脅的意味。

「但是如果喀布爾發生了變化，女人們開始穿現代服飾，那我也會穿的。」夏琪拉說。

「你不可以穿現代服飾，你要惹我生氣嗎？」

夏琪拉沒有回答。

瓦基從錢夾裡掏出幾張證件照，仔細看了看，將其中一張遞給夏琪拉。「這張是給你的，我希望你將它揣在你的貼身衣服中。」他說。夏琪拉繼續直視正前方，不大情願地接過了照片。

離宵禁時間已經很近，瓦基要離開了。他問她買東西需要多少錢。她做了回答。他數了數，又估算了一下，給了她一些鈔票，又放回一些到錢夾裡。

「這些夠不夠？」

夏琪拉點點頭。他們道別，瓦基離開，夏琪拉往紅色的墊子上躺下來。她放鬆地嘆了口氣，吃了幾片羊肉。她辦到了——她必須表現得冷淡而疏離，直到他們結婚為止。這對於失去她的家人來說，是較為平和得體的方式。

「你喜歡他嗎？」妹妹瑪利安問。

「哎，喜歡，又不喜歡。」

「你愛上他了嗎？」

「嗯哼。」

「嗯哼是什麼意思？」

「它的意思是嗯哼，」夏琪拉說，「是也不是。他本來可以再年輕些，再好看些。」她說。接著她皺起了鼻子，看起來就像是一個失望的小孩子，她本來希望得到一個能夠走動、會講話的娃娃，但卻只得到一個又破又爛的布偶。

「我感到傷心，」她說，「我感到後悔。我傷心是因為我就要離開我的家庭。如果他不讓我來看你們，我該怎麼辦？現在政府已經允許婦女工作，但如果他不讓我工作，我該怎麼辦？如果他把我鎖起來，我該怎麼辦？」

地板上的油燈發出劈啪聲，妹妹們都被不祥的思緒所籠罩，同樣的命運也許就在前面靜候著她們。

7 新時代開始了

一九九六年九月，當塔利班控制喀布爾以後，他們透過「教法電臺」發布了十六項法令，一個新的時代開始了。

一、禁止女性拋頭露面

禁止司機搭載沒有穿布卡的婦女，違者以拘留論處。如果這樣的婦女走在大街上，一旦被發現，她們的家庭將被調查，她們的丈夫將被處罰。如果婦女穿著挑逗的衣服，而她們身邊又沒有直系男性親屬陪同，司機一定不能讓她們上車。

二、禁止欣賞音樂

商店、旅館、汽車及人力車內禁止擺放磁帶和播放音樂。如果商店裡被查出有音樂磁帶，店主將被監禁，商店將被查封。如果車上被發現有磁帶，汽車將被沒收，司機將被監禁。

三、禁止刮鬍鬚

任何修剪或刮掉鬍鬚者將被拘留，直到鬍鬚重新長起來，直到一個拳頭的長度。

四、強制祈禱

所有地區必須在指定的時間內進行祈禱，具體時間由「道德促進與惡行防範部」宣布。所有交通工具必須在祈禱前十五分鐘停止運行。在規定的祈禱時間內，所有人必須去清真寺。商店裡一旦發現有年輕人，他們將被監禁。

五、禁止養鴿子和玩鳥

這種業餘愛好必須禁止。用鴿子來比賽或打鬥者將被處死。

六、杜絕麻醉品及其使用者

濫用麻醉品者將被監禁，鼓勵檢舉揭發麻醉品經銷商和商店。違禁商店將被查封，犯罪雙方——麻醉品使用者和擁有者——將被監禁和處罰。

七、禁止放風箏

放風箏對小孩心理會造成極大的危害，諸如賭博、曠課，甚至危及他們的性命。出售風箏的商店將被關閉。

八、禁止複製圖片

汽車、商店、房間、旅館和其他地方的圖片和畫像必須拿掉。上述地方的圖片擁有者必須將它們全部銷毀。車內若掛著有生命的活物的圖片，則汽車將被叫停。

九、禁止賭博

賭博中心將被拆除，參與者將被監禁一個月。

十、禁止英式、美式髮型

留長髮的男人將被帶到「道德促進與惡行防範部」，勒令他們將頭髮剪掉。剪髮的費用由被剪者自理。

十一、禁止索息借貸、外匯交易和信用卡消費

上述三種類型的貨幣交易為伊斯蘭教所禁止。違反禁令者將被長期監禁。

十二、禁止在河邊洗滌衣物

違反這條禁令的婦女將按伊斯蘭教方式被客氣地帶離並送回家，其丈夫受到嚴懲不貸。

十三、禁止在婚禮上唱歌跳舞

一旦違反這條禁令，戶主將被拘禁懲處。

十四、禁止擊鼓

任何擊鼓者一旦被抓獲，最高宗教當局將酌情對其嚴加懲處。

十五、禁止裁縫縫製女性服飾或為女性量尺寸

縫紉店一旦發現時尚雜誌，裁縫將被監禁。

十六、禁止魔法

所有與魔法有關的書將統統被燒毀，魔法師將被監禁，直到其懺悔為止。

除了以上十六條禁令，塔利班電臺還針對喀布爾的婦女發布了一項特別條令：

婦女們，你們不得離開自己的家。如果你們這樣做了，你們一定不要像伊斯蘭教來到這個國家前的那些女人們那樣，穿時尚衣服、抹化妝品，把她們自己暴露在每一個男人面前。伊斯蘭教是一種有關救贖的宗教，它判定婦女是有某種尊嚴的。婦女千萬不要讓那些邪惡的人們有機會注意到她們，並用貪婪的眼睛緊盯著她們。婦女的職責是哺育兒女、維繫整個家庭、照料全家人的食物和衣物。如果婦女必須要離家出門，她們必須按伊斯蘭教教法的要求，將自己從頭到腳包裹起來。如果婦女穿著有花紋的、緊身的、有誘惑力的時髦服飾賣弄自己，她們將受到伊斯蘭教教法的譴責，並且永遠沒有希望進入天堂。她們將受到宗教警察的威懾、審查和嚴懲，她們的一家之主也不會輕饒她們。宗教警察的職責和義務就是與類似的社會問題堅決抗爭，持之以恆地將這種邪惡行徑連根拔除。Allahu Akbar（阿拉是最偉大的）。

8 布卡吞沒的臉

她一下子看到她，一下子又失去她的蹤影。被風吹得鼓脹的布卡與其他鼓脹布卡彼此相連，組成一片天藍色的世界。她瞅著腳下，一雙雙沾滿泥土的鞋踩在泥濘的地上，她看得見白色褲子上的飾物，偶爾還能瞥見紫紅色上衣的花邊。她低著頭，行走在市場內，環繞在布卡連成一片的世界裡。一個懷孕的「布卡」氣喘吁吁地從她身邊擠過。她費力地緊緊跟著前面兩個「布卡」穩健有力的步伐。

領路的「布卡」在一個床單櫃檯旁停了下來。她摸了摸料子，又透過頭罩上的網格看了看顏色，然後隔著網格同店主講價。網格後面，只能隱約看見她黑色的眼睛。「布卡」砍著價，手臂在空中揮舞，鼻子緊貼著頭罩。最後她做出了決定，一隻手伸進錢袋裡，掏出一些藍色鈔票。店主量過帶有淡藍色花朵圖案的白色床單的尺寸，床單消失在布卡下面的袋子裡。

藏紅花的氣味、大蒜的氣味、乾胡椒的氣味、新出鍋的炸蔬菜的氣味穿牆透壁，與汗味、口氣味和香皂味混合在一起。尼龍物品散發出刺鼻的味道，令人呼吸都有些困難。

她們繼續向前挪動著，來到一家俄國鋁製茶壺店鋪前。摸摸東西，問問賣價，砍一砍價錢，然後成交。茶壺也消失在布卡下面，袋子裡已經裝有鍋碗瓢盆，毛毯和刷子，現在變得更加鼓鼓囊囊的。緊隨前面一個而來的是兩個拿不定主意的「布卡」，她們停下腳步，對著塑膠夾子和金色手鐲又摸又嗅，然後又去尋找前面那個「布卡」。她在一輛手推車前停了下來，車上雜亂無章地擺滿胸罩，有白色、淺黃色、粉紅色，剪裁的樣式五花八門。其中有一些掛在一根杆子上，不知羞恥地在風中搖晃著。「布卡」用手指摸了摸，又用手量了量，然後再將雙手從布卡中伸出來，試了試彈性，再拉了拉罩杯，而後又用眼睛目測了一下，最後選定了一個強力束腰型胸罩。

她們繼續前行，她們的頭不時往各個方向張望，以便找到最好的去處。穿布卡的婦女就像戴了眼罩的馬，只能往正前方一個方向看。除了正對眼睛的狹窄部位，其餘部位都用厚厚的布料蓋住，如果要想往側面看，整個頭部就得轉過來，這也是布卡發明者的一個高明之處：男人必須知道他的太太正在看哪裡。

在不停地晃動了幾次腦袋後，另外兩個人終於發現了前面的「布卡」，她此刻正在市場內的狹窄過道裡。她正在挑選蕾絲花邊，厚厚的合成纖維蕾絲，就像蘇聯風格的窗簾滾邊，她在這上面花費了很長時間。這次要買的東西對她來說非常重要，她為此不惜違抗未來丈夫不許她被人看見的指令，為了看得更清楚，她掀開臉前的頭罩，因為隔著網格很難看清楚細緻的蕾絲。只有店鋪攤販看見了她的臉，即便是在喀布爾涼爽的山區空氣中，上面仍然蒙了一層薄薄的汗水。夏琪拉左右搖搖頭，惡作劇似地笑了笑。她不僅討價還價，是的，她甚至打情罵俏。在天藍色的布卡下，一個人可以施展她賣弄風情的伎倆，她一直在玩弄這種伎倆，而店鋪攤販可以輕意地從她的每一個動作、每一次點頭，甚至從一起一伏的布卡中體察各種意涵。她可以用她纖細的手指、用她的腳、用她揮動的手臂賣弄風騷。夏琪拉動作極快地將蕾絲搭在臉上試了一試，先是窗簾的，而後是面紗的，最後是婚禮服飾的。當然，白色的面紗需要蕾絲花邊。買賣成交，攤販量好尺寸，夏琪拉笑了笑，蕾絲消失在布卡下面的袋子裡。袋子裝得滿滿的，都快拖到地上了。過道越來越窄，姊妹們用力地慢慢往前擠。

市場裡彌漫著嘈雜的聲音，很少有攤販叫賣自己的商品，他們中的絕大多數人要嘛和鄰居聊天，要嘛整天靠在麵粉袋或是毛毯堆裡，日子就這樣一天天打發著。顧客們想買什麼就買什麼，他們才懶得動口呢。

時間彷彿在喀布爾的市場上停止了腳步，與西元前五百年前波斯國王大流士光臨時相比，這裡的商品幾乎沒有任何變化。在露天的大毯子上，或是狹窄的店鋪攤位裡，日常生活必需品和奢侈品並排擺放在那裡，供別具慧眼的顧客翻來覆去，挑挑揀揀。開心果、乾杏仁和綠色葡萄乾裝在黑色大袋子裡，酸橙和檸檬小乾果混雜著擺在搖搖晃晃的手推車上，剝去一層薄薄的皮，它們就可食用。一個攤販在賣咯咯叫的母雞，牠們被裝在一個個筐子裡，掙扎著要跑到外面來。一個調味品商販推著一輛車，車上堆滿紅辣椒、甜辣椒粉、咖哩粉和生薑粉，調味品商販同時又是一個藥品商，向人們兜售他的乾草藥、水果和茶，按他自己的說法，從小病小痛到疑難雜症，他的藥材無所不治。

新鮮芫荽、大蒜、皮革、豆蔻和乾枯排水溝所散發出來的難聞氣味混雜在一起。排水溝將市場分成兩半，溝裡的水早已乾枯。在排水溝的橋上有人賣厚羊皮拖鞋，還有散裝棉花及各種類型的五顏六色的東西，以及刀具、鏟子和鐵鎬等等。

有時也會碰巧看到大流士時代所沒有的東西，來自國外的 Please 、Wave 或 Pine 牌走私香煙，還有從巴基斯坦來的仿冒可口可樂，等等。許多世紀以來，走私份子所走的路線幾乎沒有多大變化：從巴基斯坦經由開伯爾山口或從伊朗翻山越嶺到阿富汗，有些用驢子馱，有些用貨車運；販運海洛因、鴉片和大麻的走私份子走的也是同樣的路線。交易使用的是最新版的貨幣，身穿長套衫、頭上纏著頭巾的兌換商站成長長的一排，手裡拽著一捆捆藍色的阿富汗尼，三萬五千阿富汗尼兌換一美元。

一個男人在賣「National」牌吸塵器，他隔壁的一位以同樣價格賣「Nautionl」牌吸塵器，但是無論是正牌品還是仿製品生意都很差。由於喀布爾電力供應經常中斷，大多數人還是寧願用掃帚掃除灰塵。

她們在飛揚的塵土中繼續往前走。在一堆堆棕色涼鞋、黑色的破鞋子中間，偶爾有一雙好一點兒的鞋子，或是紮有蝴蝶結的粉紅色塑膠鞋，甚至還有白色的鞋子，而白色是塔利班禁止的顏色，因為他們的旗幟是白色的。塔利班禁止穿高跟鞋，他們認為，婦女穿著高跟鞋走路的聲音會使男人心煩意亂。但是時代已經變了，假使高跟鞋踩在泥地上會發出聲音的話，那麼整個市場上都會迴響起咔嗒咔嗒的聲音。時而還可以從布卡下面瞥見塗了指甲油的腳趾頭，這也是自由的另一個小小的見證。塔利班禁止塗指甲油，並且禁止指甲油通關進口。曾有倒楣的女性因為違反禁令，而被砍掉手指尖或腳趾尖。塔利班垮臺後的第一個春天，婦女的解放就整體而言還停留在鞋子和指甲油的層次上，也就是說，還沒有進一步提高到沾滿泥巴的布卡邊緣以上。

婦女們並非沒有努力。自塔利班垮臺以來，已經有好幾個婦女團體宣告成立。她們當中有些人甚至在塔利班統治時期就展開活動，諸如為女孩子開辦學校，為婦女們傳授衛生保健知識，開設掃盲識字班，等等。塔利班時代最為偉大的女英雄是現在擔任卡爾札伊政府衛生部部長的蘇海拉・西迪克（Souhaila Sedique），阿富汗唯一的女性官員。她繼續堅持指導婦女用藥，並在她所任職的醫院設法恢復了被塔利班關閉的婦女診所。她也是在塔利班高壓政策下依然拒絕穿布卡的極少數女性之一。她自己是這樣說的：「當帶笞杖的宗教警察到來時，他們抬起手臂要打我，我也抬起手臂回擊，於是他們放下手，讓我走了。」

但是在塔利班統治時期，即便是蘇海拉也很少在路上拋頭露面。每天早上她都用厚厚的圍巾將自己圍起來，然後開車到醫院上班，晚上再開車回來。「阿富汗女性已經喪失了她們的自信心。」在塔利班垮臺以後，她痛心疾首地說。

塔利班逃竄僅一個星期以後，一個婦女組織在喀布爾安排了一次遊行。她們聚集到米克羅拉揚，穿著便鞋和拖鞋，準備排隊行進在大街上，大多數人甚至勇敢地將布卡拋到身後。但是當局阻止了這次遊行，理由是他們不能保證這些婦女的安全。每次她們準備集會都被當局阻止。

現在女子學校已經重新開辦，年輕女性也有機會上大學了，有的女性甚至還回到原來的工作崗位。一家由婦女主辦並針對女性讀者的週刊也出版發行了，哈米德・卡爾札伊總統在不同場合的談話中，從不放過每一個為婦女爭取權益的機會。

在二〇〇二年「大國民議會」議員競選期間，有幾位婦女的選票遙遙領先。她們直陳時弊、咄咄逼人的發言遭到男性議員的冷嘲熱諷，但是她們從不放棄。其中一個人甚至要求任命一位女性國防部長，招來廣大的噓聲。「法國就有一位這樣的部長。」她堅持道。

但是對於大多數人而言，幾乎沒有任何變化。在家庭中傳統依舊，男人主宰一切。塔利班垮臺後的第一個春天，只有少數的喀布爾婦女扔掉了布卡。很少有阿富汗女性知道，在上一個世紀，她們的祖先根本不知道布卡這玩意。布卡已經出現了幾個世紀，但是使用的人並不多。從一九〇一年到一九一九年，在哈比布拉（Habibullah）統治時期，布卡被重新引進到宮廷中。他要求他後宮的兩百名女眷穿著布卡，以免她們美麗的臉龐在她們走出宮門時勾引男人的視線。她們的面紗是由飾有刺繡的絲綢做成的，哈比布拉的公主身上的布卡飾有金絲縷線。布卡成了上流社會女性的一種服飾，將她們與大眾的視線隔開。到了二十世紀五〇年代，穿著布卡蔚然成風，但也僅僅局限於富有的家庭。

也有人反對把婦女遮掩起來。一九五九年，首相達烏德王子的行為震驚了全國，他和他的妻子出席國慶慶典時，他的妻子並沒有穿布卡。他說服了他弟弟，讓弟弟的妻子也這樣做了。他還要求大臣們將他們妻子的布卡也統統扔掉。接下來的第二天，喀布爾的街頭就出現了身穿大衣，臉上戴墨鏡，頭上戴著小帽子的婦女。她們的腳步是那樣的輕盈，和以前全身包裹著一步一步挪著步伐的神態，形成了強烈的對比。由於布卡的穿著率先開始於上流社會，因此也正是他們率先拋棄了這種裝束。這種服飾現在成了窮人階層的一種象徵，許多女僕和小女傭接手了主人的絲綢布卡。布卡最初只是普什圖族統治階層用以遮掩他們女眷的服飾，現在其他民族也採用了這樣的風俗，但是達烏德首相想將布卡從這個國家中徹底清除。一九六一年，政府頒布了一道法令，禁止公務員穿戴布卡，政府鼓勵她們穿著西式服裝。這道法令實施了許多年，到了七〇年代，幾乎找不到一名女教師或祕書不穿裙子和短上衣，而男人大多穿的是西服套裝。然而，穿著過分暴露的女性仍會冒被基本教義份子槍擊腿部或用硫酸潑臉的危險。內戰爆發後，伊斯蘭法律主宰了一切，越來越多的婦女把自己包裹起來。當塔利班到來後，所有女性的臉龐都從喀布爾街頭消失了。

在排水溝的一個窄窄的過街天橋上，領頭的「布卡」的鞋子消失在別的鞋子中間。從她後面很遠處的一大群人當中，可以看到她妹妹們的涼鞋，她們只能隨著人群慢慢挪動。尋找彼此的鞋子已經不可能，更不用說停下來或是轉換方向了，布卡的下擺連著別人布卡的下擺。男人們攜帶著物品，或是拿在手上，或是夾在手臂下，或是頂在頭上。她們再也看不見地面了。

在排水溝的另一邊，三個「布卡」彼此尋找著。她們一個穿著黑色的鞋子、白色鑲邊褲子以及鮮紅色下擺衣服；另一個穿著棕色塑膠涼鞋和黑下擺衣服；最後一個，身材最為苗條，穿著粉紅色塑膠涼鞋、紫色褲子和紫色下擺衣服。她們終於找到了對方，互相用眼神交流了一下。領頭的「布卡」帶著兩人進了一家商店，這家商店位於市場的邊緣，有展示的櫥窗，商品都陳列在櫃檯上。領頭的「布卡」想買一條毯子，她被一條粉紅色「巴黎」牌毛毯吸引住了，與之配套的還有一對繡有心形和花朵圖案的鑲邊枕頭。毛毯和枕頭的手工十分精巧，它們裝在一個塑膠手提袋裡。手提袋上印有「巴基斯坦出品」的字樣，在「巴黎」兩個字下面是艾菲爾鐵塔的圖案。

這是領頭的「布卡」想買的毯子，準備用在未來的婚床上，那張床她現在還沒有見過，也沒有睡過，而且，按照當地的風俗，在婚禮之夜以前，她也不可能見到。她問多少錢，商店售貨員說，塑膠手提袋裡的一整套毛毯和枕頭要價幾百萬阿富汗尼。

「貴得離譜。」

她繼續砍價，但是售貨員咬得很緊，直到她準備離開時他才鬆口，成交價比他最初的要價低了三分之一。但是在她準備付錢時，她突然改變了主意，她沒有要粉紅色的那種，而是換了一套鮮紅色的。售貨員給她打好包，並附贈了一支紅色口紅，作為對她即將結婚的祝賀。

她親切地向他道謝，然後撩起面罩，開始試起口紅來。畢竟，她和這個毛毯和化妝品售貨員已經很熟悉，而且除了他，商店裡沒有別的男人。蕾拉和瑪利安也鼓起勇氣撩起面罩，三雙蒼白的嘴唇變成了鮮紅色。她們對著鏡子，開始欣賞起自己美麗的容顏。夏琪拉還想挑一瓶皮膚增白霜。皮膚白皙是阿富汗女性美麗的要素之一，對於新娘來說尤其如此。

毛毯和化妝品售貨員推薦了一種名為「完美佳人」的增白霜，盒子上印有「蘆薈美白霜」的字樣，其他則全是中文。夏琪拉試了試，擦上這種含鋅的保濕霜以後，她的皮膚看上去確實變白了些——但也只有一會兒。很快，她皮膚的真實顏色又慢慢透出來，最後變成一種不均勻的棕白色。

這種美妙的增白霜被塞進了已經裝得滿滿的袋子裡。三姊妹有說有笑地離開了，她們對售貨員保證說，下次有另一個要結婚時，她們還會回來的。

夏琪拉心滿意足，準備回家去展示她所購買的東西。她們遠遠看到一輛公車，她們從人群中擠了過去，好不容易搭上了回家的車。後排座位是專門為「布卡」、幼兒及行李袋準備的。上車以後，她們費了好大的勁才坐到後排座位上。當三姊妹坐下時，周圍的人不得不稍稍起身，拉拉自己的頭罩，免得被壓住，而不便於環顧周圍。她們設法坐在座位靠邊的地方，袋子放在膝上或是兩腿間。專為女性留下的位子已經不多，隨著上車的婦女越來越多，布卡和布卡、身體和身體、手臂和手臂、袋子和袋子、鞋子和鞋子又幾乎不能動彈地擁擠在了一起。

汽車在被炸毀的房屋旁停了下來，筋疲力盡的三姊妹下了車，帶著她們裝得鼓鼓囊囊的袋子。她們搖搖擺擺地進到涼爽的房間裡，摘下頭上的布卡，將它們掛在鉤子上，長長地舒了一口氣，她們的臉，三張一度被布卡吞沒了的臉，現在又恢復了原樣。

9　三流的婚禮

婚禮前的頭一天晚上，房間裡人頭鑽動，所有可利用的空間都被女人所佔據，她們邊吃邊跳舞邊聊天。今晚是「指甲花紋彩之夜（henna-night）」，在這個夜晚，新娘和新郎的手掌和腳底都要用一種名叫「指甲花」的天然植物顏料染成棕紅色。據說，染在他們手上的橘色圖案可以保證這樁姻緣的幸福美滿。

但是新娘和新郎並不在一起。男人們聚在一起自娛自樂，女人們也一樣。單獨聚會的女人們此時此刻表現出一種嚇人的瘋狂勁兒，她們一對接一對地翩翩起舞，不時拍打舞伴的臀部，抓捏舞伴的胸部，手臂蠕動得像爬行的蛇，腰肢扭得像阿拉伯肚皮舞孃。小女孩跳著極具魅惑的舞蹈，好像她們天生就精通此道，她們在地板上爬著，臉上露出挑釁的神情，並不時揚起眉毛。甚至老太太們也一顯身手，只不過跳到半場就不得不放棄了。古老的魔法依然存在，但她們顯然已精力不濟，不可能一直堅持到舞曲結束。

夏琪拉坐在屋裡僅有的一件傢俱——一張沙發上，這張沙發是特地搬來為這樣的場合準備的。她只能從遠處靜靜地看著，既不能笑也不能跳舞。如果她興高采烈，就會傷害她即將離開的母親；相反，如果她憂傷難過，又會刺痛她未來的婆婆。新娘的臉必須是毫無表情的，她甚至不能扭動她的頭四處張望，她只能一動不動地盯著正前方。繽紛多彩的旗幟迎風招展，夏琪拉正在檢閱她班師回朝的勝利之師，她似乎已在夢中無數次預演過這樣的場景了。她筆直地坐在沙發上，就像一個女王，氣定神閑地同坐到她旁邊的人交談著——這是給予依次到她身邊來的覲見者的一種恩賜。她的嘴唇只有在回答坐在沙發上的客人們問話時才微微張開。

她的衣服上有紅色、綠色、黑色和金色，像是撒滿金粉的阿富汗旗幟覆蓋在她的身上。她的胸前高高地隆起，宛如兩座山峰，她靠目測買到的胸罩顯然非常合身，腰線被緊緊地束在衣服下。她的臉上施了一層厚厚的「完美佳人」牌增白霜，眼睛上畫了圈眼線，嘴唇抹了剛剛買的鮮豔口紅。她的表情可以稱得上完美。做為一個新娘，她必須看起來像一件藝術品，就像一個洋娃娃一樣。在阿富汗語裡，洋娃娃和新娘是同一個字：「arus」。

在晚會過程中，一隊提著小手鼓、鑼鼓、提燈的人進了大門，她們是瓦基家的女眷，他的表姊妹和女兒們。她們在外面漆黑一團的夜色中大聲喊叫著，一邊跳舞一邊擊掌。

我們把這位姑娘帶離她的家並把她領到我們的家

新娘呀，不要低垂著你的頭也不要流苦澀的淚
這是真主的旨意，感謝真主
噢，穆罕默德，真主的信使，消除她的困惑
讓困難重重的事變得輕而易舉！

瓦基家的女眷跳了一曲魅惑的舞蹈，圍巾下面的臉蛋和身體扭擺個不停。房間裡彌漫著甜甜的汗味，空氣顯得有些沉悶。所有的窗戶猛然間被推開，窗簾在微風中輕輕飄動，但是春季清新的空氣並不能冷卻這些女人們的熱情。

人們不停地跳著舞著，直到一盤盤肉飯被端了進來才告一段落。每個人都從她站著或跳著的地方就地坐到地板上，只有最年長的人坐在靠牆的墊子上。食物是在外面庭院的一口大鍋裡烹調出來的，夏琪拉的小妹和堂妹們將一鍋鍋米飯、大片大片的羊肉、茄子酸乳酪湯、拌著菠菜和大蒜的麵條以及馬鈴薯甜辣椒湯端了進來，並把它們放在地板上。屋裡的女人們用右手將米飯捏成團塞進嘴裡，肉和湯就著撕開的麵包片很快被一掃而光。吃飯總是用右手，左手被認為是不潔的，吃東西的時候絕對不能動用。整個房間裡只能聽到女人們吃東西的聲音，盛宴就在這種靜靜的氛圍中進行著，只有在她們勸周圍的人多吃一些時才打破寂靜，吃東西時彼此謙讓並勸對方多用一些是禮貌的行為。

當每個人都吃飽喝足之後，紋彩儀式正式開始了。夜已經很深，大家也玩了很久了，沒有人再跳舞，一些人睡著了，另外一些人在夏琪拉周圍躺著或是坐著。瓦基的姊妹們一邊用一些苔綠色糊狀物在夏琪拉的手腳上畫圖案，一邊唱著紋彩儀式的歌曲。一旦夏琪拉手上的圖案被畫好了，她必須把它們緊緊地握住。她們在未來的嫂子的拳頭上塗上一層厚厚的指甲花粉，以使圖案能夠穩固下來，然後再用綿軟的布料將它們包起來，以免弄髒衣服和床單。夏琪拉被脫去外衣，只剩白色長褲和一件束腰長外衣，她被放在房間中央的一塊墊子上平躺，頭部枕著一個枕頭。妹妹們將大塊的肉片、油炸的肝片和生洋蔥片——這些食物都是為要離家的她特地準備的——一點點餵到她嘴裡。

比比・古兒坐在夏琪拉身旁目不轉睛地看著，當她看到食物一片片被妹妹們餵進夏琪拉的嘴裡時，她號啕大哭起來，緊接著每個人都跟著她哭了起來。她們彼此都相信，夏琪拉會得到很好的對待。

被餵過的夏琪拉蜷起身子，像胎兒般緊緊依偎在比比・古兒身邊。她這輩子還從未在一個沒有母親的房間裡睡過覺，這是她屬於這個家庭的最後一晚，以後的夜晚是屬於她丈夫的。

幾個小時以後，夏琪拉醒了，妹妹們解開了纏在她手上的布，她們擦去指甲花粉，她的手掌和腳底分別形成了一個橘色圖案。夏琪拉洗去了頭一天晚上的妝，好好地吃了一頓早餐，食物一如既往：炸肉、麵包、甜布丁和茶。

九點鐘時她準備就緒，要出門去做頭髮了。夏琪拉、小妹蕾拉、蘇爾坦的二太太桑雅以及一個堂妹一起來到米克羅拉揚的一棟公寓裡。這是一家美容沙龍——一家塔利班統治時期就已存在的沙龍。儘管這在當時是非法的，但新娘們總是想把自己打扮得漂漂亮亮、完美無缺。在這裡，塔利班的一條法令助了她們一臂之力，她們穿著布卡而來，之後又穿著布卡離開，只不過臉孔已煥然一新。

美容室內有一面鏡子、一張凳子，擱架上擺滿了瓶瓶罐罐。無論從表面還是從設計式樣來看，擱架都有好幾十年歷史了。美容師在牆上貼了幾張印度寶萊塢明星的海報。夏琪拉靜靜坐在凳子上，看著海報上身穿低胸服飾的美人，笑容可掬地朝她笑著。

夏琪拉談不上非常漂亮，她的皮膚有些粗糙，眼瞼長了眼袋，臉盤有點大，下巴有點厚。但是她有最可愛的牙齒，油亮的頭髮，還有性感的長相。在比比‧古兒的女兒中，她一直最受歡迎。

「我也弄不明白我為什麼這樣喜歡你。」在瑪利安家用餐時，瓦基這樣對她說，「你甚至算不上漂亮。」說後面一句話時，他的聲調頗為甜美，夏琪拉把這當成了一句奉承話。

現在她很緊張，擔心自己不夠漂亮。玩笑的表情消失了，婚禮是一件極為嚴肅的事。

先是亂蓬蓬的黑髮被木髮夾捲起來，然後是拔掉一部分濃濃的眉毛，它們長得實在太濃密，中間都快連在一起了。這是她為即將舉辦的婚禮所做的最重要的一次打扮，因為未婚女子是不能拔眉毛的。美容師一邊拔，夏琪拉一邊尖叫，眉毛變成很好看的拱曲狀，夏琪拉對著鏡子欣賞著，她的臉好看多了。

「如果你早一點來，我還可以將你嘴唇上面的絨毛漂白些。」美容師說，向她出示了一種神祕的東西，在表皮有些剝落的瓶子上印有「萬能毛髮漂白膏」的字樣，「但是我們現在沒時間了。」

接著美容師將「完美佳人」增白霜擦在夏琪拉臉上，她挑了深紅色和金黃色眼影塗在眼瞼上，用重重的眼線筆劃了眼睛，然後又選了一支棕褐色口紅。

「不管我怎麼弄，我永遠不能像你一樣漂亮。」夏琪拉對她最年輕的嫂子、蘇爾坦的二太太桑雅說。桑雅微笑著咕噥了幾句，沒有發出聲，她正在把一件淺藍色連身衣套到身上。

夏琪拉打扮完畢以後，輪到桑雅打扮了。夏琪拉開始在別人的幫助下穿衣服，蕾拉借給她一條束腹腰帶，束上以後能夠凸顯她的身段。衣服由薄荷綠光亮透明布料做成，帶有合成纖維的帶子，金色褶皺鑲邊。禮服必須是綠色的——這是代表幸福快樂的顏色，也是伊斯蘭教的顏色。

衣服穿好以後，她的腳擠進一雙白色高跟女鞋，鞋上有金色的扣子。美髮師解開了她頭上的髮捲，頭髮已經打了捲，並且用梳子拉緊固定在頭頂，周圍下垂的頭髮則用髮膠固定成波浪形，緊貼在臉的一邊。現在該披上薄荷綠面紗了，錦上添花的最後一道工序是在頭髮上撒滿天藍色帶金邊的小貼紙，並在每邊臉頰上貼了三個銀白色小星星。她看上去開始有點兒像牆上的寶萊塢明星了。

「噢，不！那塊布，那塊布！」妹妹蕾拉突然大叫道，「噢，不！」

「噢，不！」桑雅也驚叫道，並且看著夏琪拉，後者依然不動聲色。

蕾拉起身衝了出去，幸好離家並不遠。如果她忘記了那塊布，那該怎麼辦？那可是所有東西中最重要的一件。

其他人繼續待在美容院，並沒有受到蕾拉驚慌失措的情緒的影響。她們一起往夏琪拉頭髮上、臉上而後是布卡上粘貼紙。夏琪拉慢慢戴上布卡，儘量不破壞已經做好的新娘髮型，她將它往頭上輕輕拉了拉，讓它輕輕罩住頭頂的鬈髮，這樣一來，網格的地方便往頭頂的部位上移一些，而不是對準眼睛前面的正確位置。桑雅和堂姊妹像帶著一個瞎子似的，領著她下了臺階。夏琪拉寧願跌倒，也不願意被人看見沒穿上布卡。

直到夏琪拉抵達瑪利安家的庭院，布卡才被脫掉——鬈髮被壓扁了一些。這裡是舉辦婚禮的地方，當她進來時，客人們都目不轉睛地看著她。瓦基還沒有到，庭院裡滿是人，此刻正津津有味地吃著肉飯、烤肉串和肉丸。好幾百名親戚接到了邀請。大廚和他的兒子一大早就開始又砍又切，烹調著食物。為婚宴購買的食品可謂極其豐盛：一百五十公斤米，五十六公斤羊肉，十四公斤小牛肉，四十二公斤馬鈴薯，三十公斤洋蔥，五十公斤菠菜，三十五公斤胡蘿蔔，一公斤大蒜，八公斤葡萄乾，兩公斤堅果，三十二公斤油，十四公斤糖，兩公斤麵粉，二十公斤蛋，幾種不同類型的香料，兩公斤綠茶，兩公斤黑茶，十四公斤甜點和三公斤飴糖。

用過餐以後，幾位男人走進了隔壁的房間，瓦基正坐在那裡面，最後的協定將在這裡簽署。他們討論了有關金錢和將來誓約的細節，瓦基保證，如果他沒有一個合適的理由就和夏琪拉離婚的話，他要賠償給她相當數目的一筆錢，他還保證夏琪拉婚後衣食無憂。大哥蘇爾坦代表夏琪拉一方參加協商，兩個家庭的男人一起在協議上簽了字。

協商達成一致以後，他們離開了隔壁的房間。夏琪拉和她的妹妹們一起坐在瑪利安的房間裡，從窗簾後面看著周圍的一切。在男人們協商的時候，夏琪拉已換上了一套白色的婚紗，俄式的面紗罩住了她的臉。她在等著瓦基被別人領進來，這樣他們就可以一起走出去了。他進來的時候很害羞，他們按照要求彼此祝福對方，眼睛盯著地面，然後肩並肩地走出來，彼此並沒有看對方。當他們停下來的時候，他們必須彼此試著把一隻腳放到對方的腳上，誰贏了，誰就將成為婚姻的主人。當然，瓦基贏了，或者是說夏琪拉讓他贏了，她應該這麼做，去爭取那些按理不屬於她的權利，看起來是不光彩的。

院子裡放了兩把椅子，他們必須在同一時間坐下，如果新郎先坐下，新娘將主宰家裡所有決定。他們誰也不肯先坐，最後蘇爾坦走到他們身後，把他們同時按到椅子上。周圍響起了掌聲。

夏琪拉的姊姊費羅莎將一張毯子蓋在這對新婚夫婦身上，並且拿了一面鏡子放在他們前面，他們必須一起往裡看。按照傳統，這個時刻是他們的眼睛第一次彼此相遇的時候，瓦基和夏琪拉使勁往鏡子裡瞅，像他們應該做的那樣，並且表現出他們以前從未見過面的樣子。費羅莎將《古蘭經》舉在他們的頭上，以真主的名義祝福他們。他們鞠躬接受了真主的祝福。

一盤混合了糕餅屑、糖、油，並用豆蔻調味的布丁擺到了他們面前，他們用湯匙盛了一匙相互餵對方，眾人在一旁熱烈鼓掌。他們還向對方潑飲料，這表示他們希望結為連理後的生活幸福美滿。

但並不是每個人都對這喝檸檬汁的喜宴感到同樣地滿意。

「從前我們喝香檳慶賀。」一個姑姑小聲說道。她回憶起那個更為自由的年代，葡萄酒和香檳都是婚宴上的飲料。「那個時代再也不會回來了。」她嘆了口氣。那個布卡以前的時代，那個尼龍絲襪、西裝革履、袒露手臂的時代，已經成為模糊的回憶。

「一個三流的婚禮，」蘇爾坦的大兒子曼蘇爾低聲回答說，「糟糕的食物、廉價的衣服、肉丸和米飯、長套衫和面紗。等我結婚的時候，我要租下洲際飯店的大舞廳，每個人都要穿最時髦的衣服，吃最好的食物，全部從國外進口。」他強調說，「無論如何，我要在國外結婚。」

夏琪拉和瓦基的婚宴是在瑪利安土屋的庭院裡舉行的，庭院裡寸草不生。牆壁上布滿彈孔，還可以看見炮彈碎片。新婚夫婦在這裡照了結婚照，他們表情有些凝固地平視著前方，笑容的缺乏和背景中的彈孔，給這張照片蒙上了一層悲涼的色調。

他們開始吃蛋糕了，他們握緊切刀，聚精會神地切下一小塊蛋糕，小心翼翼地餵到對方嘴裡，好像他們羞於把嘴完全張開似的，在他們往對方半張著的嘴裡餵時，蛋糕掉了彼此一身。

吃過蛋糕後是音樂舞會。對許多客人而言，這是自塔利班離開喀布爾以後第一次出席婚禮，換句話說，是他們第一次參加有音樂舞會的婚禮。所有的人都加入到舞蹈的行列中，除了新婚夫婦，他們在一旁坐著觀看。現在是下午稍晚，由於宵禁的緣故，婚宴從晚上挪到了白天，所有的人必須在十點前回家。

黃昏降臨時，在人們一片半開玩笑的噓聲和嚷嚷聲中，新婚夫婦離開婚宴場所，坐上裝飾有緞帶和鮮花的車子前往瓦基家，車上擠滿了隨從的人員，瓦基和夏琪拉那輛車擠了八個人，別的幾輛車上的人更多。他們沿喀布爾街道行駛著，由於是開齋節期間，街道空空蕩蕩，汽車以每小時六十英里的速度搶奪領路的位置，由於車速過快，有兩輛車不小心撞在了一起，給這次慶典增加了一個不愉快的插曲。幸好沒有人嚴重受傷，只是汽車車燈被撞壞，底部稍有些凹陷。汽車最後駛入瓦基家，這是一次富有象徵意味的旅行，夏琪拉離開了她的家，嫁進了丈夫的家庭。

最親近的親戚被邀請進入了瓦基的房間，他的姊妹們在一旁端茶伺候，這些女人將和夏琪拉共同擁有庭院，她們將會在水泵旁相遇，在這裡洗衣物、餵養小雞。流著鼻涕的小孩躲在他們姑姑的裙子後面，好奇地盯著這位即將成為他們新媽媽的女人，恭恭敬敬地打量她光彩照人的新娘裝扮。音樂聲停止了，吵鬧聲和喧嘩聲也平息下來。夏琪拉莊重地走進了她的新家，房間相當大，天花板很高。就像村裡其他屋子一樣，房間也是土築的，有粗重的屋樑和椽木。窗戶用塑膠片遮擋著，瓦基還不敢奢望炸彈轟炸已經停止，他還要再等一等後才換下塑膠片。

每個人進門時都把鞋子脫掉，靜悄悄地行走在房間裡。穿了一天緊繃繃的白色高跟鞋以後，夏琪拉的腳又紅又腫。剩下的最親近的客人進了臥室，一張大大的雙人床佔據了很大的空間。夏琪拉滿意地看著她所買的光亮柔滑的紅色床罩，以及她為自己訂做的紅色新窗簾。她妹妹瑪利安前一天來收拾過房間，掛起了窗簾，整理好床，佈置好婚禮飾品。夏琪拉自己從未進過這個房間，從現在開始，一直到她生命餘下的時間裡，這裡就將是她的領地。

在整個婚禮儀式中，誰也沒有看到過新婚夫婦交換過一次笑臉。現在，在她的新家裡，夏琪拉忍不住笑了起來。「你做得真好。」她對瑪利安說。生命中的頭一次，夏琪拉將擁有自己的一間房間；生命中的頭一次，她將睡在一張床上。她挨著瓦基坐在軟綿綿的床罩上。

只剩下最後的儀式了。瓦基的一個姊姊把一根釘子和一把錘子交給了她。她知道該做什麼，她靜靜地走向臥室的門口，她把這根釘子牢牢地敲進門口上方的牆上。在她完成這一儀式之後，所有的人鼓起掌來。比比・古兒吸了吸鼻子，這表示女兒已經把她的命運和這個房間牢牢地釘在了一起。

第二天早餐前，瓦基的嬸嬸來找夏琪拉的母親比比・古兒，她的包裡有一塊布，也就是蕾拉差一點兒忘記的那塊布，婚禮所有物品中最重要的一樣東西。老婦人恭敬地從她的包裡拿出那塊布並把它交給夏琪拉的母親。布上沾有一大塊血跡，比比・古兒微笑著向她道了謝，眼淚流淌在她的臉頰上，她很快地背誦一段感恩的禱詞。所有的女人們都跑過來看了一眼，比比・古兒給每一個想看的人出示這塊血跡斑斑的布，甚至連瑪利安的小女兒也看了一眼。

如果沒有血跡，被男方家退回來的將不是這塊布，而是她的女兒夏琪拉。

10 一家之主

一次婚禮就如同是一個小型的葬禮，新娘的家人在婚禮過後往往要難過好幾天，宛如他們剛剛送別了一位親人。一個女兒失去了，賣掉了，或是送人了，母親總是特別悲傷。她們曾經掌管著女兒的一切：她們去哪兒，她們見什麼人，她們穿什麼衣服，她們吃什麼東西。她們一天中的大多數時間都和女兒一起度過，她們一起起床，一起打掃房間，一起做飯。婚禮過後，女兒徹底消失了。她從一個家庭離去到了另一個家庭，她不能在她想家的時候回娘家，除非得到丈夫的許可，而娘家人也不能去看望她，除非得到邀請。

在米克羅拉揚三十七號的一間公寓裡，一個母親苦苦思念著她的女兒，她所住的地方距這裡步行需要一小時。但是，不論夏琪拉是居住在喀布爾近郊的德庫岱達村，還是漂洋過海居住在數千英里之外的國外，這中間並沒有什麼本質的不同。只要她不再坐在她母親旁邊的墊子上，喝著茶、吃著糖漬杏仁，這種失落感都同樣令人難以忍受。

比比・古兒啃起了另一顆杏仁。她把它藏在了床墊下，這樣她最小的女兒蕾拉就找不到了。蕾拉總是想盡辦法限制她母親的食物，就像溫泉療養地的一名護士一樣，她不許比比・古兒吃過甜過膩的東西，當比比・古兒想吃一些被她明令禁止的東西時，蕾拉會把它們從母親手裡奪過來。如果有時間，她會特別為她母親做一些素食，但當蕾拉不注意的時候，比比・古兒總是趁機把給家裡其他人吃的盤子裡的肉倒在自己碗裡。她喜歡吃油炸食品，油炸蔬菜、燉得很軟的肥羊肉，還喜歡吸骨頭裡的骨髓。食物對她來說是一種安慰。如果晚餐以後她感到饑餓難耐，她經常在夜裡起來，將鍋裡剩下的東西刮得精光。無論蕾拉怎麼努力，比比・古兒的體重怎麼也降不下來，恰恰相反，她的腰越來越粗。畢竟，她在每個地方都有自己小小的儲藏品：在舊櫃子裡、在地毯下、在板條箱後面，或是在她的口袋裡。她身上經常揣著一些牛奶糖，一些產自巴基斯坦的無色粉狀或粒狀牛奶糖。儘管甜得有些倒人胃口，有時甚至帶有腐臭味，但它們畢竟還是牛奶糖，糖紙上印著乳牛的畫像。當她嘴裡嚼糖的時候，誰也聽不到有任何聲音。

另一方面，她必須悄悄地啃杏仁。比比・古兒自己感到有些羞愧。房間裡只有她一個人，她坐在墊子上，前後搖擺著，將杏仁藏在手裡。她兩眼直瞪著空中，廚房裡燒菜做飯的聲音傳到她的耳邊。不久以後，所有女兒都會離開她。夏琪拉已經走了，芭布拉正準備要走，當有一天蕾拉也離開她的時候，她不知道該怎麼辦。沒有人留下來照顧她了。

「在我死前誰也不可以娶走蕾拉。」這是她在蕾拉十九歲的時候說的話。已經有很多人來提過親，但都被比比・古兒一口回絕，沒有別的人能像蕾拉那樣照顧她。

比比・古兒已經不做任何家務了，每天都坐在角落裡喝茶，默默無語地思考著什麼。她辛勤勞作的日子已經結束。當一個女人的女兒們長大成人以後，她便成為一個監護人的角色，她向孩子們提出忠告，捍衛家庭的道德規範——換言之，就是女兒們的道德規範。她要確保她們沒有單獨出門、她們合乎要求地把自己蓋起來、她們沒有見過家族以外的任何男人、而且她們既服從又有禮。在比比・古兒看來，禮貌是最重要的品行。在蘇爾坦之下，她是家裡地位第二高的人。

她的思緒轉移到了現在居住在陌生高土牆後面的夏琪拉身上。她眼前浮現出這樣一幕場景：夏琪拉從庭院的井裡打了滿滿的一桶水，周圍是一大群小雞和十個失去母親的孩子。比比・古兒擔心自己也許做錯了，如果他心地不好，那該怎麼辦？無論如何，沒有了夏琪拉，公寓裡顯得太空了。

實際上，沒有了夏琪拉，小公寓裡只是稍稍空了那麼一點兒。以前是十二個人，現在是十一個人住在四個房間裡。蘇爾坦、桑雅和他們剛滿周歲的女兒住一間，蘇爾坦的弟弟尤努斯和大兒子曼蘇爾住第二間，剩下的第三間住的是比比・古兒、她的兩個未出嫁的女兒芭布拉和蕾拉，蘇爾坦的兩個小兒子伊克巴和艾默，瑪利安的兒子法佐——他們的表弟、比比・古兒的外孫。

第四個房間是一間儲藏室，裡面放滿了書、明信片、米、麵粉，夏天的時候放冬天的衣物，冬天的時候放夏天的衣物。由於沒有哪個房間有衣櫥，家庭成員的所有衣服都塞在一個大箱子裡。每天有很多時間花在找東西上面，家中的女眷們或站或坐，從箱子中翻出幾件衣服、幾雙鞋子、一個背包、一個破罐子、一截緞帶、一把剪刀或是一塊桌布。所有這些東西中，有的翻出來是為了看看還能不能用，有的則只是翻出來看一看，然後又都扔回箱子裡去。她們很少會丟東西，所以箱子的數量也就越來越多。每天儲藏室裡都會發生些許改變，如果有人想從箱子底部尋找什麼東西，他就必須將所有的東西全都挪動一遍。

除了那些裝衣物和雜物的大箱子，每個家庭成員還有一個上鎖的小櫃子。女人們將鑰匙隨身攜帶，這個小櫃子是她們擁有的唯一私產，每天都可以看到她們坐在地上躬著身子在裡面翻來覆去。她們或是揀起一件首飾來瞧一瞧，也許會試著戴一戴，然後又把它放回去；或是擦一擦她們已經忘記的護膚霜；或是聞一聞以前有人送給她們的香水。也許她們凝視著一個堂兄的照片而陷入沉思中，或許如比比・古兒，從裡面取出一些像松鼠一樣儲藏的牛奶糖或是餅乾。

蘇爾坦有一個玻璃門的書櫃，從外面可以看到擺放在裡面的圖書封面，還可以鎖起來。書櫃裡陳列著哈菲茲（Hafez）和魯米（Rumi）的詩集、有幾百年歷史的遊記和表皮有些磨損的舊地圖。在書籍中間的一個祕密地方，還藏著他的一些錢——阿富汗的銀行系統總是不能令他放心。書櫃裡有蘇爾坦最珍愛的藏書，一些他心儀已久、準備在將來某一天仔細閱讀的書。不過現在他整天在書店裡忙，根本沒時間讀書。他每天早上八點以前離家，晚上八點才回來。餘下來的時間只能用來陪拉蒂法玩、吃晚飯，獨斷專行地處理他不在時家裡所發生的變故——好在並無這樣的情況出現。居家不出的女人們的生活通常是安靜的，而調解她們之間的口角對蘇爾坦來說是有失體面的。

桑雅在儲物櫃的底部放了一些私人物件，幾條漂亮的圍巾和一些錢，還有些給拉蒂法玩耍的玩具。從一個像她這樣出身貧寒的母親的角度來看，這些玩具太過奢華了，並不適合拉蒂法玩。一個芭比娃娃，是拉蒂法周歲時得到的生日禮物，從別人送來後就一直放在櫃子上方，連玻璃紙包裝都沒有拆開。

房間裡沒有電視或收音機，書櫃是整個公寓唯一的傢俱，靠牆擺著的席子和又大又不舒服的墊子是僅有的裝飾物品。席子晚上用來睡覺，白天用來坐。墊子晚上用來當枕頭，白天用來當靠背。吃飯的時候就在地上攤開一塊油布，所有的人都盤腿圍坐在周圍，用手指抓東西吃。用餐以後，油布被清洗乾淨並捲收起來。

地面是石頭鋪成的，上面鋪了一張大大的地毯。牆壁已經開裂，門朝一邊開著，有些已經關不上，只好讓它們成天開著。有些房間僅僅用一張床單隔開。窗戶上的洞用舊毛巾堵上。

廚房裡有一個水池，地上有一個煤氣爐和一個輕便電爐。窗臺上擺滿了蔬菜，還有一些前幾天剩下來的爛菜屑。壁櫥櫃用簾子攔著，以防止煤氣爐的煙塵把裡面的碗碟弄髒。但是不管她們如何打掃，喀布爾糟糕的空氣還是使得長椅、壁櫥和窗台經常蒙上一層灰塵。

浴室是廚房裡的一個小隔間，中間用牆隔開，牆上開了一個口，無非是在混凝土地上挖了一個小洞，再加上一個水龍頭。一個燒洗澡水的爐子安在一個角落，爐子用柴火加熱。上面有一個大水箱，如果水管有水時可以儲水。水箱上面的擱板上放有洗髮水、黑色肥皂盒、幾把牙刷、一支中國牙膏，裡面粉狀的物質嚐起來有奇怪的化學味。

「這原本是個很好的公寓。」蘇爾坦回憶道，「那個時候，我們有水、有電，牆上還有壁畫，什麼都有。」

但是在內戰期間，公寓遭到搶劫並被放了火。當他們從巴基斯坦回來時，公寓幾乎成了廢墟，他們不得不盡可能按原樣將其修復。蘇爾坦家住在米克羅拉揚老城區，內戰時正好處在聖戰者組織馬蘇德和可惡的希克馬蒂亞（Gulbuddin Hekmatyar）兩派交火的前線位置。馬蘇德控制了喀布爾大片地區，希克馬蒂亞則控制了喀布爾郊外的一個高地。他們用火箭彈互相射擊，有很多火箭彈落到米克羅拉揚。在另一個高地上盤踞著烏茲別克族的多斯塔姆（Abdul Rashid Dostum），而第三個高地則被基本教義份子薩亞夫（Abdul Rasul Sayyaf）佔據著，他們的火箭彈落在了小鎮的另外一部分。交火線從一個街區移到另一個街區。軍閥之間的戰爭持續了四年之久，最後塔利班進逼喀布爾，軍閥們望風而逃，將喀布爾拱手讓給塔利班。

戰爭雖然早在六年前就結束了，可米克羅拉揚依然像一個戰場。建築物的牆壁上布滿子彈和炮彈的痕跡。許多窗戶是用塑膠片而不是玻璃來遮擋，天花板上到處是裂縫，不少公寓的頂部被火箭彈炸得七零八落。內戰時期一些最激烈的戰鬥就發生在米克羅拉揚地區，大多數居民都逃走了。在希克馬蒂亞盤踞過的馬然占高地，自內戰過後就從未被清理過，火箭擲彈筒、被毀壞的汽車和坦克隨處可見。這裡離蘇爾坦家步行不過十五分鐘的距離，曾經是遊人如織的郊遊場所，這裡也是查希爾國王的父親納迪爾國王的墓地所在地。納迪爾國王一九三三年死於謀殺。現在墓地成了一堆廢墟，墓的圓頂到處是彈孔，紀念柱已被打斷。緊靠旁邊的他妻子的墓地情況更糟，已被毀得不成樣子，遠遠望去，就像投影機上的一個由斷片組合而成的影像，陰森森地從高處投射在下面的城市。有人曾試著將這些碎片收集在一起，拼湊出墓碑上的《古蘭經》經文。

整個山坡都挖得坑坑窪窪的，但是在破碎的火箭擲彈筒和金屬垃圾之間，還是可以看到一絲昭示著和平到來的跡象。在一個由圓形石頭圍成的圓圈中，一簇橘黃色金盞花迎風搖曳。歷經長期內戰，歷經嚴酷乾旱，歷經塔利班高壓統治，它們憑藉自身的力量頑強地活了下來。

從高處遠遠望去，米克羅拉揚與蘇聯的許多城市沒有多大區別，這裡的建築物是俄國人遺留在阿富汗的一個禮物。五、六〇年代時，蘇聯工程師被派到阿富汗，建造了這個所謂的赫魯雪夫街區，在蘇聯各國之間都有這樣的住宅區，而事實上與他們在喀布爾、加里寧格勒、基輔等任何地區建造的建築物也都一模一樣：二到四房的五層樓公寓住宅。

但是當你走得更近些時，這裡骯髒邋遢的景象顯然與典型的蘇聯區相去甚遠，這是槍彈射擊和長期戰爭的結果。就連前門旁邊的水泥長椅也被炸得像一艘失事船隻的殘骸，落寞地躺在凹凸不平、曾經是柏油路的地上。

在俄羅斯，拄著拐杖、頭戴頭巾的老太太坐在這些長椅上，看著她們面前來來往往的人們；在米克羅拉揚，只有老頭子坐在屋外聊天，手裡拿著一串念珠。一簇簇稀稀落落的樹叢挺著乾瘦的軀幹矗立著，勉強替他們遮蔭。身穿布卡的女人們拎著購物袋匆匆而過，很少看見她們停下來和鄰居聊天。在米克羅拉揚，如果女人們想和別的女人聊天，她們會到鄰居家去串門子，但要提防被家族以外的其他男人看見。

公寓是按照蘇聯的平等原則設計的，但是在四面牆壁裡顯然沒有平等可言。隱藏在建造這些公寓背後的理念也許是在無階級的社會裡建設無階級區分的住處，而事實上，米克羅拉揚的公寓卻成了中產階級的聚集區。在它們建造之初，從喀布爾周圍村落的土屋喬遷到有自來水的公寓區，成了身分地位的象徵。工程師和教師、商店店主和卡車司機搬到了這裡。但是如今，在一個許多人失去所有，全國都在倒退的國家裡，「中產階級」這個詞不再具有任何意義。曾經如此令人豔羨不已的自來水，在最近十年成了一句玩笑。在公寓底層，每天早上管道裡供應幾小時的涼水，接著就空空如也。第二層的水時有時無，而到了第三層，因為水壓太低，就徹底斷水了。居民們不得不在公寓外挖了水井，每天都有小孩子從樓梯口上上下下，手裡提著水桶、瓶子和罐子往家裡拎水。

電力供應同樣也曾是公寓引以為豪的地方，現在居民們大多數時間都生活在黑暗中。由於電力缺乏，供電採用配給制，每隔一天供應四小時電，從晚上六點至十點。當一個街區供電時，另一個街區就停電。有時候所有地區都停電，唯一的解決辦法就是點上油燈，坐在半黑暗狀態裡，讓油燈刺鼻的煙味熏得人兩眼流淚。

蘇爾坦家位於一個較老的公寓街區，在業已乾枯的喀布爾河畔。比比・古兒總是對事物持悲觀的態度，因為她被限制在這一片破敗的水泥沙漠裡，遠離她出生的村落。自從丈夫過世以後，她就再也沒有快樂過。據他的親戚講，他工作很勤奮，信仰虔誠，為人嚴格而公正。

父親去世以後，蘇爾坦接過了家庭的權杖，他的話就是法律，任何不遵從他的人都會受到懲罰。他不僅掌管家裡大小事物，就連對已經搬出家門的兄弟姊妹，他也要設法控制。僅僅比他年輕兩歲的弟弟，見到他的時候都要吻他的手，如果膽敢反抗蘇爾坦，那就只好請求真主護佑了。更為誇張的是，哪怕在他面前點燃一根煙，他們也沒有這樣的膽量，對於兄長的尊敬必須是全面的。對於這樣的嚴格要求，蘇爾坦有他自己的理由，他深信如果沒有每一個家庭的遵紀守法、辛勤勞作，一個全新的、繁榮昌盛的阿富汗就永遠不可能誕生。

如果責罵和毆打不能奏效，下一步的懲罰就是拒絕。蘇爾坦從不和他的小弟弟法里德說話，也從不和別人談論他。法里德拒絕在蘇爾坦的書店裡工作，竟然開辦了自己的書店和裝訂廠，蘇爾坦從那以後就再沒和他說話，甚至連家裡的其他人都不許和他說話。法里德的名字從此不再被提及，他也不再是蘇爾坦的兄弟。

法里德也住在米克羅拉揚的一間舊公寓裡，離蘇爾坦家只有幾分鐘的路程。有一天，趁蘇爾坦在書店的時候，比比・古兒瞞著他去看望了法里德和他的家人。他的兄弟姊妹也這樣做了。儘管蘇爾坦明令禁止，夏琪拉還是在她結婚前夕接受了她哥哥法里德的邀請，並且到他家共度一晚，回來告訴蘇爾坦說她和嬸嬸在一起。在一個女孩結婚前，每位家庭成員都會分別邀請她共進告別餐，每一次這樣的家庭慶祝會大家都由邀請蘇爾坦出席，但從未找過法里德。無論是堂兄堂弟，還是叔叔嬸嬸，誰也不願意同蘇爾坦鬧翻，因為這既不令人愉快，也沒有絲毫的好處。不過他們依然愛著法里德。

誰都沒有真正弄明白蘇爾坦和法里德兩人之間究竟發生了什麼事，他們只記得在法里德極其憤怒地離開他大哥的時候，蘇爾坦在他身後咆哮如雷，從此以後，兩人就一刀兩斷了。比比・古兒曾要求他們兩個和解，但兄弟兩人只是聳聳肩。在蘇爾坦這邊，他覺得晚輩請求長輩寬恕，是天經地義的事；而在法里德這邊，他覺得是蘇爾坦而不是他的錯。

比比・古兒一共生了十三個孩子。她在十四歲時生了第一個女兒費羅莎。生活終於變得有了意義。結婚的頭一年，她像個童養媳般整天哭哭啼啼的，現在一切慢慢好轉了。大女兒從未受過教育，當時家裡很窮，費羅莎挑水、掃地、照顧弟弟妹妹，十五歲的時候，她嫁給了一個四十歲的男人。那個男人很富有，比比・古兒認為財富可以帶來幸福。費羅莎人很漂亮，男方家送了兩萬阿富汗尼的聘禮。

後面的兩個孩子出生不久就夭折了。四分之一的阿富汗兒童活不到五歲，這個國家是全世界嬰兒死亡率最高的國家之一。嬰兒有一部分死於麻疹、腮腺炎、感冒，但大多數死於痢疾。當嬰兒染上痢疾時，許多父母錯誤地認為用不著給孩子吃什麼藥，他們會自然痊癒。他們甚至不給孩子吃東西，以為這樣一來疾病就會自動消失。這種錯誤的做法造成了成千上萬年輕生命的死亡。比比・古兒已經記不清楚她的兩個孩子究竟死於什麼病。「他們就是突然夭折了。」她說。

接著，蘇爾坦降生了。他是那樣可愛，那樣討人喜歡。隨著他一天天長大，比比・古兒在姻親中的地位陡然提升了許多。一個新娘的價值在於她的處女膜，而一個妻子的價值在於她生了幾個兒子。

儘管家裡很窮，但做為家裡的長子，蘇爾坦接受了最好的教育。費羅莎結婚時收到的聘禮被用來支付蘇爾坦的學費。從他還是孩子的時候起，他就被賦予權威的位置，他父親信賴地安排他做一些緊要的工作，到他七歲的時候，除了到學校上課，他已經能夠在父親安排給他的工作中獨當一面了。

蘇爾坦降生後幾年，法里德出生了。他是一個莽撞的孩子，總是和別人家的小孩打架，回家的時候時常衣服被撕破，鼻子裡流著血，他還背著父母飲酒和抽煙。不過當他靜下來的時候，他還是一個很乖的孩子。比比・古兒為他找了一個老婆，婚後育有兩個女兒和一個兒子。但是他已經被逐出米克羅拉揚三十七號的公寓。比比・古兒嘆了口氣，兩個大兒子之間的敵意撕裂了她的心。他們為什麼沒辦法理智地相處？

法里德之後是夏琪拉，快樂的、堅忍的、強健的夏琪拉。她眼前浮現出這樣一幅場景：夏琪拉正拎著沉甸甸的水桶，吃力地往家裡搬水。比比・古兒不禁掉下一滴眼淚。

接下來是奈沙・艾哈邁。當比比・古兒想起他時，禁不住淚如雨下。奈沙・艾哈邁善良、安靜、很有智慧氣質。他考入喀布爾的一所高級中學，希望像蘇爾坦一樣成為一名工程師。但是有一天他離家後就再沒有回來。據他的同學事後講，一批軍警抓走了他們學校最強健的學生，強迫他們入伍。當時正值蘇聯佔領期間，阿富汗政府軍被編入了他們的地面部隊，並被推到最前線對抗聖戰者組織。聖戰者組織的軍隊訓練有素，熟悉地形。他們在崇山峻嶺中挖掘戰壕，嚴陣以待蘇聯軍隊和他們的阿富汗附庸軍出現在山口處。奈沙・艾哈邁就是在這樣的一個山口失蹤的。比比・古兒認為他還活著。也許他被俘了，也許他喪失了所有的記憶，正快樂地生活在某個地方。她每天都向阿拉祈禱，希望有一天他能回來。

奈沙・艾哈邁之後是芭布拉。因為父親入獄傷心過度而患了病，一天到晚坐在家裡，瞪著空中直發呆。

芭布拉之後幾年，比比・古兒又生了一個女兒瑪利安，她聰穎好學，在學校裡堪稱奇才。長大一些後，她出落得更加美麗，擁有許多追求者。十八歲時，她和同村的一個小夥子結婚。他擁有一家商店，比比・古兒覺得他和瑪利安還算般配。婚後瑪利安搬到丈夫家，和丈夫、小叔及母親住在一起。家裡有許多事要做，因為婆婆的手以前被烤爐嚴重燒傷過，有幾個手指被燒掉，有幾個連在一起，兩個拇指都被截掉。不過她還可以自己吃東西、看護小孩、或是靠著身體抱一些東西。

瑪利安在她的新家過得很快樂。接著內戰爆發了，瑪利安的一個堂弟在賈拉拉巴德結婚，儘管對道路並不熟悉，全家人還是去祝賀了。她的丈夫卡里穆拉留在喀布爾照顧他的商店。一天早上，當他剛到達商店開門時，正巧遇上內戰雙方交火，一顆子彈擊中他的心臟，當場死亡。

瑪利安哭了三年，最後比比・古兒和卡里穆拉的母親決定將她嫁給亡夫的弟弟哈齊姆，她有了一個新家，為了兩個孩子，她重新振作起來。現在她已懷上了第五個孩子。她和卡里穆拉生的大兒子法佐已經十歲，在蘇爾坦的一家書店全職工作，負責搬運和售書，他住在蘇爾坦家裡，這多多少少減輕了瑪利安的負擔。

然後尤努斯出生了，他是比比・古兒最偏愛的一個。他對她很體貼，常常給她買小禮物，並且問她需要些什麼。傍晚吃過晚飯之後，一家人坐著或躺在席子上打盹，這個時候，尤努斯就會將頭枕在她的膝蓋上。尤努斯的生日是做母親的唯一記得清清楚楚的一個，他出生於一九七三年七月十七日，那天查希爾國王在一次政變中下了台。

其他孩子既沒有生日也沒有確切的出生日期。蘇爾坦大概出生在一九四七年到一九五五年間，這要看你讀到的是哪份檔案。蘇爾坦的年齡從他一出生，到他上小學，而後上大學，然後是第一、第二、第三次戰爭，累加起來已經五十歲有餘。人們就是以這樣的方式來計算年齡的。由於誰也弄不清楚，因此一個人可以隨意更改他的年齡。按這樣的方法，夏琪拉可能是三十歲，但她也很可能再大個五、六歲。

尤努斯之後是巴希爾。他住在加拿大，在母親的安排下，他和那裡的一個親戚結了婚。自從兩年前他離開以後，她再也沒有見過他，或是和他說過話。比比・古兒的淚又來了。她討厭和孩子分隔得太遠。除了藏在箱子下面的糖漬杏仁，他們就是她生命的全部。

最後一個出生的兒子使比比・古兒養成了吃東西的習慣。孩子剛生下來幾天，他就過繼給一個沒有孩子的親戚。奶水不斷地滲出，比比・古兒的眼淚也止不住地流。一個女人要靠成為一個母親，尤其要靠生兒子，才能贏得地位。一個不能生育的女人難免被人嘲笑。比比・古兒的親戚婚後十五年一直沒有孩子，她祈求阿拉幫助，嘗試了每一種可能有效的藥物和治療方法，可最終沒有絲毫效果。當比比・古兒懷上第十二個孩子時，絕望的親戚懇求把孩子過繼給她。

比比・古兒拒絕了：「我不能把我的孩子送人。」

親戚繼續乞求、哀討甚至威脅。「可憐可憐我吧，你已經有一大群兒女，我一個也沒有。就把這個給我吧，」她哭叫道，「沒有孩子我活不下去。」她嗚咽著說。

最後比比・古兒屈從了，答應把這個孩子給她。兒子降生後，她養了他二十天。她哺育他、擁抱他，為不得不把他送給別人而哭泣。比比・古兒是憑藉她的孩子們而變成一個重要女人的，她想盡可能多要一些。不過她最終還是信守了諾言，在答應的二十天後將孩子給了那個親戚。儘管奶水流個不停，但從此以後，她再也不能哺育他，所有維母子間的親情從此一刀兩斷，他只是她的一個親戚。比比・古兒知道他會受到很好的呵護，但是依然為失去他而哀傷不已。當她與他相遇時，她裝出無動於衷的樣子，因為在送走他的時候她曾做出過承諾。

比比・古兒最小的女兒是蕾拉。她聰明而勤勞，幾乎包下了家裡所有的家務。根據事後的推算，她如今大約十九歲，是所有兄弟姊妹排行中地位最低下的：年紀最輕、還沒結婚，而且是個女兒。

在蕾拉這個年紀，比比・古兒已生了四個孩子，兩個夭折，兩個活了下來。但是現在她不想那些了，她的茶涼了，她也覺得冷了。她將杏仁藏在床墊下面，想叫人給她拿一件羊毛披肩來。

「蕾拉。」她喊道。蕾拉從碗盤堆中立起身來。

11 少女的誘惑

她帶著明媚的陽光，帶著無可抗拒的魅力走進這間昏暗的房間。曼蘇爾從瞌睡中醒來，睡眼惺忪的他一開始還誤認為是一個小偷鬼鬼祟祟地準備在書店裡行竊。

「需要幫忙嗎？」

他馬上意識到這是一個年輕漂亮的女性。他注視著她走路的姿態、她的手、她的腳、她拎著提包的方式。她有一雙修長纖細的手。

「你這裡有《高等化學》嗎？」

曼蘇爾換上一副職業書商的表情，他知道他的書店裡並沒有這本書，但還是請她跟他一起到後臺去找。他站得離她如此之近，她身上的香水味撲鼻而來，弄得他心裡怪癢癢的。他儘量裝出一副找書的樣子，在書架上東翻翻西瞧瞧，眼睛卻不時轉過來瞅她，努力捕捉她藏在陰影下的目光。實際上他從未聽過這本書。

「很抱歉，這本書賣完了，不過我還有幾本在家裡，可不可以明天再來，我會替你帶一本來的。」

第二天，他一整天都在等著女神的到來，但他並沒有帶來那本化學書，而是擬定了一個計畫。在等待的過程中，他還編織了更為美妙的夢幻場景。夜幕已經降臨了，女孩依然沒有出現，他不得不關了門。書店有一道鐵捲門，用以在晚上保護書店的櫥窗。極度失望的他嘩啦一聲把鐵捲門拉了下來。

第三天，他的情緒一直不佳，氣鼓鼓地坐在櫃檯後面。因為停電的緣故，房間裡半明半暗的。陽光照射進來，灰塵飛揚的房間變得更乾燥了。顧客前來索書時，儘管那些圖書就在曼蘇爾對面靠右的書架上，可是他竟然回答說沒有，聲音陰陽怪氣的。整天被綁在父親的書店裡，連星期五也沒得休息，他實在早已煩透了。父親不許他上學，不許他買自行車，更不許他去看望朋友，成天和陳列在書架上的書打交道，他對它們恨之入骨。事實上，他一直很討厭書，自從父親要他退學以後，他就再也沒有看完過一本書。

一陣輕盈的腳步聲和衣服的窸窣聲讓他從鬱悶的心情中驚醒。她像頭一次那樣站在那裡，站在明媚的陽光中，飛揚的灰塵環繞在她的周圍。他盡力控制著自己的情緒，不但沒有高興得跳起來，相反卻擺出一副書商的表情。

「我昨天一直在等著你，」他非常專業同時也很親切地說，「我家裡有這本書，不過我不知道你要的是哪個版本、哪種裝訂，也不知道你準備付多少錢。這本書出了很多種版本，我不能把它們都帶來。所以，如果你不介意的話，不如跟我去挑一本你想要的。」

這位「布卡」看上去有些驚訝，她擰著手提包，顯得有些不知所措。

「跟你回家？」

他們沉默了一會兒。沉默是最有力的說服，曼蘇爾想，渾身緊張得直打哆嗦，他的邀請實在太過大膽。

「你需要這本書，對吧？」末了他問。

令他驚訝不已的是，她居然同意了。女孩上了他的汽車，坐在後座可以從後視鏡看到他的位置。在他們談話的時候，曼蘇爾也儘量挺直身子，以便她能更清楚地看見他。

「不錯的車！」她說，「是你的嗎？」

「是的，但不算什麼。」曼蘇爾漫不經心地說。這個回答使得汽車看上去更棒，而他也顯得更有錢了。

他漫無目的地行駛在喀布爾的大街上，後面坐著一個「布卡」。他沒有書，家裡還有他奶奶和姑姑，帶她回家是萬萬不可的。但和一個陌生女孩離得這麼近，讓他覺得既興奮又緊張。一陣衝動之下，他問是否能看一下她的臉。她沉默了好幾秒鐘，全身僵直，然後輕輕掀開布卡前面的面罩，從鏡子裡緊緊盯著他。他也從鏡子裡看到了她。她非常漂亮，化了妝的眼睛又大又亮，看得出比他要大上幾歲。他海闊天空地窮聊一番，使出渾身解數讓她忘記了她的化學書籍，並且邀請她和他一起到餐廳共進午餐。他把車停在馬可波羅餐廳，她偷偷溜下車，快步走上臺階進了餐廳。曼蘇爾點了全套的菜式：烤雞、烤醃羊肉串、阿富汗肉丸麵，還有羊肉炒飯，餐後甜點是開心果布丁。

用餐的過程中，他不停地逗她發笑，竭力討她的歡心，希望她多吃一些。她撩起頭上的布卡，坐在餐廳的一個角落，背對其他餐桌。和大多數阿富汗人一樣，她吃東西的時候不用刀叉，而是用手指。她談起她的生活、家庭和學業，但是曼蘇爾幾乎沒有聽進去，他太努力表現了。這是他的第一次約會，而且絕對是個非法的約會。他們離開的時候，他大方地給了侍者一筆小費，但顯然是過於大方了，侍者睜大眼睛幾乎不敢相信。從她的衣著可以看出，她來自一個中等家庭，不很富裕但也不是窮人。出了飯店以後，曼蘇爾要馬上趕回書店，女孩則上了一輛計程車。要是在塔利班時代，這會使得她和司機遭到鞭打和監禁。飯店裡的約會更是不可能，沒有親屬關係的男女甚至一起走在街上都不容許，更別說她在公共場所撩起布卡了。時代在變，曼蘇爾是個幸運兒。他答應她第二天把書帶來。

第二天，他一直在想著當她出現的時候該說些什麼。從書商變成一個調情高手，角色發生了變化，手段也必須更新。他所有的談情說愛的語言都來自印度和巴基斯坦的電影，電影的三部曲通常以相遇開場，接著由於是誤解導至憎恨、背叛和失望，最後以海誓山盟白頭偕老結束。裡面極具戲劇性的臺詞一部勝過一部——對於一個初次墜入情網的年輕人而言確實不無幫助。坐在櫃檯後面，靠著一堆書和紙，曼蘇爾幻想著一旦女學生露面時他們對話的情景。

「自從昨天你離開我以後，我無時無刻不在思念你。我知道你身上有一些特別之處，你是為我而生的，你就是我的主宰。」她肯定喜歡聽他這樣說，接著他將盯著她的眼睛，或許還應該握著她的手這樣說：「我想要與你獨處，我想要用我的眼睛看遍你的全身，我想要溺死在你深邃的眼眸裡。」他將這麼說。或者他可以不那麼咄咄逼人：「我要求的並不多，但倘若你沒有別的事可做的時候，請一定來看望我。如果你不願意這樣做，我會理解的，但能否也許每週來一次就好？」

也許他還可以做出一些承諾：「等我十八歲時，我們就可以結婚。」

他必須是有豪華轎車的曼蘇爾，必須是擁有出售高級商品商店的曼蘇爾，必須是賞人小費的曼蘇爾，必須是西裝革履的曼蘇爾。他必須為她勾畫一幅令人豔羨的未來生活藍圖，以此贏得她的芳心。「你將擁有一棟附花園的豪華別墅，傭人多得數不清，而且我們還可以到國外度假。」他必須讓她意識到自己非同尋常、打著燈籠也找不到，並且明白她在他心目中多有份量。「我只愛你一個，一秒鐘見不到你，我就痛苦難耐。」

如果她對他的願望不以為然，他一定要表現得更戲劇化。「如果你要離開我，請先殺了我！不然我將放火把全世界燒為灰燼！」

但是，餐廳用餐後的第二天，女學生並沒有來，第三天也沒有。日子一天一天過去了，曼蘇爾還在練習他夢中的對話，但是他越來越意氣消沉。她喜歡他嗎？她父母發現她所做的事情了嗎？她被看管起來了嗎？是不是有人看見了他們，或者是他說漏嘴了？一個鄰居，一個親戚？他說了什麼愚蠢的話了嗎？

一個手裡拄著拐杖，頭上纏著頭巾的老年人打斷了他波濤洶湧的思緒。老人扯起嗓子要曼蘇爾給他找一本宗教方面的書籍。曼蘇爾找到了他所要的書，氣呼呼地將它扔到櫃檯上。他已經不再是調情高手曼蘇爾，而是現實中的曼蘇爾，一個滿腦子浪漫白日夢的書商兒子。

他每天都在等著她，每天都在極度失望中鎖上鐵捲門。書店裡的每一個小時變得越來越難以忍受。

在他的書店旁邊，還有幾家賣紙筆、圖書或複印資料的商店。拉赫瑪尼就在其中的一家店鋪裡工作。他有時會來拜訪曼蘇爾，和他一起喝茶聊天。這天他又拜訪曼蘇爾，他對曼蘇爾對他所講的煩心事兒不以為然，付之一笑。

「不要找那些女學生，她們的道德感太強了，試著找那些需要錢的人，乞丐是最容易上鉤的，她們有些還不算太糟。或者去聯合國機構發放麵粉和油的地方，那裡有很多年輕的寡婦。」

曼蘇爾目瞪口呆，他知道那個發放救濟品的地方，他們發食物給最需要救濟的人，特別是戰爭中喪夫的寡婦和孤兒。他們每個月都會去那裡領取救濟品，有些人領到之後就站在角落用它們來換錢。

「去那裡找一個年輕的寡婦，向她買一瓶油，然後叫她來這裡。我通常這樣說：『如果你到我的店裡來，未來我會幫助你。』她們來了以後，我給她們一些錢，然後把她們帶到後面的屋子裡去。她們穿著布卡而來，又穿著布卡而去——沒有人會懷疑什麼。我得到了我想要的，她們得到了錢養孩子。」

曼蘇爾懷疑地看著拉赫瑪尼，拉赫瑪尼打開了後面屋子的門，室內不到兩平方公尺，地上擺著幾個被踩踏得髒兮兮的硬紙箱，紙箱上布滿斑斑駁駁的污點。

「我脫去她們的頭罩、衣服、鞋子、褲子。既然到了這裡，要想後悔已經來不及了。叫喊是沒有用的，因為如果有人來了，不管出現什麼情況，過錯總在她們這一方。惡名將伴隨她們一生。寡婦一般好對付，但如果是年輕女人，特別是處女，我就叫她們把兩腿夾緊，在她們兩腿中間做。或者我從，嗯，從後面來。」商人說道。

曼蘇爾瞪大眼睛看著拉赫瑪尼，難以置信，他怎麼能那麼漫不經心地隨意談論那種事情？

就在同一天下午，當他在一群藍色布卡旁邊停下車來的時候，他才明白根本沒那麼容易。他買了一瓶油，但是賣油的手又粗糙又骯髒。他朝四周看了看，都是些貧窮的女人。他把瓶子扔到後座上，開車離開了。

他已經放棄絞盡腦汁背誦寶萊塢的臺詞了。但是有一天，他突然意識到它們其實還派得上用場。一個年輕女孩走進了書店，要買一本英語詞典。曼蘇爾立刻表現出一副殷勤備至的子。他了解到那個女孩剛剛報名參加了一個為初學者開辦的英語班，書商的兒子馬上主動提出要幫助她。

「來這裡的人很少，我可以幫你檢查作業。」但是那個女孩再也沒有回來。

「我的心靈深處是骯髒的。」他向他的弟弟傾訴道。他知道他不該一天到晚只想到女孩子。

一個小女孩走進了書店，她也許十二歲，也許十四歲。她伸出一雙骯髒的小手，面帶懇求的神情盯著他們，她頭上披著一條髒兮兮的飾有紅花的白頭巾。女孩子一般要到青春期才開始穿著布卡，她太小了，還沒到這樣的年齡。

乞丐經常到店裡來，曼蘇爾通常都是叫他們離開，但是拉赫瑪尼不動聲色地站在那裡，打量著這個稚氣未脫的小女孩圓圓的臉，他從錢包裡拿出十張鈔票，小女孩睜大眼睛貪婪地伸手來接。但是她的手還沒有抓到鈔票，拉赫瑪尼的手便縮了回去，並在空中畫了一圈，小女孩緊緊盯著他手裡的鈔票。

「生活中沒有任何東西是免費的。」他說。

小女孩的手僵住了。拉赫瑪尼給了她兩張鈔票。

「去澡堂洗乾淨了再回來，我會把剩下的給你。」

小女孩飛快地將鈔票裝進衣服的口袋裡，然後將她的臉藏在髒兮兮的飾有紅花的白頭巾裡，她用一隻眼看著他，她的一邊臉頰有以前得過天花遺留下來的疤痕，前額有蚊蟲咬過的痕跡。她轉身離開，單薄的身體消失在喀布爾的街上。

幾個小時後，小女孩回來了，身上乾淨了很多。

「管它去死。」拉赫瑪尼說，她身上依舊穿著破舊的衣服，「跟我一起到後屋去，我給你剩下的錢。」他對她笑了笑，他們進了房間。

曼蘇爾感到很不自在，一個人留在了書店裡——不知道是不是應該離開。突然間，拉赫瑪尼走了出來。

「她是你的了。」他對曼蘇爾說。

曼蘇爾愣在那裡，他瞪著拉赫瑪尼，瞥了一眼後面屋子的門，然後猛地衝出書店。

12 阿里的召喚

一連幾天，他都感到渾身不舒服。不可饒恕，他想。不可饒恕。他試著洗身子，但於事無補；他試著祈禱，但毫無效果。他翻遍了《古蘭經》，走遍了清真寺，他感到身心骯髒不堪，一直以來隱藏在他內心深處的不潔思想，在最近幾天使他變成了一個墮落的穆斯林，真主會懲罰他的。我們怎樣對待生活，生活就怎樣對待我們，他心裡想，一個孩子，我居然對一個孩子犯下了罪過，我任由他玷污了她，卻袖手旁觀。

過了一段時間，有關這個乞丐女孩的記憶逐漸消退，但是這種身心的強烈不適轉變成了一種厭世的情緒。他對日常生活、對例行公事、對無休止的爭執感到厭倦，對周圍的每一個人，他的脾氣都很壞，性情很乖戾。他尤其憤怒父親每天把他拴在書店裡，完全與外面的生活脫節。

我都十七歲了，他想，生命還未開始，就已經宣告結束。

他悶悶不樂地坐在櫃檯後面，兩肘支在桌子上，前額埋在雙手裡。他把手放開，往周圍看了看：映入他眼簾的是有關伊斯蘭教、先知穆罕默德和詮釋《古蘭經》的名著，還有阿富汗童話、阿富汗國王和元首的傳記、有關抗英戰爭的歷史巨著、有關阿富汗奇珍異石的精美畫冊，還有有關阿富汗刺繡、傳統和風俗的圖文並茂的書籍。他對著這些書籍皺了皺眉頭，然後揮舞著拳頭重重敲擊桌面。

我為什麼生在阿富汗？我討厭做一個阿富汗人，所有這些愚蠢透頂的風俗習慣正在慢慢將我扼殺。要尊重這尊重那，我一點自由也沒有，我什麼也不能決定。蘇爾坦只對銷售所得收入感興趣，他想。「他乾脆直接把他的書拿去填飽肚子算了。」他小聲地說。他希望沒人聽到他的話，在阿富汗社會的尊卑次序中，「父親」是僅次於阿拉和先知之後最重要的一位。即使是像曼蘇爾這樣的個性，要想和他作對也是不可能的。曼蘇爾和所有別的人爭吵——他的姑姑、他的妹妹、他的母親和他的弟弟——而且總是占上風，但卻從未頂撞過他父親。我是個奴隸，他想，為了食宿和一身乾淨的衣服，我勞累到了極點。曼蘇爾尤其想上學。他想念他在巴基斯坦的朋友以及在那裡度過的日子，在這裡他沒時間交朋友，而他唯一的朋友拉赫瑪尼，他再也不想見到。

現在正值阿富汗新年「諾魯茲」前夕，全國各地都在準備盛大的宴席。在之前五年中，塔利班禁止人們舉辦宴會，他們認為崇拜太陽的諾魯茲是一種異教徒的節日，因為它的根源來自於西元六世紀時盛行於波斯的拜火教。因此他們同時也禁止人們在新年期間，前往馬札里沙里夫朝拜阿里的墓。許多世紀以來，朝聖者都會成群結隊地聚集到阿里的墓前，祈求洗滌他們的罪惡，祈求得到寬恕，並祝願新的一年萬事如意。按照阿富汗的年曆來算，新年是在三月二十一日，正好是春分，那一天黑夜和白晝一樣長。

阿里是先知穆罕默德的堂弟和女婿，是第四代哈里發。他是什葉派穆斯林和遜尼派穆斯林爭執的根源。什葉派穆斯林認為依照世襲的順序，阿里是先知穆罕默德後的第一代哈里發，遜尼派穆斯林則認為是第四代。僅管如此，在遜尼派穆斯林——像曼蘇爾和大多數阿富汗人——眼中，阿里仍是伊斯蘭世界的偉大英雄之一。根據歷史記載，他是一位手持利劍的勇敢武士。阿里於六六一年在庫法被人謀殺，大多數歷史學家認為他被埋在伊拉克的納傑夫。但是阿富汗人堅持認為，阿里的追隨者擔心敵人會拿他的屍體報復，鞭打他的屍體，因此他們把他的屍體挖掘出來，放在一匹白色雌駱駝背上，讓它跑到盡可能遠的地方，然後在雌駱駝倒地之處重新將他埋葬。根據傳說，那個地方後來就成了著名的「馬札里沙里夫（Mazar-i-Sharif）」，意思是「聖族後裔的陵墓」。從那時起近五百年的時間裡，那裡只有一塊小石頭標記著墓地。到了十二世紀，當地的一個神學士夢見了阿里，之後他就在阿里安葬的地方建了一座小陵墓。接著成吉思汗來到那個地方，將陵墓夷為平地，這樣又過了幾百年，陵墓一直沒有任何標誌。十五世紀初，在阿富汗人所認定的埋葬阿里遺骸的地方，一座新的陵墓重新建了起來。正是這個墓室——以及後來在它旁邊建立的清真寺——吸引了大批朝聖者。

曼蘇爾下定決心要去朝聖，他已經考慮了一段時間，唯一需要的是得到蘇爾坦的許可，因為旅途需要幾天時間，在此期間他不得不離開書店。然而蘇爾坦最討厭的，就是曼蘇爾離開書店。他甚至找到了一個旅伴，一個記者模樣的伊朗人，名叫阿克巴。這個人經常來他這裡買書，他們談起新年除夕慶祝的事，阿克巴說他剛好有一個車位空著。我得救了，曼蘇爾想，阿里在召喚我，他要寬恕我。

但是蘇爾坦沒答應。因為旅行他得離開幾天時間，可是他父親沒他可不行。蘇爾坦說曼蘇爾得記賬，得監督木匠做新的書架，還得賣書。蘇爾坦不信賴別人，甚至連他未來的妹夫拉蘇也信不過。曼蘇爾怒火中燒，因為害怕問父親，他一直拖延到出發前最後一天晚上才提及此事，可是蘇爾坦斷然拒絕。曼蘇爾不停地哀求，他父親被激怒了。

「你是我兒子，你應該高高興興地照我說的做。」蘇爾坦說，「我的店裡需要你。」

「書，書，錢，錢，你只想到錢！」曼蘇爾吼道，「我賣的是有關阿富汗的書籍，可是我對這個國家一點不了解，我甚至幾乎沒出過喀布爾城。」他氣憤地說。

阿克巴第二天出發了，曼蘇爾心懷不滿，父親怎麼能這樣拒絕他？他開車送他父親到書店，一路上不發一言。當蘇爾坦問他話時，他只以一兩個字作答。堆積在他心中對父親的怨恨像烈火一樣灼燒著他的內心。曼蘇爾才讀完十年級，他父親就把他帶離學校，要他在書店當差。他從沒讀完高中，他所有的願望都被父親用一個「不」字打發。父親給他的唯一一件東西就是一輛汽車，以便讓他帶著自己四處忙業務，並且將一家書店交給他負責。從此以後，他就每天在書架間打發時日，任由青春化成灰。

「如你所願，」他突然開口，「你要求我做什麼我都會做，但是請不要以為我是心甘情願。你從不容許我做我想做的事，你一直在逼迫我。」

「你可以明年去。」蘇爾坦說。

「不，我永遠不會去，而我永遠不會再求你任何事情。」

據說只有得到阿里召喚的人才能夠去馬札里沙里夫。為什麼阿里不要他了？難道他的想法就這麼不可饒恕？或者難道他父親沒有聽到阿里在召喚他？

曼蘇爾的敵意讓蘇爾坦一陣心寒，他瞥了眼這個壓抑的、高大的青少年，不禁有點害怕。

把父親和兩個弟弟送到他們的書店以後，曼蘇爾也打開了自己書店的門，坐在布滿灰塵的櫃檯後面。他用「情緒低落的姿勢」坐著，雙肘靠在櫃檯上，感到生命已經把他囚禁在書上揚起的灰塵中。

一批新書到貨了，從封面看上去，他覺得他一定知道書裡寫的是什麼。這是一本魯米的詩集，他是父親最喜歡的詩人之一，阿富汗最著名的蘇菲教派和伊斯蘭神祕主義者。魯米一二〇〇年生於馬札里沙里夫附近的巴爾赫。又一個暗示，曼蘇爾想。他決定尋找一些能強化他想法的跡象，並且試著讓他父親也意識到這一點。魯米的詩歌是關於一個人如何滌淨自己，以便更接近盡善盡美的真主。他所採用的方式是忘記他自己，忘記他的自我。魯米寫道：「自我是人類和真主之間的一層面紗。」曼蘇爾讀著詩歌，想知道他怎樣才能轉向真主，怎樣才能讓他的生活圍繞著真主而不是他本人旋轉。曼蘇爾重新感覺到了自己的骯髒。他讀得越多，去朝聖的決心就越堅定。他反覆咀嚼著這樣一句簡單的詩句：

流水對一個骯髒的人說：「到這兒來吧。」
骯髒的人說：「我感到羞愧難當。」
流水回答：「沒有我，你如何能洗滌你的污點？」

流水、真主和魯米似乎都遺棄了曼蘇爾，伊朗人此刻必定正在翻越白雪皚皚的興都庫什山。曼蘇爾整天都怒氣沖沖，夜幕降臨時，又到了關門的時間，他得去接父親和兩個弟弟回家，然後是晚飯時的一碗米飯，然後是與愚鈍的家人一起度過另一個夜晚。

就在他用一把大鎖準備鎖上鐵捲門時，伊朗記者阿克巴突然出現在他面前。曼蘇爾以為見到了鬼。

「你還沒走？」他驚訝地問道。

「出發了，但是薩朗隧道今天封閉了，我們只好明天再去。」阿克巴說，「我在前頭的路上遇到了你父親，他叫我帶你一起去。我們明天早上五點鐘宵禁一解除就從我的住處出發。」

「他真的那樣說？」曼蘇爾驚愕得一時語塞，「這一定是阿里的召喚——想想看，他真的在召喚我。」

那天晚上，曼蘇爾借住在阿克巴家裡，以便能準時起床，同時確保父親不再變卦。第二天拂曉前，他們出發了，曼蘇爾只帶了一個行李包，裡面有一個塑膠袋裝滿了可樂和芬達汽水罐，還有香蕉和奇異果餡餅乾。阿克巴帶了一個朋友，大家都興高采烈，他們放起印度電影歌曲，每一個人都扯著嗓子大唱著。曼蘇爾還隨身攜帶了他的寶貝——一張西洋歌曲錄音帶：「八〇年代流行金曲」。「這就是愛嗎？寶貝，別傷害我，別再傷害我了。」歌聲迴響在清晨略帶寒意的空氣裡。出發不到半個小時，曼蘇爾已吃了第一包餅乾，喝了兩罐可樂。他感到自由自在，身心飛揚。他想大喊，他想大叫，他把頭伸到車窗外：「嗨——阿里——阿里！我來啦！」

他們驅車穿行在他從未見過的地方，很快就到了喀布爾北部的舒馬里平原，這裡曾經是阿富汗戰火最為頻繁的地區之一。僅僅在幾個月前，美國空軍的B-52轟炸機剛剛轟炸過這裡。「多麼美麗呀！」曼蘇爾大聲叫道。遠遠望去，舒馬里平原美麗如畫，平原的盡頭是白雪皚皚直刺天穹、雄偉壯麗的興都庫什山。興都庫什的意思是「印度人的殺手（Hindu Killer）」，成千上萬的印度士兵在他們突擊喀布爾的途中，被凍死在這一地區。

進入舒馬里平原地區，戰爭的痕跡隨處可見。與印度士兵被凍死不同，興都庫什山沒能阻擋美國空軍的B-52轟炸機，許多被炸毀的塔利班營地殘骸還未得到清理，他們的許多掩體被扔到地面的炸彈炸成了一個個彈坑，飛濺的物體遍布在周圍的地區。一個被炸得彎曲變形的鐵板床散落在路邊，看上去就像一具人體骸骨。鐵板床旁邊還有一個布滿槍眼的墊子，一個塔利班士兵很可能在睡夢中被擊中。

但是這些營地大多數已被洗劫一空。塔利班逃竄後僅僅幾小時，當地居民就回到了這裡，他們偷走了士兵的臉盆、煤氣燈、地毯和床墊。貧窮使得人們不得不對屍體展開搜身，沒有人為路邊或沙漠裡的屍體哭泣，相反，當地人還褻瀆了許多具屍體：眼睛被挖去，皮膚被剝落，屍體被肢解甚至剁成碎塊。這是對塔利班多年來蹂躪舒馬里平原的一種報復。在長達五年的時間裡，舒馬里平原成了塔利班和馬蘇德的北方聯盟軍隊交戰的前線，平原的控制權先後六次易主。由於前線不斷推移，當地人不得不逃走，有的去了潘傑希爾山谷，有的去了南方的喀布爾。當地人大都是塔吉克族人，任何人稍微遲疑一下逃跑的步伐，就極有可能遭到塔利班的種族清洗。在塔利班撤退前，他們往井裡投了毒，並且炸毀了輸水管道和大壩，截斷了這塊乾燥平原的命脈。然而在戰前，舒馬里平原曾被稱為是喀布爾的麵包籃。

曼蘇爾靜靜地凝視著他們所經過的一個個破敗的鄉村，它們大都成了一堆堆的廢墟，像一具具屍骨一樣矗立在那裡。塔利班有計畫地將許多鄉村夷為平地，以便將這個國家的最後一部分地區，潘傑希爾山谷、興都庫什山脈和靠近塔吉克斯坦邊界的沙漠地區控制在他們手裡。如果不是

911後全世界開始關注阿富汗，他們的圖謀也許早已成為現實。

被炸毀的坦克、軍用車輛的殘骸和猜不出用途的金屬碎片，七零八落地橫亙在地上。一個農夫正在田裡犁田，在他那塊不大的田地中央躺著一輛巨型坦克，他很吃力地在它的周圍工作——它實在太重了，沒法搬走它。

汽車行駛在坑坑窪窪的道路上，曼蘇爾瞪大眼睛找尋他母親出生的小村莊，自從五歲或六歲以後，他就沒再回來過這裡。他的手指不停地指著一堆堆的廢墟，大喊：「那兒！那兒！」但是它們看起來都一樣，很難區分。他小時候來探望他母親的親戚時所到的地方，可能是這些亂石堆中的任何一個。他還記得他怎樣奔跑在道路和田野之間，現在平原成了全世界最危險的佈雷區，只有汽車通行的道路是安全的。背著一捆捆木柴的男孩和提著水桶的婦女行走在路邊，儘量避開可能有地雷的小溝渠。載著朝聖者的汽車從一隊掃雷隊員的身旁經過。他們有條不紊地搜索一塊塊地面，有時將地雷引爆，有時將其導火索拔掉，每天只能推進幾公尺的距離。

在這一片充滿死亡陷阱的土地上，一簇簇暗紅色的短莖鬱金香遍地盛開，但是這些花只能從遠處欣賞。如果你想湊上前去採摘它們，就必須冒被炸掉一隻手臂或是一條腿的危險。

阿克巴正興致勃勃地讀一本阿富汗旅遊局於一九六七年出版的書。

「『沿途有小孩出售一束束粉紅色的鬱金香，』」他念道，「『春天的時候，櫻桃花、杏花、檸檬花和梨花競相綻放，吸引著遊客的視線。在通向喀布爾的路上，遊客一路環繞在繁花盛開的美景裡。』」他們放聲大笑。在這個春天，他們只能偶爾看到一兩株頑強的櫻桃樹孤零零地佇立在道路旁，它們是在炸彈轟炸、火箭彈射擊、三年乾旱和井水投毒的嚴酷環境中存活下來的，但問題在於是否有人可以找到一條沒有地雷的路走到櫻桃樹前。「『這裡出產阿富汗最美麗的陶器，我們建議你停下來，到路旁的工作坊去看一看，那兒的工匠們在按照幾百年沿襲下來的傳統工藝製作盤子和器皿。』」

「那些傳統工藝顯然已經消失了。」阿克巴的朋友，負責開車的賽德說道。在通向薩朗隧道的路上，他們連一個陶器工作坊也沒有看見。曼蘇爾打開了第三罐可樂，一飲而盡，然後將可樂罐很優雅地扔到車外。與其把車裡搞得一團糟，倒不如將這樣的垃圾扔到沿途的彈坑中。汽車正爬行在通往世界上最高的高山隧道的彎路上，道路變得越來越狹窄，一邊是陡峭的懸崖絕壁，另一邊是湍急的溪流，間或還有一道道瀑布。「『政府已經在河裡放了許多鮭魚苗，幾年後這裡就會有無數的鮭魚群。』」阿克巴繼續讀道。但是現在河裡的鮭魚已經絕跡，自這份旅遊指南撰寫以來，比起養殖漁業，政府有太多的煩心事需要處理。

報廢的坦克擱置在最不可思議的地方：山谷邊、溪流裡、陡坡上、路邊上。有的翻了個跟斗，有的被炸成碎塊。曼蘇爾一輛一輛地數著，不一會兒就數到了一百輛，其中大多數是在對抗蘇聯戰爭中遺留下來的。當年蘇聯軍隊從其中亞的加盟共和國向南入侵阿富汗，當他們自以為控制了阿富汗的時候，卻很快陷入了聖戰者組織布下的天羅地網。聖戰者組織游擊隊像山羊一樣在山腰裡移動，從遠處，從瞭望哨，他們可以輕易看見蘇聯坦克在山谷裡爬行。即使是用自製的武器，游擊隊員從埋伏之處也能擊中蘇軍坦克的要害，自己則安然無恙。游擊隊員到處都是，他們假扮成牧羊人，將卡拉什尼科夫衝鋒槍藏匿在山羊的肚子下，一旦需要，他們可以隨時隨地發動突襲。

「在長毛山羊的肚子下你甚至可以藏火箭筒。」阿克巴解釋。他閱讀了許多有關對蘇抗戰的資料。

亞歷山大大帝也曾經行進在這裡的山路上，控制了喀布爾周圍地區以後，他率領大軍翻越興都庫什山脈，以便繼續征服奧克蘇斯河另一邊的中亞地區。「據說亞歷山大大帝曾為興都庫什山脈創作了一組頌歌，這些頌歌『激發了神祕的思緒和永恆的觀念。』」阿克巴繼續念著旅遊局出版的指南。

「政府曾計畫在這兒建一個滑雪場。」阿克巴突然對著一處陡峭的山腰嚷道，「『計畫在一九六七年，一旦鋪好柏油路後就會興建。』指南是這樣說的。」

道路確實鋪上了柏油，一如旅遊局所承諾的那樣，但是現在這樣的路段已經所剩無幾，修建滑雪場的計畫也只是停留在紙面上。

「滑雪下來時可以造成爆炸性的效果。」阿克巴笑道，「或者可以把地雷標記為障礙滑雪的桿子！冒險旅程！或是阿富汗冒險之旅——特別為活膩的人準備的。」

他們都笑了。悲劇的現實有時上演著只有卡通片甚至是驚悚片裡才可能出現的情節。他們想像著這樣的場景：身穿五顏六色滑雪服的人踩著滑雪板，被爆炸的衝擊波捲到山坡下摔得粉碎。

旅遊收入一度是阿富汗財政收入的主要來源之一，現在已經成為過去。他們行進在曾經被稱為「嬉皮東方朝聖之旅」的路線上，在這條道路上，一些激進的或不那麼激進的年輕人來到這裡，享受美不勝收的景致、無拘無束的自由生活以及世界上最便宜的大麻甚至是鴉片。六、七〇年代時，成千上萬的嬉皮每年都會來到這個山地之國，他們租一輛舊Ladas車，就踏上了旅程，甚至有不少女性獨自到這山地之國旅行。那時候經常有強盜和公路劫匪出沒，但那只是增加了旅行的刺激性，甚至一九七三年針對查希爾國王的政變也沒有阻止朝聖的人流。直到一九七八年共產黨人發動政變，以及第二年蘇聯入侵之後，「嬉皮東方朝聖之旅」才告終了。

三個男孩行駛了幾個小時之後，趕上了朝聖者大隊的車隊，所有人擠在那裡動彈不得。天上下起了雪，霧氣滾滾而來，汽車開始打滑了，賽德沒有帶防滑鏈。「對於一輛四個輪子的車來說，用不著防滑鏈。」他十分肯定地對他們說。

越來越多的車輛開始在積滿冰雪的輪跡裡打滑。有一輛車停了下來，結果所有的車也不得不停下來，路窄得沒辦法超車。今天所有的車輛都是由南向北，也就是從喀布爾向馬札里沙里夫方向開的，第二天則是相反方向放行，因為這條山路的寬度不容許車輛雙向行進。從喀布爾到馬札里沙里夫四百五十公里的路程，需要花至少十二個小時，有時甚至是兩倍乃至四倍的時間。

「有許多被大雪和雪崩吞沒的車輛只能等到夏天才能被挖掘清理出來，但是大多數車在春季時就消失得無影無蹤。」阿克巴笑道。

他們經過了導致車道堵塞的公車，它已被推到了路的一邊，車上的的朝聖乘客站在路邊向一輛輛緩慢前行車輛舉起大姆指，想要搭便車。曼蘇爾看到公車車身上所寫的字，忍不住笑了。他念道：「漢堡—法蘭克福—倫敦—喀布爾。」當他看到車窗玻璃上用紅漆寫的「歡迎！道路之王」時，不禁狂笑出聲。「多麼氣派的一次旅行啊！」他尖聲大笑。他們沒有搭載那輛喀布爾特快車的乘客，賽德、曼蘇爾和阿克巴怡然自得地身處在他們的小小世界裡。

他們駛入了隧道的第一段引道長廊——堅固的混凝土柱子支撐著長廊頂部，使道路免於雪崩的襲擊。但是要想從長廊安全通過卻十分困難，因為長廊兩邊都是覆蓋著厚厚冰雪的山體，積雪被大風捲進長廊，並且凝固到路面結成了冰，這樣的路面對於沒有上防滑鏈的車來說是一個很大的挑戰。

薩朗隧道位於海拔三千四百公尺，其中有些路段甚至高達海拔五千公尺，這是蘇聯留給阿富汗的禮物。為了將阿富汗變成蘇聯的衛星基地，從一九五六年開始，蘇聯工程師開始修建薩朗隧道，直到一九六四年才完工。俄國人還在五〇年代鋪設了阿富汗第一條柏油路。在查希爾國王統治時期，阿富汗被視為一個友好國家。自由開放的國王被迫倒向蘇聯一邊，因為無論是美國還是歐洲都沒興趣投資這個山地國家。國王需要資金、技術，因此只好視而不見其國家對共產主義超級大國的依賴越來越強的事實。

薩朗隧道在抵抗塔利班時具有極重要的戰略地位。九〇年代末期，為了阻止塔利班繼續向北進攻，聖戰者組織的英雄馬蘇德下令炸斷了薩朗隧道。他的一場豪賭收到了成效，塔利班沒能進一步往北推進。

周圍漆黑一團，或者說灰白一片，汽車不斷打滑，有時陷進雪裡，有時卡進深深的車轍中。大風呼嘯而過，在風雪交加中什麼也看不清，賽德只能沿著他認為是車道的地方往前開。他們行駛在飄雪和髒雪混雜的路面上，沒有防滑鏈只有阿里才能保佑他們平安無事。我不能在還沒有到達他的墓地之前就死掉，曼蘇爾想，阿里已經向我發出了召喚。

光線稍微放亮了些，他們已經到了薩朗隧道的入口處，隧道外面有一個警示牌：「當心！毒氣危險。如果車子被卡住了，請關掉汽車引擎，從最近的出口逃走。」曼蘇爾疑惑地看著阿克巴。

「才一個月以前，有五十個人因為雪崩被堵在隧道裡面，」消息靈通的阿克巴告訴他們說，「當時氣溫在零下二十攝氏度以下，司機讓汽車引擎繼續開著以便保持車內的溫度，幾個小時過後，當他們終於將積雪剷除以後，有十到二十人因為一氧化碳中毒而昏迷死亡。這種事情常常發生。」在他們慢慢駛入隧道時，阿克巴說道。

汽車停了下來，整個車隊一動不動。

「我相信這只是幻覺，」阿克巴說，「不過我感到頭有點痛。」

「我也是，」曼蘇爾說，「我們要不要趕快找一個最近的出口？」

「不必，但願車隊能很快移動。」阿克巴說，「想像一下，如果車隊開始移動，而我們卻離開了我們的車，那我們就成了阻擋車隊前行的肇事者了。」

「那感覺會像是死於一氧化碳毒氣嗎？」曼蘇爾問。他們坐在後座，車窗緊閉著。賽德點燃一根香煙，曼蘇爾尖叫。「你瘋了嗎？」阿克巴大喊著從他嘴裡搶過香煙，並將它掐熄，「你還要釋放更多的毒氣毒死我們嗎？」

一種焦慮不安的情緒在蔓延，他們依然一動不動。接著不知發生了什麼事，他們前面的車慢吞吞往前移動了。三個男孩終於駛出了隧道，在隧道出口他們的頭痛得都快裂開了，當新鮮空氣撲面而來時，他們感到一陣頭暈目眩。但是他們依然什麼也看不清，霧氣就像盛在透明容器裡旋轉不停的灰白色麥片粥。他們沿著車轍和昏暗的車頭燈光前進。他們不可能調轉方向，每一個朝聖者都懷著一種肅穆的心情，小心翼翼地沿著同一道冰雪覆蓋的車轍慢慢往前開，甚至連曼蘇爾也停止在嘴裡嚼餅乾了。他們彷彿正駛向虛無，在那片虛無之中，處處藏著隨時可能危及他們生命的懸崖、地雷、雪崩和別的危險。

最後霧氣散去了，但是他們依然行進在懸崖絕壁上。現在他們看得清楚了些，但同時也危險了些，他們開始下山了，汽車不時地搖來晃去，突然它朝路邊猛然滑去，賽德的方向盤失去控制，他咒罵了一聲。阿克巴和曼蘇爾緊緊抓住車子，好像想靠力氣把它拉回來似的。緊張的氣氛再次瀰漫在車內，汽車先是滑向路的一邊，然後調轉過來，接著滑向另一邊，再後來就兩邊打滑。正在這個時候，他們面前出現了一個警示標誌：「小心！地雷！」就在前面不遠處——甚至就在汽車打滑的路邊——就是地雷區。地面上的積雪就算再厚，也無法保護他們不被反坦克地雷炸成碎片。這真是瘋了，曼蘇爾想，但是他什麼也沒說。他可不想背上膽小鬼的惡名。但是不管怎麼說，他是他們中年齡最小的。他俯瞰著下面橫七豎八停在那裡覆蓋著冰雪的坦克，以及旁邊因失事而墜落懸崖的汽車，心裡默默祈禱，阿里絕不會在向他發出召喚的同時，又讓他在這裡墜入萬丈深淵。儘管有一段時間他的行為有悖於伊斯蘭的信條，但是他已經準備洗滌自身，將他的罪惡拋到身後，從而成為一個善良的穆斯林。在下山的最後路段，他已經陷入了一種近乎恍惚的狀態。

在經歷了似乎是非常漫長的時間之後，他們駛入了冰雪消融的平原地區，到達馬札里沙里夫之前最後幾小時的路程相比之下就像小孩子的遊戲，輕鬆愉快多了。

在進城的路上，幾輛載著全副武裝的士兵的貨車超越他們。留著大鬍子的士兵坐在沒有頂的車廂裡，手裡握著卡拉什尼科夫衝鋒槍，槍口朝著各個方向。他們以每小時六十英里的速度在布滿雜亂車轍的道路上狂奔，沿途是沙漠、草原和多石的小山，不時有小綠洲和小土屋組成的村莊映入他們的眼簾。在城市入口處，一根連接在兩個火箭筒之間的繩索做成的路障擋住了他們，幾個長相粗魯的人揮手要他們下車接受檢查。

他們開進了城，渾身勞累，四肢僵硬。所幸他們一路上只花了十二個小時。「所以，穿越薩朗隧道的尋常旅程就是這樣啦？」曼蘇爾說，「那些花幾天時間的人該怎麼辦？我們終於辦到了。阿里，我來啦！」

荷槍實彈士兵站在屋頂上，對於新年除夕可能發生的騷動隨時嚴陣以待。這裡沒有國際維和人員，只有兩、三個互相對立的軍閥。屋頂上的士兵隸屬於總督，一個哈札拉人。乘坐貨車的士兵是塔吉克族首領阿塔・穆罕默德的人馬。身穿特別制服的是烏茲別克族首領多斯塔姆手下的人。所有的武器都指向地面，成千上萬的朝聖者正在那裡——清真寺旁、公園裡和人行道上——四處走動著，或者成群地坐在一起交談。

裝飾一新的藍色清真寺在夜色中閃閃發光，這是曼蘇爾見過的最美麗的建築。強力照明燈是美國大使新年造訪這個城市時饋贈的，紅色的光束將清真寺周圍的公園照得光亮，那兒正聚集著為數眾多的朝聖者。

這裡正是曼蘇爾祈求寬恕他的罪惡的地方，他將在這裡得到洗滌。哪怕只是看上高大的清真寺一眼，也讓他感到虛弱，同時也感到饑餓。可樂、香蕉和奇異果餡餅乾對一個長途跋涉的旅行者來說顯然是遠遠不夠的。

每間餐館裡都擠滿了朝聖者，曼蘇爾、賽德和阿克巴在烤醃羊肉串街道的一個不起眼的小餐館角落裡，找到一張毯子坐了下來。烤羊肉的氣味瀰漫在整個房間裡，他們的配餐是麵包和整顆洋蔥。

曼蘇爾咬了一口洋蔥，感到十分陶醉，他高興得真想大叫幾聲，但他終於還是和其他人一樣靜靜地坐著吃東西。他已不再是孩子，他要保持和阿克巴和賽德一樣的表情：冷靜，放鬆，精於世故。

第二天早上，曼蘇爾被神學士祈禱的聲音吵醒。「Allahu Akbar（阿拉是最偉大的）」的聲音就像透過揚聲器傳到了曼蘇爾的耳中。他望出窗外，藍色清真寺沐浴在晨曦中，上百隻白鴿在清真寺上空飛翔。牠們居住在阿里墓地旁邊的兩個鴿舍裡。據稱如果一隻灰色的鴿子加入到牠們飛翔的行列，它的顏色就會在四十天內由灰變白。還有，每隻順序為第七的鴿子都是一個聖潔的靈魂。

曼蘇爾和阿克巴、賽德一起擠進了圍牆，現在大約是七點半，靠著阿克巴記者證的幫助，他們擠到了靠近演講台的地方。許多人在這裡熬了整整一個晚上，為的就是第二天盡可能近地親眼目睹阿富汗的新領導人哈米德・卡爾札伊親自升起一面阿里的旗幟。婦女們有的穿著布卡，有的只戴了一張白面紗，坐在一邊。男人們則坐在另一邊。婦女們靜靜地坐在那裡，而男人那一邊則不時地推推擠擠。外面的樹上爬滿了人，員警四處走動著，不時揮舞著鞭子維持秩序。但是還是有越來越多的人擠進了圍牆，為了躲避鞭子，有的人甚至翻牆而入。現場安全受到嚴密監控，因為所有政府部長都會到場。

政府人員進來了，卡爾札伊走在前面，穿著他獨特的藍綠條紋的絲外套。他這樣穿著是為了代表所有的阿富汗人：羔羊皮帽產自南部的坎大哈，外套產自北部，襯衫產自與伊朗接壤的西部省份。

曼蘇爾伸長了脖子，想要湊得更近些。他以前從未見過卡爾札伊。卡爾札伊來自坎大哈的普什圖族，他曾經短暫支持過塔利班，但是後來利用自己身為波波札伊部族首領的身分贏得一批支持者，並號召他們與塔利班作戰。當美國人開始大規模轟炸時，他冒著生命危險騎摩托車到塔利班的大本營，說服當地的獨裁者相信塔利班已經完蛋了。據說他們與其說是被他的辯論所說服，倒不如說是為他的勇氣所折服。後來他差一點被美國轟炸機投下的一枚重磅炸彈炸死。在聯合國於波恩舉行的會議上，他被推舉為阿富汗的新領導人，並和有關人員一起規劃了阿富汗的未來。

「他們企圖毀滅我們的文化，他們企圖顛覆我們的傳統，他們企圖搶走我們的伊斯蘭教，」卡爾札伊對著台下的聽眾大聲講道，「塔利班企圖玷污伊斯蘭教，將我們踩在泥地上，與全世界為敵，但是我們知道伊斯蘭教代表什麼。伊斯蘭教就是和平，新的一年，伊斯蘭曆一三八一年，從今天開始，這是萬象更新之年，從這一年開始，生活在阿富汗就是安全和有保障的。我們必須確保安全，建設我們的國家。今天我們接受全世界的幫助，有朝一日，有朝一日，我們將幫助世界！」他高聲呼喊著，下面的聽眾歡呼雀躍。

「我們？」曼蘇爾低聲說，「幫助世界？」

這在他看來是一個荒謬的想法。自誕生之日起，曼蘇爾就一直生活在戰火硝煙中，阿富汗一直以來就是一個從食物到武器一切都接受外援的國家。

緊隨卡爾札伊之後，前任總統拉巴尼也登上了演講台。他是一個分量極重但是權力卻很小的人物。他是開羅大學的神學家和教授，他將聖戰者組織的各個派別聯合起來並且創建了伊斯蘭促進會，並勸說軍事戰略家馬蘇德加入他的黨派。馬蘇德在抗蘇戰爭以及後來的內戰和抵抗塔利班的戰爭過程中，成為一個偉大的英雄，他是一個極具天賦的領袖人物，有很深的宗教信仰，同時也親西方。他會法語，想使國家走向現代化。在911前兩天，他在兩名突尼斯自殺炸彈客的暗殺攻擊中遇害身亡，身後哀榮備至，幾乎到了被奉若神明的地步。那兩名謀害他的突尼斯人持比利時護照，他們喬裝成記者。「司令官先生，一旦您控制佔領整個阿富汗，您將怎樣對待奧薩馬．賓拉登？」這是他生前所聽到的最後一個問題。當恐怖份子引燃藏在照相機裡的炸彈前，他鎮定自若地笑了笑。即使是普什圖族人，如今也懸掛起馬蘇德的照片，紀念這位潘傑希爾的雄獅。

拉巴尼將他的演講詞獻給馬蘇德。拉巴尼的黃金時代是抗蘇戰爭期間。「我們把共產主義趕出了國土，我們也能把所有侵略者全部趕出神聖的阿富汗。」他高傲地宣稱道。

蘇聯軍隊於一九八九年撤退。幾個月以後柏林牆倒塌，這次事件不但使蘇聯解體，而且也使拉巴尼的聲譽得到了提升。

「若不是因為聖戰，全世界至今都還處於共產黨的鐵爪之下。柏林牆的倒塌是因為我們重創了蘇聯侵略者，我們的勝利鼓舞了受壓迫的人民。我們將人民從共產極權中解放出來，我們拯救了全世界，阿富汗把共產主義送進了墳墓。」

曼蘇爾隨身攜帶著相機，他用力往演講台前擠，以便更清楚看到演講的人。曼蘇爾對卡爾札伊特別感興趣，對著這位又矮又瘦的人照了很多張照片。他準備把這些照片給他父親看。

一個又一個的人登上演講臺演講、祈禱，一個神學士感謝真主，教育部部長描繪出一個武器讓位給電腦網路的阿富汗。

「把武器換成電腦。」他大聲呼道，接著他進一步補充說，阿富汗各個種族間必須停止互相敵視，「看看美國吧，他們生活在同一個國度，他們都是美國人，他們和平共處，相互融合。」

在他們演講期間，員警們不斷揮動著鞭子維持秩序，但是這招一點也不管用。越來越多的人擠過圍欄，擁進了演講會場。會場內人聲鼎沸，幾乎聽不清演講內容。這裡與其說是一次宗教集會，不如說是一次「意外事故」。全副武裝的士兵遍布在清真寺周圍的臺階和屋頂上，一隊美國特種部隊士兵手持機關槍，戴著墨鏡，戒備森嚴地站在清真寺的平頂上，保衛著面色粉紅的美國大使。其他特種部隊士兵則環繞在他的身邊。對許多阿富汗人來說，異教徒行走在清真寺頂部是一種褻瀆，任何非穆斯林教徒都不容許進入清真寺。衛兵們盡可能保證不讓任何異教徒混入會場，但實際上這樣的人很少，西方遊客不會在塔利班垮臺後的第一個春天來阿富汗朝聖。在整個新年慶典期間，只看得到一、兩個西方來的人道救援人員。

馬札里沙里夫城敵對的兩個軍閥阿塔・穆哈馬德（Atta Muhammad）和多斯塔姆將軍也站在演講臺上。塔吉克人穆哈馬德控制著這座城市，烏茲別克人多斯塔姆認為應該由他來控制。兩個不共戴天的敵人並排站在那裡聽演講，穆哈馬德捋著他那縷類似塔利班的鬍鬚，多斯塔姆則面帶過氣拳擊手的傲慢神態。在對塔利班的最後一次攻擊中，他們並不是很情願地進行了合作，現在他們之間的關係再次下降到谷底。多斯塔姆是新政府成員中最聲名狼藉的一個，他之所以入選僅僅是為了防止他繼續禍害他人。此時此刻，這個人正在陽光下瞇著眼睛，兩隻手臂交叉擱在他胖胖的身軀上。在阿富汗，與這個人的名字聯繫在一起的可怕事件比任何人都要多，他會毫不留情地將違抗他命令的人綁在坦克後面，直到被拖的人血肉橫飛，不成人樣。有一次，他把幾千個塔利班士兵趕到沙漠中，然後關進一個個密封的容器裡，幾天後打開容器，關在裡面的人全部死亡，皮膚被高溫燒得焦爛。多斯塔姆還以其詭計多端而知名，他曾效忠於許多個主子，但都先後背叛了他們。蘇聯入侵時期，他為蘇聯人賣命，據說搖身一變成了一名無神論者，而且嗜伏特加如命。現在他卻做出一副謙恭的姿態，頌揚阿拉，鼓吹和平主義。「從今年開始，誰也沒有權力分發武器，因為這會引發衝突和新的爭執。現在是將武器收集起來的時候，再不要發放它們了。」

曼蘇爾忍不住笑了，大家都知道多斯塔姆幾乎是個文盲，他結結巴巴地念著演講稿，像一個學齡前兒童。有時他完全停頓下來，然後又提高嗓門繼續往下念。

最後一個演講的神學士呼籲發動一場反恐戰爭。在當今阿富汗，任何一件事情都被當成是一場針對某個他們深惡痛絕的對象的戰爭，至於深惡痛絕的對象則隨發言的人而變化。「只有伊斯蘭的聖書才響亮而清楚地表達反對恐怖主義，恐怖份子已經把他們的矛頭對準了阿富汗——反對他們是我們的職責。所有別的聖書都沒有說過同樣的話。真主對穆罕默德說：『你必定不能在恐怖份子建造的清真寺裡祈禱。』真正的穆斯林不是恐怖主義者，因為伊斯蘭教是最寬容的宗教。當希特勒屠殺歐洲的猶太人時，猶太人在伊斯蘭國家卻很安全。恐怖份子是偽穆斯林！」

幾個小時的演講結束後，最後到了升旗的時刻。阿里的綠色旗幟已經整整五年沒有升起過了，旗杆固定在地上，旗幟面向清真寺。在陣陣鑼鼓聲和聚眾的歡呼聲中，卡爾札伊拉動升降索，宗教旗幟緩緩升起，它將空中飄揚四十天。人群沸騰了，圍欄被擠開，一萬名等在外面的人向著清真寺、向著阿里陵墓、向著宗教旗幟聚集過來。

從擁擠不堪的慶祝人群中擠出來後，曼蘇爾決定先去買些東西，晚點再去朝拜阿里。他已經考慮了許久，想給家裡每一個人都買一件禮物。如果每個人都沾了他這次旅行的光，父親將來對他會更好一點。

他先買了祈禱用的墊子、方巾和念珠，然後又買了些冰糖——這種糖很大，可以咬著吃，也還可以搗碎後摻到茶裡。他知道，只要帶幾塊馬札里沙里夫特產的大冰糖，他的祖母比比·古兒就會原諒他曾經或可能即將犯下的所有過錯。除此之外，他還為他姑姑買了衣服和首飾，為叔叔和弟弟買了墨鏡，他從沒看過喀布爾哪裡有在賣墨鏡。他把所有這些東西統統裝進一個粉紅色大塑膠袋，塑膠袋上印有「Pleasure」牌特級淡香煙的廣告。然後他往回朝阿里哈里發的陵墓方向走去，新年的禮物一定要得到祝福。

他帶著它們進了地下墓室，神學士們正坐在塗了金漆的牆壁前，他走過去把禮物放到他們面前，他們念了《古蘭經》上的祝福語並朝禮物上吹氣。祝福語念完後，曼蘇爾將禮物裝進塑膠袋，然後加緊腳步前進。

每個人都可以對著牆許一個願，受到剛才演講詞中愛國主義情緒的感染，曼蘇爾將前額靠住牆壁開始祈禱：有朝一日他將為身為一個阿富汗人而驕傲，有朝一日他將為自己和他的國家感到驕傲，而阿富汗將成為受世界各國尊重的一個國家。他的祈禱講得之好，甚至超過了卡爾札伊的演講詞。

沉浸在這一切熱鬧喧嘩中的曼蘇爾，早已把他來馬札里沙里夫的原因，亦即祈求淨化自己的罪惡和得到寬恕拋到了腦後，他已經忘記了那個乞丐小女孩，她單薄的身軀、淺棕色的大眼睛、蓬鬆零亂的頭髮。

他離開陵墓朝阿里旗幟方向走去，這裡的神學士也接過了曼蘇爾的塑膠袋，但是他們沒時間將禮物從袋子裡取出來，排著長隊等待神學士為他們的地毯、念珠和方巾祝福的人太多了。神學士抓住曼蘇爾的塑膠袋，將它往柱子上快速拂了一下，咕噥著祈禱了一句，又把它還給了曼蘇爾。曼蘇爾給了他們一些鈔票，祈禱用的墊子和冰糖又單獨祈福了一次。

曼蘇爾等不及想把禮物送給他的家人，送給祖母、送給父親蘇爾坦、送給他的姑姑和叔叔。曼蘇爾微笑著在清真寺周圍走著，遠離了書店的羈絆，遠離了父親的掌控，他覺得好快樂。出了清真寺以後，他和阿克巴、賽德一起走下清真寺外面的人行道。

「這是我有生以來最快樂的一天！最美好的一天！」他朝阿克巴和賽德大聲嚷嚷，他們都驚愕地瞪著他，覺得有點尷尬，但是很快就被他的快樂所感染。「我愛馬札里沙里夫，我愛阿里，我愛自由！我愛你們！」他在大街上又叫又跳。這是他第一次單獨旅行，也是他有生以來第一次離開家人。

他們決定去看「馬背叼羊（buzkashi）」比賽，這是一種盛行於阿富汗北部地方非常精彩刺激的群眾運動。比賽在他們到達之前已經開始，草原上塵土飛揚，兩百名騎在馬背上的騎士正在爭奪一頭屠宰後的無頭小牛屍體——這項運動雖名為叼羊，但現在都用牛而不用羊。馬兒又踢又咬，又驚又跳，騎士們將鞭子咬在嘴裡，奮力搶奪地上的小牛屍體，小牛屍體在他們中間迅速轉手，看起來就像是被他們拋來拋去似的。馬背叼羊比賽的目的是將小牛屍體從草原的一頭帶到另一頭，最後將它放在畫在地上的一個標誌著勝利的圓圈裡。比賽有時候會激烈到把小牛的屍體扯成碎塊。

對於一個不熟悉這種運動的場外觀眾來說，比賽看起來就像是馬匹相互追逐著穿過競賽場地，而騎士們則儘量在馬鞍上保持平衡。騎士們身穿刺繡長外套，腳蹬裝飾著圖案的高跟齊膝皮靴，頭上戴著特殊的小羔羊皮帽，看起來有點像鑲毛皮的保齡球帽。

「卡爾札伊！」當曼蘇爾認出阿富汗領導人也出現在競賽現場時，他不禁脫口喊道，「還有多斯塔姆。」

這兩位部族首領和軍閥正在奮力爭奪那頭小牛。為了顯示他們是強有力的領導人，他們策馬加入競爭激烈的比賽中，他們要親身體驗這種緊張刺激的戰鬥氛圍，而不是僅僅騎著馬站立在競賽場外做一個旁觀者。但凡事都是要付出代價的，即便是強力人物有時也不能例外。

卡爾札伊跟不上其他騎士危險而激烈的比賽節奏，大多時間騎著馬在邊緣徘徊。這位來自南方的部族首領一直不是很熟悉馬背叼羊競賽的殘酷規則。這是一場草原戰鬥，最後是由草原驍將多斯塔姆將軍獲勝，或者說至少是競賽規則讓他獲勝。多斯塔姆騎在馬背上，像個指揮官似的接受眾人的歡呼。

馬背叼羊比賽有時候是兩個隊相互競爭，有時候是兩個人單挑。這項比賽是世界上流傳最廣的運動之一，最初由蒙古人成吉思汗帶到阿富汗，他的鐵騎征服了這個國家。這也是一種可以賭錢的遊戲，財大氣粗的人有時在一場比賽中一擲幾百萬阿富汗尼。投入的賭注越大，馬背叼羊比賽就越流行，而且這還演變成了一種具有政治含義的運動。部族首領要嘛自己就是一名優秀的賽手，要嘛就是擁有優良的馬匹和傑出的騎士，總是能在比賽中百戰百勝。勝利就意味著受人尊敬。

五〇年代開始，阿富汗當局就試圖對這種比賽加以規範，使其更加合乎禮儀一些。參賽者只是點了點頭，他們知道這種規範是不可能執行的。即使在蘇聯入侵以後，儘管政局動盪不安，比賽還是一如既往地舉辦，只是許多參賽者找不到合適的競賽場地，因為到處都是戰火紛飛，到處都是硝煙瀰漫。共產黨人妄圖清除阿富汗絕大多數根深蒂固的傳統，但是他們從不敢碰馬背叼羊比賽，恰恰相反，他們設法舉辦這樣的比賽，以此來迎合當地人。伴隨著一次又一次的血腥政變，一個又一個共產獨裁者出現在比賽的看臺上。儘管如此，共產黨人還是對這種比賽做了釜底抽薪的破壞。實行集體化以後，很少有人負擔得起餵養和訓練馬匹的費用，昔日比賽用的馬匹被分散到各處，轉而從事耕田的工作。隨著農場主的消失，競賽馬匹和騎士也銷聲匿跡了。

塔利班禁止馬背叼羊比賽，認為這不符合伊斯蘭教義。今年是塔利班垮臺後舉辦的第一次大規模的比賽。

曼蘇爾在前排找了一個位置，有時他不得不趕緊往後退，以免被暴跳如雷的馬匹踩踏。他照了許多張照片，其中有不少拍的是在他面前高高躍起的馬匹的腹部，飛揚的塵土，用做戰利品的小牛屍體，遠處小小的卡爾札伊，以及比賽的獲勝者多斯塔姆。比賽結束後，他還站在一名選手身邊請人拍了一張。

太陽下山了，落日的餘暉映紅了塵土飛揚的草原，曼蘇爾、阿克巴和賽德身上也沾滿了灰塵。他們在競賽場的外面找到了一家餐館，他們彼此面對面坐在薄薄的墊子上，一聲不吭地吃著米飯、羊肉、生洋蔥還有湯，他們默默地與擠成一圈坐在他們附近的幾個男人打招呼。茶上來之後，談話開始了。

「喀布爾來的？」那些男人問。

曼蘇爾點點頭。

「來朝聖？」

那些男人有些猶疑。「我們實際上是帶著鵪鶉旅行的。」一個牙齒已掉光的老年人說道，「從赫拉特來。我們繞了一個大圈子，從坎大哈、喀布爾然後到這兒。這裡是鬥鵪鶉最好的地方。」

他小心翼翼地從包包裡掏出一個小袋子，裡面裝著一隻羽毛亂蓬蓬的小鵪鶉。「牠打贏了之前遇到的所有對手。」他說，「我們贏了很多錢，現在牠值好幾千美元。」他吹噓道。老年人用他那鷹爪般瘦削彎曲的手指撥弄著小鵪鶉，小鵪鶉振動著羽毛醒來了，牠是那麼地小，老年人粗糙的大手剛好握住牠。這群人是休假中的勞工。為了躲避塔利班，有五年時間他們不得不轉入地下狀態，現在，他們終於可以公開地觀看兩隻鳥相互啄鬥，直到對手一命嗚呼為止。或者，歡欣地看著他們的小鵪鶉旗開得勝、凱旋而歸。

「明天早上來這裡，早點兒，七點鐘，我們的比賽那時候開始。」老年人說道。就在他們要離開的時候，他不由分說塞給他們一大片大麻。「全世界最棒的，」他說，「產自赫拉特。」

在旅館裡，他們試著吸食大麻，捲了一根又一根大麻煙，接著他們就像像石頭似的倒在床上一連睡了十二個小時。

曼蘇爾在神學士的祈禱呼喚聲中醒來，時間是十二點半。祈禱在清真寺外面進行，今天是禮拜五祈禱。他突然意識到不做禮拜五祈禱他就活不下去。他一定要去，而且要準時。他將傳統的長套衫和寬褲忘在了喀布爾，他不能穿著西裝去做禮拜五祈禱。他絕望至極，到哪裡去買合適的衣服呢？所有的商店都關門了，他又氣又急忍不住咒罵。

「阿拉不會介意你穿什麼衣服祈禱的。」阿克巴咕噥道，睡意正濃的他想把曼蘇爾支出去。

「我得清洗身子，可是旅館已經斷水了。」曼蘇爾嗚咽道。但是蕾拉不在，他找不到可抱怨的人，在這裡他一發牢騷，阿克巴就會趕他走。但是沒水，一個穆斯林不洗臉、手和腳是不能祈禱的。曼蘇爾又哀號：「我一定來不及。」

「清真寺附近有水。」阿克巴說，之後又閉上了眼睛。

曼蘇爾穿著他一路上穿的髒衣服跑了出去。他怎麼能忘記帶長套衫就踏上朝聖之旅呢？還有祈禱時戴的帽子？他為自己的健忘悔恨不已。他快步往藍色的清真寺方向跑，以便在祈禱開始時準時趕到。靠近入口處有一個足內翻的乞丐，拖著他那條僵硬腫脹、毫無血色的殘腿橫躺在小道上。曼蘇爾把戴在乞丐頭上的祈禱帽一把搶了過來。

「我會還給你的。」他一邊喊著，一邊抓著那頂灰白色內有深黃棕色防汗帶的帽子逃走了。

他把鞋留在入口處，赤腳走在大理石板上。它們已被千萬雙赤裸的腳磨得十分光滑。他洗了手和腳，將帽子戴在頭上，走去加入朝向麥加排成一排排的人們的行列中。他趕上了。排成數十排、每排至少有一百人的朝聖者低著頭坐在一個十分寬敞的空間裡。曼蘇爾跟在祈禱者後面坐了下來，過了一會兒他變成了人群的中間。隨著來的人越來越多，後面又增加了幾排。他是唯一穿西式服裝的人，但是他很專心地敬拜，他將前額叩地，後背朝天，一連十五次。他默念了他所記得的祈禱詞，傾聽著拉巴尼重覆前一天內容的禮拜五禱詞。

靠近祈禱的地方有一道環繞著清真寺修建的圍牆，圍牆後面坐著一些無依無靠等待康復的病人。他們被限制在高牆後面，以免他們把病傳染給健康的人。面色蒼白消瘦的老年肺病患者乞求阿里給他們力量。他們當中也有精神病患，一個十來歲的男孩瘋狂地拍著雙手，他旁邊的哥哥則設法安撫他。他們中的大多數人只是目光呆滯地瞪著欄杆外面。曼蘇爾從沒見過這麼多的重症病人，從這些病人身上散發出一種病態和死亡的氣息。只有那些病入膏肓的才容許坐在這裡乞求阿里保佑他們康復。他們緊緊靠在一起，倚著陵墓邊上而坐。離藍色馬賽克牆壁越近，離康復的希望就越近。

他們全都活不過兩個星期，曼蘇爾想。他看見一個黑眼睛的男人，他渾身布滿深紅色疤痕，瘦骨嶙峋的雙手和兩腿長滿了疹子，他不停地抓手上、腿上的皮膚，直到鮮血直流。不過他的嘴唇長得很漂亮，薄薄的淺紅色雙唇看起來就像春天的杏花瓣。

曼蘇爾渾身發抖，趕快將視線轉開，他瞥見了下一個區域，裡面是患病的婦女和兒童，褪色的藍色布卡手裡抱著孩子。有個母親睡著了，她患蒙古症的小孩張嘴想說些什麼，但是他好像是在對一尊藍色帷幕蓋著的雕像說話。也許母親已經赤腳走了一天，然後才在新年前夕準時來到清真寺，來到阿里的陵墓前。也許她帶著小孩來這裡，希望他能康復。所有的醫生都幫不了她，也許阿里能夠。

另一個孩子用手有節奏地拍打著頭。一些女人無動於衷地坐在一旁，其他的人在打瞌睡。她們有的腳跛了，有的眼瞎了，但是絕大多數都帶著小孩。她們期待著阿里能夠給她們帶來奇蹟。

這一切令曼蘇爾不寒而慄。受到這種氛圍強有力的感染，曼蘇爾下定決心要成為一個嶄新的人。他將成為一個善良虔誠的穆斯林，他將誠心誠意地遵守祈禱的時間，他要施捨，他要齋戒，要去清真寺。他在結婚前絕不看女孩子一眼，他要蓄鬍鬚，他要去麥加。

祈禱的時刻結束了，曼蘇爾也許完了願。天開始下起雨，可是陽光依然照耀著。神聖的建築和光滑的石板地閃閃發亮，晶瑩的雨珠大滴大滴地落下。曼蘇爾跑出清真寺，找到他的鞋，把帽子還給了那個乞丐，並丟給他幾張鈔票。他朝廣場跑去，讓冰冷的雨水盡情地淋在身上。「我被祝福了，」他大叫道，「我得到寬恕了！我已經滌淨我的罪惡了！」

流水對一個骯髒的人說：「到這兒來吧。」

骯髒的人說：「我感到羞愧難當。」

流水回答：「沒有我，你如何能洗滌你的污點？」

13 塵埃的氣味

蒸汽從濕熱的身體上升起，一雙雙手快速而有節奏地移動著，陽光從屋頂的兩個窺視孔中溜進來，映照在澡堂裡洗澡的人的臀部、乳房、大腿上。乍進去，屋子裡顯得有些暗，可是等習慣了蒸汽瀰漫的環境之後，便能看到一張張全神貫注的面孔，才明白這是工作，而不是享樂。

在兩個大房間裡，女人們正在搓澡，她們站著、坐著或躺著，有的自己搓，有的互相搓，還有的給她們的小孩搓。她們有的長得很豐滿，就像魯本斯畫裡的胖女人；有的則身材瘦削，肋骨突出。她們用家庭自製的麻織手套搓洗彼此的後背、手臂和大腿，腳底的硬皮則用浮石磨掉。母親們一邊清洗著到了適婚年齡的女兒，一邊仔細檢查她們的身體。過不了多長時間，這些乳房像鳥兒一樣的年輕女孩就要變成哺育嬰兒的母親了。有些身材瘦小的少女已經有了生育後才會產生的妊娠紋，幾乎所有女人的腹部都因為過早而過於頻繁的生育，而變得鬆鬆垮垮。

孩子們又喊又叫，或是因為害怕，或是因為興奮。那些被母親搓澡或沖洗的小孩，有的拿著臉盆玩耍，有的因為疼痛而號啕大哭，就像被困在漁網裡拼命想掙脫的魚兒。那些渾身打了肥皂的小傢伙，為了不讓肥皂水滴進眼睛裡，只好乖乖地任憑母親們擺弄。母親們用麻織手套搓洗他們的身子，直到骯髒的棕黑身體變成了粉紅色。在母親們強勁的手掌下，搓澡和沖刷身子是孩子們註定要失敗的一場戰鬥。

蕾拉搓著她的皮膚，污垢和脫落的皮屑被搓進麻織手套或掉到地板上。她上一次好好沖澡是幾個星期前，而上澡堂則是幾個月前的事。家裡常常缺水，她覺得沒有必要洗得太勤，反正馬上又會弄髒的。

但是今天她是陪著母親和表姊妹們一起來的。她和表姊妹們都還未出嫁，她們感到很害羞，所以在澡堂裡也戴著胸罩還穿著內褲。搓到這些部位時，麻織手套就只好刻意避開了，但是手臂、大腿、小腿、後背和脖子則使勁搓了又搓，熱水混合著汗水浸透了她們的臉龐，她們用力搓呀，刮呀，勁使得越大，渾身就越乾淨。

蕾拉的母親，年近七十的比比·古兒赤裸著坐在地上的一個浴池裡，平日裡藏在淺藍色頭巾裡的蒼白長髮，現在垂在她的身後。她只有在澡堂裡才解開它們，她已經好久沒有像今天這樣漂浮在浴池裡了，她閉起眼睛，身心放鬆地享受著水池裡蒸騰的熱氣。她偶爾稍稍使點力氣搓搓身子，她拿起蕾拉為她放在盆子裡的一塊毛巾，準備用它來擦身子，但她很快放棄了，因為她搆不著她圓圓的肚子，而且她的手臂太重了，很難舉得起來。她的乳房重重地垂在圓滾滾的腹部。她繼續一動不動地坐著，就像一尊灰白的大雕像。

在和表姊妹們一起搓澡的同時，蕾拉不時看看母親，以防她出現任何意外。蕾拉今年十九歲，身體介於少女和女人之間，但整體上仍像個孩子。以阿富汗的標準來說，蘇爾坦一家體形都偏胖。他們放在食品上的過量脂肪和食用油反映在他們的身體上：油煎薄餅、油炸馬鈴薯、油膩膩的羊肉淋醬。蕾拉的皮膚色澤蒼白，像嬰兒一樣光滑柔軟，臉色時常在白、黃和灰白之間變化。她的生活方式反映在她的身體上，很少見到陽光的蒼白皮膚如嬰兒般柔嫩，但雙手卻像老女人一樣粗糙。有一段時間，蕾拉總是覺得頭暈和體虛，當她最終去看醫生時，醫生說她缺少陽光和維生素D。

諷刺的是，喀布爾是世界上陽光最充足的城市之一，它海拔一千八百公尺，幾乎天天陽光明媚。太陽曬裂了地面，曬乾了曾經潮濕的花園，灼傷了小孩的皮膚。可是蕾拉卻幾乎從來沒有見過它。陽光從未照進過米克羅拉揚區的一樓公寓，也不曾照進她藏在布卡後的臉孔，沒有一縷有治療效果的陽光能夠穿透頭罩的網格。只有她去拜訪姊妹瑪利安時，才有機會讓溫暖的陽光照曬她的身體，因為她家鄉下的屋後有一個很大的庭院。可是這樣的機會畢竟少之又少。

蕾拉每天早上第一個起床，晚上最後一個睡覺。當家裡其他人還在睡夢中打鼾時，她用乾柴把客廳的爐子點燃，接著又點著浴室裡的爐子，燒熱水準備煮飯、清掃和洗漱。天還沒亮，她把鍋碗盆子都盛滿了水。這個時候從來不會有電，她也習慣了在黑暗中摸索，有時候點上一盞小燈。接下來她開始泡茶。這必須在六點半男人們起床之前做好，否則她就會有麻煩。只要還有水，她就盡可能將所有能裝的東西都灌滿水，你不知道什麼時候也許就會停水，有時是一小時後，有時是兩小時後。

伊克巴每天早上起床都要大聲尖叫，叫聲刺激著每個人的神經。他躺在墊子上，不是伸伸懶腰，就是將身子縮成一團，反正就是不起床。這個十四歲的男孩每天變著戲法裝病，以逃避每天在店裡十二個小時的工作。但誰也不會憐憫他，他每天最終還是要起床，不過到了第二天早上，他又故伎重演。

「臭婆娘！懶骨頭！我的襪子破了。」他叫道，把它們扔給蕾拉。只要他能夠，他就拿每一個人出氣，因為他真實的想法是想去上學。

「蕾拉，水涼啦！熱水太少了！我的衣服，還有襪子在哪兒？給我倒點茶來！還有早餐！把我的鞋擦一擦！你為什麼起得這麼晚！」

門砰的一聲關上，周圍的牆也被重重地撞了一下。房間裡、走廊間乃至浴室裡就像是戰場，蘇爾坦的兒子在這些場所尖叫、爭吵、哭號。蘇爾坦通常會坐在他的房間裡，和桑雅一起喝茶吃早餐。桑雅照料蘇爾坦，其餘的一切家務全由蕾拉做：給臉盆灌滿水、整理好衣物、泡茶、煎雞蛋、烤麵包、擦鞋。家裡有五個男性要外出工作。

她極其不情願地為她的三個侄兒曼蘇爾、伊克巴和艾默打理一切。他們從來沒有誰說聲謝謝，也沒有誰會幫忙。每當這三個比她小不了幾歲的男孩把她使喚來使喚去的時候，蕾拉總是小聲地這樣責備道：「沒教養的孩子。」

「我們沒牛奶了嗎？我不是早叫你去買一些的？」曼蘇爾朝她喊道，「你這個寄生蟲。」他繼續罵道。如果她生氣了，他總是用同樣污辱性的話語來回擊她：「閉嘴，你這個醜女人。」「這不是你的家，這是我的家！」他惡狠狠地說。蕾拉也確實感到這裡不是她的家。這是蘇爾坦的家，是蘇爾坦和他的兒子及二太太的家。她、芭布拉、比比・古兒和尤努斯都覺得在這裡不受歡迎，但是搬出去是不可能的，因為分家是一件很不光彩的事情，再說，她們都是好傭人——至少蕾拉是的。

有時候蕾拉痛苦地想，她為什麼沒有像她另一個哥哥那樣，一出生時就被送走。「那我就可以從小學習電腦和英語，現在早已上大學了。」蕾拉幻想著，「我可以穿漂亮衣服，不用每天辛辛苦苦伺候別人了。」蕾拉愛她的母親，但她覺得沒有人真正關心她，她總是處在階層序列的最末一名，什麼好處也輪不到她，比比・古兒沒有比她更小的孩子。

忙碌了一整個早上，蘇爾坦和他的兒子們離開後，蕾拉才可以緩口氣，喝點茶，吃點早點。接下來她開始做這一天第一次的打掃。她拿著一把掃帚，從一個房間到另一個房間，彎著腰掃個不停。大多數灰塵從地面揚起，飄散到四處，而後又在她身後落了下來。灰塵的氣味從未離開過房間，她也從來沒能將灰塵徹底清掃乾淨，它們飄散到她走過的地方，飄散到她的身上甚至她的思緒裡。最後她將掃在一起的麵包屑、小紙片和垃圾鏟起來倒進垃圾桶。她每天都要在房間裡打掃幾次，每一次的情形都大同小異，房間很快又髒了。

此時此刻她努力想要刮洗掉的就是這樣的塵垢，與她生命黏合在一起的塵垢，一撮一撮地被她搓落到地上。

「如果我有一間每天只需清掃一次的房間，那它就可以整天保持清潔，我也就只需每天早上打掃一次就行了。」她對表姊妹們說。她們都表示同意，做為各自家裡最年輕的女孩子，她們的境遇與她的極為相似。

蕾拉帶了些內衣褲來澡堂洗。平常家裡的衣物通常是在天色微明的時候，在浴室的排汙孔旁邊洗的，蕾拉會坐在一個凳子上，用好幾個盆子，一個打了肥皂，一個沒打肥皂，一個是白色的，一個是有顏色的。床單、毯子、毛巾和家人的衣服全包在她身上。搓搓洗洗完畢以後，她先將它們擰乾，然後再晾曬起來，這可是很花力氣的工作，尤其冬天的時候更不容易乾。公寓外面拉了一根曬衣繩，但是由於衣物經常失竊，她通常不把它們晾在那裡，除非有小孩看著，直到它們晾乾為止。衣物晾乾後，她會將它們疊好裝進放在陽臺上的箱子裡。幾平方公尺的陽臺上面堆滿了食物和垃圾：一袋馬鈴薯、一筐洋蔥、一堆大蒜、一大包米、紙箱、舊鞋子、幾件衣服，還有一些沒人敢扔掉的東西，因為說不定將來有一天它們又會派上用場。

蕾拉在家裡一般穿著粗糙耐磨的毛線衫，或沾滿污漬的襯衫和長裙，裙擺總是沾滿了她沒有清掃到的灰塵。她腳上蹬著一雙鞋跟磨損的涼鞋，頭上包頭巾，唯一閃閃發光的是她金色的大耳環和光滑的手鐲。

「蕾拉！」

一個虛弱疲憊的聲音穿透孩子們的尖叫聲、女人們互相將水桶裡的水潑到對方身上的嬉戲喧鬧聲，隱隱約約傳到了她這裡。

「蕾拉——！」

比比．古兒從半睡半醒狀態中醒了過來，她手握著衣服坐在那裡，無助地尋找著蕾拉。蕾拉拿著麻織手套、肥皂、洗髮精和臉盆，向赤裸著身子的肥胖母親走去。

「躺下來。」她說。比比．古兒辛苦地把軀幹躺到地板上，蕾拉揉捏按摩她的身體。比比．古兒禁不住笑了，她也明白了這件事好笑的一面。身材瘦小但靈巧的女兒和身材肥胖但年邁的母親，兩者之間年齡相差近五十歲。看到她們發笑，其他的人也忍俊不禁，然後是所有的人哄堂大笑。

「你太胖了，媽媽，有一天你會因此而死的。」幫母親搓洗全身時，蕾拉責備說。接著，在她的表姊妹的幫助下，蕾拉她們每個人搬著她肥胖身軀的一部分，將比比．古兒翻轉過來，開始清洗她長而柔軟的頭髮。產自中國的粉紅色洗髮精倒在她的頭上，蕾拉小心翼翼地按摩著，彷彿唯恐所剩不多的頭髮會被洗不見似的。洗髮精瓶快倒空了，它是塔利班時期遺留下來的，瓶子上的廣告女郎頭像已經被粗粗的防水筆塗掉。當宗教警察搗毀蘇爾坦的書店時，他們也將所有的包裝圖案進行了清除。所有洗髮精上的廣告女郎頭像和肥皂包裝盒上的嬰兒頭像統統被撕掉。任何有生命的活物都不能有畫像。

水漸漸變涼，還沒有洗完的小孩子哀號得更大聲了，剛才還熱氣騰騰的澡堂只剩下冷水。女人們離開澡堂，在她們走過的地方留下了髒污的足印。蛋殼和爛蘋果被扔在角落，黑黑的污漬留在地面上——在澡堂裡她們穿的是和她們在鄉間小道、在外面的廁所、以及後院裡穿的同樣的塑膠涼鞋。

比比・古兒跌跌撞撞地被蕾拉和她的表姊妹拉出了澡堂，然後各自穿上衣服。從外表上看去，她們每個人都沒有什麼變化，她們穿的是和來時一樣的衣服，布卡罩在她們已洗得乾乾淨淨的頭上：布卡帶著每個人特有的味道。比比・古兒的是一種混合著花香和酸臭的氣息，蕾拉的布卡則散發出混雜著年輕汗味和煮飯油煙的氣息。事實上，蘇爾坦家所有的布卡都帶有油煙味，因為它們掛在廚房旁的掛鉤上。從澡堂出來的這幾個女人渾身都乾乾淨淨，可是身上肥皂和洗髮精的香味和布卡與內衣的汗臭味混雜在一起，在布卡的籠罩下，她們很快恢復了原有的味道，那種伺候別人的奴隸的味道。

比比・古兒走在前面，三個年輕的女孩一起有說有笑地走在後面。除了幾個小男孩在附近遛狗，街上看不到別的行人，她們將頭上的布卡撩起，涼爽的微風輕拂著她們泛著汗珠的肌膚。不過空氣也並不是非常新鮮，喀布爾的後街和小巷的垃圾與下水道散發著惡臭，一條骯髒的水溝沿著泥濘的道路從小土屋間穿過。但是女孩們對水溝散發出的臭味和沾在她們皮膚、毛孔上的塵土毫不在意。明媚的陽光照著她們的肌膚，令她們感覺非常愜意。突然間，一個騎自行車的男人轉過身來。

「把臉罩上，丫頭們，我受不了你們。」他衝她們嚷嚷道，然後一陣風似地呼嘯而過。看著他滑稽的神情，她們彼此瞧了瞧，忍不住大笑起來，而後把臉罩了起來。

「等國王回來以後，我再也不會穿上布卡。」蕾拉說，突然間變得嚴肅起來，「那時候我們的國家就太平了。」

「他肯定不會回來了。」罩著臉的表妹反駁道。

「他們說他今年春天會回來。」蕾拉說。

但是此時此刻還是罩上臉比較安全，三個女孩畢竟是單獨走在路上。

蕾拉從不一個人走動。對於一個年輕女孩子來說，在沒有人陪伴的情況下四處走動是一件不好的事情。誰知道她可能到哪裡去？也許去和男人幽會，也許去做罪惡的勾當。蕾拉甚至不會單獨去離公寓幾分鐘遠的菜販那裡，她經常帶著鄰居的小男孩一起去，或者差遣他去幫她買東西。

蕾拉從未有過「獨自一人」這樣的概念，無論在何時何地，她從來沒有獨處過。她從來沒有獨自一個人待在公寓裡，從來沒有獨自一個人去任何地方，從來沒有獨自一個人留在任何地方，從來沒有獨自一個人睡覺。每天晚上她都睡在母親身邊的墊子上。她根本不知「獨自一人」為何物，她也從不想望它。她希望的唯一一件事就是更多一點和平，少一點家務事。

當她回到家裡時，家裡一片混亂，手提箱、背包、行李擺得到處都是。

「沙里法回來了！沙里法！」芭布拉告訴蕾拉。她很高興蕾拉回來了，這樣家裡就有了料理一切的女主人。蘇爾坦和沙里法最小的孩子莎布娜姆像一匹開心的小雌馬一樣跑來跑去。她擁抱蕾拉，然後蕾拉擁抱沙里法。在她們相互親熱的過程中，蘇爾坦的二太太桑雅笑著站在一邊，手裡抱著女兒拉蒂法。出乎所有人的意料，蘇爾坦將沙里法和莎布娜姆從巴基斯坦帶了回來。

「回來避暑。」蘇爾坦說。

「回來定居。」沙里法悄聲說。

蘇爾坦去了書店，家裡只剩下女人。她們在地板上坐成一圈，沙里法分發著禮物。給蕾拉一件連身裙，給桑雅一條圍巾，給芭布拉一個包包，給比比・古兒一件開襟羊毛衫，還有給家庭其他成員的衣服、塑膠首飾，她給兒子準備了好幾件從巴基斯坦買來的衣服，這些衣服都是在喀布爾買不到的。對沙里法自己而言，她也有她最為寶貴的東西。「再不回去了，」她說，「我恨巴基斯坦。」

不過她也知道這一切都取決於蘇爾坦，如果他要她回去，她也不得不走。

蘇爾坦的兩個太太坐著像老朋友一樣閒聊起來。她們查看沙里法帶回來的東西，試試上衣和珠寶。桑雅撫摸著沙里法送給她自己和小女兒的禮物，蘇爾坦很少給他的小老婆帶禮物，因此沙里法的回來給她單調的生活增添了些許色彩。桑雅給拉蒂法穿上粉紅色的篷篷裙洋裝，她看上去就像個洋娃娃。

女人們交換彼此的近況。她們已經快一年沒見面了，公寓裡沒有電話，因此她們無法相互通話。發生在喀布爾的最主要的事情就是夏琪拉的出嫁，關於這件事她們談得最詳細：她得到什麼樣的禮物，新郎新娘穿什麼衣服等等。除此之外，還有其他親戚的孩子，他們的婚姻大事，以及哪家哪戶有人去世之類。

沙里法聊起她的流亡生活，誰已經回家了，誰依然留在那裡。「薩琳卡訂婚了，」她說，「即使她的家人反對，可是事情的結果總歸是這樣。那個男孩什麼都沒有，人又懶又無用。」她說。大家都同意她的看法，她們都知道那個薩琳卡，那個總是打扮得花枝招展的女孩，不過她們還是為她感到難過，因為她不得不嫁給一個一文不名游手好閒的傢伙。

「他們在公園約會以後，她被關了一個月。有一天，男孩的母親和姑姑要求來看她，她父母同意了，他們也沒別的辦法，生米已經煮成了熟飯。接下來就是訂婚儀式！多丟人現眼的事！」

女人們睜大眼睛聽著，尤其是桑雅，這些故事遠遠超乎她的想像，沙里法的故事就是她的肥皂劇。

「一件多丟人現眼的事。」沙里法重複道，以顯示她對這件事的態度。按照慣例，一對年輕人訂婚時，訂婚儀式及新娘的服裝、首飾的費用都應該由新郎一方出。當他們籌辦訂婚儀式時，男孩的父親將幾千盧比放在薩琳卡父親的手裡——薩琳卡的父親已經從歐洲返回，以協助處理這一場家庭悲劇——他一把將這些錢扔到地上。「你以為憑這區區幾個小錢就可以辦一場訂婚嗎？」他大吼道，沙里法當時正坐在樓梯上，他們的話她全聽到了，可以說確有其事，「不，把你的錢拿走，我們負擔全部費用。」他說。

薩琳卡的父親也不是很有錢，他正在等待比利時居留申請的批覆，好把他的家人也接到那裡去。荷蘭已經拒絕了他的居留申請，他現在靠比利時政府給他的救濟金生活。但是訂婚儀式具有很重要的象徵意味，是絕對不能草率行事的。如果取消了訂婚，不管箇中原因是什麼，這個女孩要想再次結婚都會遇到很大麻煩。訂婚儀式也是一個家庭向大家展示家庭狀況的機會：選用什麼樣的裝飾？花多少錢？準備什麼樣的食品，花多少錢？穿什麼樣的服裝，花多少錢？請管弦樂隊，那又花費多少？訂婚儀式也表明男方家庭對新的家庭成員的態度如何。如果訂婚儀式慘不忍睹，這意味著他們不喜歡新娘或她的家人。比起一個不成樣子的訂婚儀式所蒙受的羞辱，女孩的父親寧可舉債來辦一場像樣的訂婚，哪怕這種儀式除了讓薩琳卡和她的心上人高興以外，沒有任何實質意義。

「她已經開始後悔了，」沙里法透露道，「因為他沒錢，她很快看出他是一個無用的廢物。但是現在已為時太晚，如果她取消婚約，沒有人會要她。她戴著他送給她的六只手鐲四處炫耀，說它們是純金的，但我知道，她也清楚，它們不過是在金屬上鍍了一層金漆。甚至在除夕慶祝的時候，她連一件新衣服也沒有。難道你聽說過哪一個女孩子在新年除夕沒有未婚夫送給她新衣服的嗎？」

「他現在整天賴在她家裡，她母親也拿他們沒辦法。可怕啊，太可怕啦！這真是丟人現眼，我曾經這樣對她講。」沙里法說。接下來另外三人連珠炮似的問她新的問題。

關於這個，關於那個。她們仍有許多親戚在巴基斯坦，姑姑啦，叔叔啦，堂兄弟姊妹啦，他們認為形勢還不夠安全，因此推遲了返鄉的日期，或者說他們也沒什麼好牽腸掛肚非得急著回來看的——到處都是被炸的房屋、遍地的地雷、燒毀的商店。但是他們都非常思念故鄉，就像沙里法一樣。她已經快一年沒見過她的兒子們了。

蕾拉走進廚房做晚飯。她很高興沙里法的歸來，事情本該如此，但是她也擔心隨之而來和沙里法的兒子、姻親以及蕾拉母親的爭吵。她還記得當年沙里法叫她和母親打包離開的情景。

「帶著你的女兒一起馬上從這裡消失。」沙里法常常對她婆婆比比・古兒這樣喊道，「這裡沒有房間了，我們想要自己住。」蘇爾坦不在家的時候她這樣尖叫道。那個時候她左右家裡的事務，並佔據著蘇爾坦的心。只是最近幾年來，蘇爾坦娶了二太太之後，她對蘇爾坦家人的態度才變得溫和起來。

「但是我們的空間會更小了。」蕾拉嘆了口氣。在他們住的那間不大的房間裡，不再是十一個人，而是十三個人。她削著洋蔥，洋蔥的氣味很衝，她心裡一酸，眼淚止不住流了下來。她很少真正流淚，她努力控制住自己五味雜陳的情緒。從澡堂回來時清爽的肥皂味已經蕩然無存，鍋裡的油濺到她的頭髮上，散發出一股臊油味，紅辣椒醬滲透進她薄薄的皮膚，使她粗糙的手感到一陣鑽心的疼痛。

她燒了一頓簡單的晚飯，並沒有因為沙里法的回來而有任何變化。蘇爾坦家沒有為女人慶祝的習慣。不管怎麼說，她要燒一些蘇爾坦喜歡的飯菜：肉食、米飯、菠菜和豆子，全都用羊油烹調。

每天晚上蘇爾坦都會從商店帶一捆錢回來，然後把它們鎖在書櫃裡。他還經常帶大包的石榴、香蕉、橘子和蘋果回來，但是這些水果也會被鎖在櫥櫃裡，只有蘇爾坦和桑雅吃得到，也只有他們才有鑰匙。蘇爾坦覺得供養這一大家子人是很大的負擔，而水果又這麼貴，尤其是那些過了季節的。

蕾拉看著那些放在窗臺上的小橘子，它們已經變得乾硬了，桑雅把它們拿出來放到廚房裡，以供別的用途。蕾拉做夢也別想品嘗它們，如果人家叫她吃豆子，那她就只能吃豆子，他們寧可這些橘子放在那裡爛掉或是乾掉。蕾拉轉過頭來，將重重的米飯鍋放在煤氣爐上。她把切碎的洋蔥倒進油鍋裡，再加上番茄、香料、馬鈴薯。蕾拉是個烹調高手，她擅長很多事情，這也就是每件事都要她去做的原因。吃飯時她經常坐在靠門的一個角落，如果有誰需要什麼，或是餐桌上的盤子空了，她就會馬上跳起身來。服侍好每一個人以後，她給自己的碗裡盛點剩飯剩菜、油膩的米飯或煮過的豆子什麼的。

她生下來就是為了服侍人，她漸漸變成了一個傭人，供周圍所有的人使喚。伴隨著一個個新的命令，她變得越來越卑微。要是有誰情緒不好，那就輪到蕾拉倒楣了。毛線衫上有一個污點沒有洗掉，肉燒得過火了，有太多太多的事情可以讓人拿她當出氣筒。

當有親戚被邀請來家裡參加聚會時，蕾拉一大早就起床，在為家人準備好早餐後，就開始削馬鈴薯，洗切蔬菜，準備做菜的原料。客人到達以後，她幾乎沒有時間換衣服，服侍完客人過後，剩下的時間都待在廚房裡洗刷餐具。她就像是一個灰姑娘，只不過在她的世界裡沒有王子。

蘇爾坦和曼蘇爾、伊克巴、艾默一起回到了家裡。他在客廳裡吻了吻桑雅，對沙里法只是在臥室裡問候了一聲。他們從白沙瓦到喀布爾坐了一天的車，沒有必要再多說什麼話。蘇爾坦和兒子們坐了下來，蕾拉拿進來一個白錫盆和一個肥皂盒，她把盆子依次放在他們四個人跟前，他們洗過手之後，她把毛巾遞給他們。塑膠桌布已經鋪在地上，可以開飯了。

蘇爾坦的弟弟尤努斯走進屋裡，熱情地向沙里法問好。他先詢問了一些有關親戚的近況，接著就一聲不吭，就像他平常表現的那樣。他吃飯的時候很少說話，他很安靜沉穩，很少加入家人的談話，他似乎更願意把自己的不幸埋藏在心底，而不是向他人傾訴。他不過二十八歲，可是對生活已經極其失望。

「狗一樣地生活。」他說。從黎明一直忙到黃昏，然後從他哥哥的飯桌上討一些殘羹剩飯。尤努斯是蕾拉唯一真心伺候的人。她愛這個哥哥，有時候他會帶些小禮物給她，塑膠髮夾、梳子之類。

這天晚上尤努斯有一件心事想知道個究竟，但是他沒有來得及開口問，沙里法就已經喋喋不休地大聲說了起來：「貝爾琪莎的事情遇到些麻煩，她父親表示贊成，但是她母親反對。她一開始也是贊成的，但是她和一個親戚談起了她女兒的事情，這個親戚有一個年輕的兒子想娶貝爾琪莎，並且準備下聘禮，貝爾琪莎的母親開始有些拿不定主意了。這個親戚還散布了一些不利於我們家的謠言，這就是我所能告訴你們的全部。」

尤努斯面紅耳赤，眉頭緊鎖，整個場面實在令人難堪。曼蘇爾一臉嘲諷。「孫女不會嫁給祖父。」他小聲地咕噥道。尤努斯聽到了他的話，而蘇爾坦卻沒有聽到。尤努斯最後的希望成了泡影，他覺得很疲倦，他已經煩厭煩了等待、厭煩了追尋、厭煩了住在這個沒有出口的籠子裡。

「茶！」尤努斯發出命令，以打斷沙里法滔滔不絕的關於貝爾琪莎家為什麼不把女兒嫁給他的話。蕾拉站起身來，她很失望尤努斯的婚事眼看遙遙無期，她本來希望當他結婚時能把她和母親都帶走。他們能夠生活在一起，蕾拉會非常非常地體貼入微，她會教導貝爾琪莎，她願意做家裡所有的苦活。一切都將會非常美好，只要她能夠離開蘇爾坦的家。在這裡沒有人欣賞她，蘇爾坦抱怨她做的飯不合口味，抱怨她吃得太多，抱怨她什麼事情都不服從桑雅。曼蘇爾總是在她面前擺出一副盛氣凌人的樣子，不時找她的碴兒，甚至要她去下地獄。「我只關心對我的將來有意義的人，」他說，「至於你，你對我來說什麼都不是，你只是個寄生蟲，滾吧你。」他輕蔑地大笑著，很清楚她沒別的地方可去。

蕾拉倒來了茶，淡淡的綠茶。她問尤努斯要不要幫他熨平第二天穿的褲子，她剛剛把它們洗淨，尤努斯只有兩條褲子，因此她想知道尤努斯想不想穿乾淨的那條。尤努斯點了點頭。

「我姑姑實在很蠢，」曼蘇爾說，「每次只要她開口，我就知道她打算說些什麼。她是我看過最無趣的人。」他嘲弄地大笑道，並且模仿著蕾拉說話時的神情。他和這位比他大三歲的姑姑一起長大，他不是她的侄子，而是她的主人。

蕾拉確實經常重複自己的話，因為她擔心別人沒有聽清楚。大多數情況下她都談一些日常生活中的事情，因為這就是她的世界。但是和她的表姊妹或侄女們在一起時，她也可以談笑風生，講一些讓每個人驚訝不已的有趣故事。但是這種情況不會發生在家裡吃晚飯的時候，那時她最沉默寡言。有時候聽到侄子的粗俗笑話，她也會笑出聲來，但是正如她在澡堂裡告訴表姊妹們的：

「我是用嘴而不是用心來笑的。」

聽完有關貝爾琪莎令人失望的消息後，在沙里法回來的第一頓晚餐上大家都沒說太多話。艾默和拉蒂法一起玩，莎布娜姆玩她的洋娃娃，伊克巴大聲地和曼蘇爾交談，而蘇爾坦則向桑雅打情罵俏。沙里法和莎布娜姆被安排在比比．古兒、蕾拉、芭布拉、伊克巴、艾默和法佐所在的房間，吃完飯不久就都去睡了。蘇爾坦和桑雅則回到他們自己的房間。到了午夜，所有的人都上床了，只有一個人例外。

蕾拉還在燭光中做著飯，蘇爾坦白天上班時喜歡吃家裡做的飯。她煮了一隻油雞，還準備了米飯和蔬菜泥。趁做飯的同時，她還洗刷了餐具。燭光照著她的臉，照出她深深的黑眼圈。做好飯後，她從爐子上將平底鍋端下來，用布將平底鍋包好綁緊，以便讓蓋子蓋緊，這樣蘇爾坦和他的兒子第二天早上就可以帶走了。她洗掉手上的油，沒換衣服就上了床。她鋪開墊子，蓋上毯子，進入夢鄉。幾個小時以後，她又在神學士的晨禱呼喚聲中醒來，新的一天開始了。Allahu Akbar。

新的一天，和每一個別的日子一樣，都帶有塵埃的氣味。

14　無法跨越的半小時

一天下午，蕾拉把布卡罩在頭上，換上外出才穿的高跟鞋，偷偷地從公寓溜了出來，穿過損壞的大門和掛在外面晾曬的衣物，她來到了庭院當中。她找了一個鄰居家的小男孩陪著她，他們穿過架在乾涸的喀布爾河上的那座橋，消失在喀布爾少數幾條街道的樹影裡。他們沿途遇到擦鞋匠、賣甜瓜的攤販及麵包商，還有一些無所事事地站在那裡或四處閒逛的人。那些人是蕾拉最討厭的人，他們時間多得是，卻什麼也不去做，成天發呆。

樹上的葉子在過去許多年裡頭一次變綠，最近三年來，喀布爾幾乎沒有下過雨，太陽把剛剛綻開的花蕾烤成了焦炭。這是塔利班逃跑之後的第一個春天，雨下得很多，吉祥美妙的雨水雖然還不能讓喀布爾河重新流動起來，但卻足以讓一些存活下來的樹重新冠上新綠，讓喀布爾令人心煩的塵土偶爾不再飛揚。下雨天時，細微的塵土落到地上變成了泥濘，大晴天時，它們則被風捲起來，鑽進行人的鼻孔、眼睛、喉嚨和肺部，讓人十分難受。今天下午剛剛下過雨，空氣非常新鮮，但是潮濕的空氣並沒有滲透進布卡，蕾拉只注意到自己緊張的心跳和太陽穴的悸動。

在米克羅拉揚第四街區一座水泥建築，上面掛著大大的「課程」的字樣。外面排隊的人很多，這裡有識字課、電腦課和寫作課。蕾拉想參加的是英語課程，入口處外面，兩個男人坐在一張桌子旁登記新的學生。蕾拉付了學費，加入了上百個尋找自己教室的學生行列中。他們下了臺階，來到一間看上去像防空洞的地下室，牆壁上的彈孔構成了各種圖案。這些地下室正好位於公寓區的下面，在內戰期間是用來存放武器的。厚厚的木板將地下室隔成幾個教室，每個教室有一塊黑板、一根教鞭和一些長椅，有些教室甚至還有桌子。教室裡人聲嗡嗡作響，熱氣開始在房間裡散發開來。

蕾拉找到了她的「中級英語」教室。她來得很早，和她在一起的還有一些看起來粗魯的高個男孩。

這怎麼可能呢？有男孩子在同一間教室？她有些迷惑不解，想轉身趕快離開，不知為什麼腳步卻沒有挪動。她走到後面的位子坐下，有兩個女孩靜靜地坐在另一個角落。隔壁教室學生低沉的喧鬧聲以及老師又尖又響的聲音傳到了他們這邊。他們的老師還要過一會兒才出現，男孩子們開始在黑板上信筆塗鴉。「pussy」，他們寫著，「dick」、「fuck」。蕾拉並不十分了然地看著這幾個單詞，她帶了一本英語／波斯語詞典，她在桌子下面查這些字，那些男孩沒有注意到，但是她找不到這幾個字。她對眼前的狀況很厭惡：她一個人，或者說幾乎是一個人，和一群她這個年齡的男孩在一起，有些人恐怕還要大一些。她有些後悔，也許她根本就不應該來。假使其中一個男孩中開口跟她說話該怎麼辦？多丟臉呀！她甚至脫掉了布卡，你不能在教室裡也把臉遮住，她剛才是這樣想的，現在她的臉已經暴露無遺。

老師來了，男孩們趕緊把黑板上的字擦掉。時間過得很慢，他們得逐一自我介紹，說出自己的年齡，還要用英語說幾句。這位身材單薄的年輕男老師用教鞭指著她要她發言，當著這些男孩的面發言，她感覺自己的心都快跳出來了。眾目睽睽之下，她感到自己很羞恥，赤裸裸的，僅有的那點尊嚴消失殆盡。她究竟在想什麼呢？她從沒想過男孩女孩會在同一間教室裡上課，從來沒有，這不是她的過錯。

但是她不敢離開，老師會問她為什麼，但是下課後她趕緊跑了出去。她將布卡罩在身上，匆匆離開了學校，平安回到家裡以後，她將布卡掛在客廳裡的鉤子上。

「太可怕了，居然有男孩子在教室裡！」

其他人瞠目結舌地看著她。「這樣可不行，」她母親說，「你千萬別再去了。」

蕾拉也確實沒想過再回去。塔利班也許已經消失了，但是他們的陰影依然佔據在蕾拉、比比・古兒、沙里法和桑雅的頭腦裡。塔利班的時代結束了，米克羅拉揚區的女人們為此感到高興，她們可以奏樂、跳舞、染指甲——只要沒有人看到她們，只要她們能安全地躲在厚厚的布卡。蕾拉是一個誕生在內戰時期，神學士和塔利班統治時代的孩子，一個在害怕中長大的孩子。

她心裡在哭泣，嘗試著獨立做點什麼或者學點什麼的努力失敗了。在塔利班統治的五年期間，女孩子的教育被嚴加禁止，現在開禁了，但是她自己禁錮了自己。要是蘇爾坦准許她去上高中就好了，那就不會有任何問題，高中是男女分班的。

她坐在廚房的地上削洋蔥和馬鈴薯，桑雅一邊吃著煎雞蛋，一邊看著拉蒂法。蕾拉懶得搭理她。這個愚蠢的女人連字母都學不會，也從未嘗試要學點什麼。蘇爾坦專門請了一個家庭教師教她讀和寫，但是毫無成效，她什麼都記不住。每個小時都像第一次上課，幾個月下來只學會了五個字母。她自己完全失去了信心，最後只好問蘇爾坦她可不可以放棄不學了。曼蘇爾一開始就對桑雅的私人識字課程做了辛辣的嘲諷。「當一個人擁有一切以後，他變得沒事可幹，於是開始教他的驢子說話。」他大聲嘲笑道。即便是對曼蘇爾所說的一切都不感興趣的蕾拉，聽到這個笑話也忍不住發笑。

蕾拉在桑雅面前總試著擺出一副居高臨下的姿態，每當她說了什麼蠢話，或者做了什麼蠢事，蕾拉總要嚴厲斥責她，但是這一切都發生在蘇爾坦不在家的時候。在蕾拉眼裡，桑雅就是個窮鄉巴佬，只不過是憑藉她那張漂亮臉蛋而攀龍附鳳，從而成為他們這個富裕家庭的一員。她對蘇爾坦賦予桑雅的很多特權感到非常厭惡，她和桑雅年齡相同，可是她們的境遇為什麼會有如此天壤之別。她和桑雅從沒有任何私人的往來，桑雅總是帶著一副溫順的表情坐在那裡，茫然地注視著她周圍發生的一切。她本性並不懶惰，在鄉下的時候照顧父母，也是一個能幹的好手，但是蘇爾坦不願讓她過於操勞。當他出門在外時，桑雅也經常幫忙家務，但她卻總是礙得蕾拉發脾氣。於是她就整天坐著，等蘇爾坦回來。他一回到家，她就立刻跳起身來。當他出差的時候，她整天穿著破舊的衣服；等到他一回來，她就又是撲粉，又是畫眼線，又是抹口紅。

桑雅在十六歲時從一個孩子轉變成為人妻的角色。僅管結婚前她淚流滿面，但是就像一個舉止得體的女孩一樣，她很快習慣了這樣的身分。在她成長的過程中對生活並沒有什麼期許，蘇爾坦用了兩個月時間敲定了他與桑雅的婚約。他設法賄賂桑雅的父母，讓他們容許他在婚禮前有時間和她單獨相處。訂婚的夫婦在訂婚儀式和婚禮期間不能彼此相見，這是一個很少被遵守的風俗習慣，但是一起去買東西是一回事，一起度過幾個晚上又是另一回事，這簡直前所未聞。當她大哥聽說蘇爾坦通過賄賂而得以在婚禮前和他妹妹過夜時，為了維護她的尊嚴，他拿著刀子想找蘇爾坦算賬。但是怒氣沖沖的哥哥在蘇爾坦早已準備好的金錢面前，也只好保持沉默。蘇爾坦可以為所欲為了，在他看來，他這是在幫助她。

「我必須讓她做好新婚之夜的準備，她太年輕了，而我是個過來人。」他對她的父母說，「如果我們現在就待在一起，新婚之夜就不會太嚇人。不過我保證不會對她做出越軌的事。」他說。一點一點地，他讓這個十六歲的女孩為重要的新婚之夜作好準備。

兩年以來，桑雅對她單調的生活感到滿意。每天坐在家裡，偶爾出去串串門子，或是款待來訪的親戚，經常得到新衣服，每五年得到一個金手鐲，除了這些，她並不想要更多。

蘇爾坦有一次出差時帶她到德黑蘭去旅遊了一趟，他們出去了一個月，米克羅拉揚的女人們都急不可耐地想聽她講講國外的見聞。但是當她回來時，她什麼也沒講。她們只好和家裡其他人聊天，而她則和平常那樣坐在地上逗拉蒂法玩耍。她只是浮光掠影地逛了一趟德黑蘭，不過她也不想探尋得更多。她唯一談到的是那裡的市場，德黑蘭市場裡的東西比喀布爾的要好。

桑雅心目中最重要的事情就是生孩子，或者更確切地說是生兒子。她又懷孕了，非常擔心再生個女孩。當拉蒂法將她的頭巾扯下來玩耍時，她搧了女兒一巴掌，然後把頭巾包好。正如習俗所說，如果最後一個出生的孩子拿母親的頭巾玩，下一個孩子就會是女孩。

「如果我又生了一個女兒，蘇爾坦就會娶第三個老婆。」當兩個妯娌在廚房的地板上靜靜坐了一會兒以後，她說道。

「他是這樣說的嗎？」蕾拉有些驚訝。

「他昨天這樣說過。」

「他只是嚇唬你。」

桑雅沒在聽。「一定不能是女兒，一定不能是女兒。」她喃喃自語道。她剛滿周歲的女兒就在母親單調的聲音中被哄入了夢鄉。

蕾拉沒心思談話，她必須出去，她知道她不能整天和桑雅、沙里法、芭布拉還有她的母親坐在家裡。我要發瘋了，我再也忍受不了了，她想，我不屬於這個地方。

她想起法佐，以及蘇爾坦是如何對待他的，正是這件事使她意識到邁出自己的雙腳去上英語課的時間到了。

十一歲的法佐每天都在書店工作，搬那些沉重的箱子，每天都和他們吃晚飯，夜裡則睡在蕾拉旁邊的墊子上。法佐是瑪利安的大兒子，蘇爾坦和蕾拉的外甥。瑪利安和她的丈夫養不起他們所有的孩子，正好蘇爾坦的書店需要幫手，他願意給他們的大兒子提供食宿，條件是法佐每天在書店工作十二小時，星期五時可以到鄉下看望他們。他們非常高興地接受了。

法佐很努力工作，他把書店收拾得整整齊齊，白天搬運一箱一箱的書，晚上則和艾默一起幹活。唯一不能和他相處的人是曼蘇爾，每當他犯了錯誤時，曼蘇爾會打他巴掌，或者握緊拳頭揍他的背。但曼蘇爾有時也對他好，會突然間帶他逛商店，為他買一些新衣服，甚至帶他到餐館去大吃一頓。就整體而言，法佐生活得很開心，這怎麼也要比在鄉下泥濘的道路上謀生好多了。

但是有一天，蘇爾坦突然對他說：「我受夠你了。回家去，別再讓我在書店裡看到你！」

全家人都驚呆了。蘇爾坦不是答應瑪利安要照顧他一年嗎？可是誰也沒說一句話，法佐也沒有，但是當他晚上獨自一人躺在墊子上時，他忍不住哭了。蕾拉試著安慰他，但是起不了任何作用，蘇爾坦的話就是法律。

第二天早上，她打點好他的幾件衣物送他回家。至於如何向他母親解釋他被送回家的原因，那就是他自己的事了。

蕾拉氣極了，蘇爾坦怎麼能這樣對待法佐？下一個或許就輪到她了。是到了該好好考慮考慮的時候了。

蕾拉想出了一個新計畫。一天早上，當蘇爾坦和他的兒子們離開之後，她罩上布卡悄悄地出了門。這次她也找了個鄰居家的男孩作陪，他們選了另一條路，走出了米克羅拉揚區，穿越令人生畏的混凝土建築群，在臨近米克羅拉揚的市郊地帶，所有的房屋都被炸得幾乎成了廢墟，房屋裡一個人也沒有。儘管如此，有些人家還是在廢墟當中住了下來，靠著向同樣貧窮的鄰居乞討為生——至少鄰居的頭頂上還有一個遮風擋雨的屋頂。蕾拉穿過了小田地，一群山羊正在啃食稀稀疏疏的草叢，牧羊人在唯一倖存下來的樹蔭下打盹。這裡是城鄉接合地帶，田地的另一面就是德庫岱達村。這是她第一次來拜訪她的姊姊夏琪拉。

夏琪拉最近剛剛嫁給瓦基，他的大兒子賽伊德開了門。賽伊德有一隻手斷了兩個指頭，那是在他安裝汽車電池時爆炸炸傷的，但是他告訴別人說是他觸雷後炸斷的。被地雷炸傷聽起來更有面子，這表明他可能參加過戰鬥。蕾拉不喜歡他，她覺得他既頭腦簡單又粗俗莽撞。與瓦基一樣，他不會讀書寫字，說起話來就像個農民。她一想到他就渾身不舒服。他衝她笑了笑，在她走過時碰了一下她的布卡。她不禁渾身戰慄了一下，她為存在於她和他之間的某種聯繫而戰慄。家裡好多人都想把他們兩個撮合在一起。夏琪拉和瓦基都在比比・古兒那裡提過這件事。

「太早了。」比比・古兒說。

「是時候了。」蘇爾坦說。沒有人問過蕾拉，蕾拉也沒有做出回答。一個有教養的女孩是不會回答她喜不喜歡某某人這樣的問題的。但是她希望，希望趕快逃走。

夏琪拉搖著屁股走出來，臉上帶著微笑，心情很不錯。所有那些和瓦基剛結婚時的恐懼都消失了。她已經重新回到學校教書，擔任生物教師。瓦基的孩子們很尊敬她，她為他們洗臉洗衣服。她逼著自己丈夫整修了房子，他還給了她一些錢去買新的窗簾和床墊。她把所有的孩子都送進學校，瓦基和他第一任太太對孩子的教育不太關心。和那些年紀比他們小的小孩子們坐在同一間教室，瓦基的孩子們感到有些尷尬，當他們為此而抱怨時，夏琪拉簡單回答：「你們現在不去學校，將來會更難堪。」

夏琪拉非常幸福，至少她有個男人，她的眼睛閃閃發光，而且顯然沐浴在愛河中。在經歷了三十五年的漫長歲月之後，她已經從一個老處女成功地轉變為家庭主婦。

兩姊妹相互吻了吻臉頰，拉下她們頭上的布卡，大步朝門外走去。蕾拉腳上穿著黑色高跟鞋，夏琪拉則穿著婚禮時穿的那雙帶金扣的白色高跟鞋。當她們的衣服、頭髮和臉龐都不能暴露在外面時，鞋子比任何東西都更顯得重要。

她們走在沙石地面上，不時跳過水坑，儘量避開泥濘的地帶或深深的車轍。這條路通向學校，蕾拉準備到這所學校申請一個教職，這就是她的祕密計畫。

夏琪拉已經詢問過她所工作的村校，那裡沒有英語教師。儘管蕾拉只完成了九年的學校教育，但她有信心能夠教初學者。況且她在巴基斯坦還上了將近一年的英語夜校。

學校被圍在土圍牆後面，圍牆很高，從外頭看不到裡面。一個老頭坐在入口處，負責阻止閒雜人等，尤其是男人進入學校，因為這是個女校，所有的老師也都是女性。操場以前長滿了草，現在則種上了馬鈴薯。操場周圍的地段築起了牆，教室由三面牆圍成：後牆和左右兩翼牆，面向操場一面敞開著，因此學校校長從外面就可以對教室裡面所發生的一切瞭若指掌。每個小隔間裡面有一些長椅、桌子和一面黑板，只有年齡大一些的女孩才有凳子和桌子，那些小一點的就坐在地上看老師在黑板上寫字。有許多學生沒錢買練習本，而是在小木板或是她們所能找到的任何小紙片上寫。

學校裡亂糟糟的，每天都有新學生來到學校要求入學，班級裡的人數越來越多。政府發起的「返回學校」運動收到了明顯的效果，全國各地到處掛起了手拿課本面帶微笑的孩童的海報。海報上只有短短的「返回學校」幾個字樣，圖片已經足夠說明其餘的一切。

當夏琪拉和蕾拉到來時，學監正在忙著接待一個年輕女性，她想登記入學成為低年級學生，據她自己講，她已完成了三年級學業，想進四年級班上課。

「我在我們的學生名冊上找不到你的名字。」學監一邊說，一邊匆匆翻閱卡片索引，這本索引被放在一個櫥櫃裡，經歷了整個塔利班時代而幸運地保留下來。那個女子沉默不語。

「你會讀書寫字嗎？」學監問。

女子有些猶豫，最後她不得不承認她從未上過學。

「但是從四年級開始要好一些。」她小聲說，「和一年級的小孩子們坐在同一個教室裡太令人難堪了。」

學監說如果她想真正學一些東西，她就得從一年級開始學起。這種班級的學生年齡從五歲到十幾歲不等，那名女子比她們大多了，她謝過學監後就離開了。

現在輪到蕾拉了。學監從塔利班執政前就認識她，蕾拉以前是這個學校的學生，學監歡迎她來學校執教。

「首先你得去註冊，」她說，「你必須帶著你的證書去教育部申請這裡的職位。」

「但是你們這裡不是沒有英語教師嗎？你可不可以幫我申請？或者我可不可以現在先工作而後再申請？」蕾拉問。

「不可能。你必須持有政府的許可證，這是制度。」

蕾拉失望地走出了學校的大門，學生們喧鬧的聲音漸漸遠去，她步履沉重地往回走，忘記了腳上穿著的高跟鞋。她怎樣才能去教育部，而又不被人看見呢？她的計畫是先謀得工作再告訴蘇爾坦，如果事先知道此事，他一定會橫加阻攔；如果她已經找到工作了，他也許就會讓她遂行心願了。上課時間每天不過幾個小時，她只需每天起得更早些，幹活幹得更勤快些就行了。

她的證書都在巴基斯坦，她有點想放棄了，可是她接著想起米克羅拉揚昏暗的公寓和布滿灰塵的地板，她便又走到附近的電話局。她給白沙瓦的親戚打電話，要他們幫她找她的證書。他們答應幫助她，一旦有人回喀布爾就幫她捎回去。阿富汗的郵政系統還沒有恢復運營，大多數東西都是靠旅行的人捎帶。

證書幾週後寄到了，下一步就是去教育部了。但是她怎樣才能到那裡去呢？她不能一個人去。她請尤努斯和她一起去，但是他不認為她應該去工作。「你永遠不知道他們會指派什麼樣的工作給你，」他說，「待在家裡照顧你的老母親吧。」

她最喜歡的哥哥不願意幫助她，她的侄子在她請求幫忙時嗤之以鼻。她一籌莫展，學校開學已經好長一段時間了。「太晚了，」母親說，「等明年吧。」

蕾拉絕望了。「也許我並不想教書。」她想，這麼一來在放棄計畫時不會覺得太難過。

蕾拉陷入了困境中，陷入一種植根於社會泥沼和傳統塵垢的困境中。蕾拉所觸及到的，是一個有著幾百年傳統、使得一半人口動彈不得的社會體制死結。坐車去教育部只需半個小時，可這半個小時對蕾拉來說，幾乎是無法跨越的一段距離。蕾拉並不習慣去爭取什麼，恰恰相反，她總是習慣於凡事放棄。但是一定有一條出路，她只是必須要把它找出來。

15 眞主會死嗎？

沒完沒了的家庭作業壓得法佐喘不過氣來，他真想跳起來號啕大哭一場，可是他還是強忍住了情緒，因為這個十一歲的男孩之前才因為作業沒做完而被處罰。他一筆一畫地在練習本上寫著，練習本很貴，他的字寫得很小，以便每頁紙能夠多寫一些。煤氣燈微紅的燈光照在紙上，就像在火焰上寫字，他想。

他的祖母坐在房間的一角，用一隻眼睛盯著他，她的另一隻眼睛因為有一次不小心撞到地上的烤爐上而失明了。他的母親瑪利安正給兩歲的奧西波餵奶。他筋疲力盡，手指都變得僵硬了，但是他必須完成，哪怕得熬夜一整晚。他忍受不了老師用教鞭打手的懲罰，他受不了那份羞辱。

他必須將真主是誰抄十遍：真主是造物主，真主是不朽，真主是美德，真主是真理，真主是永世，真主看見一切，真主聽到一切，真主是全知的，真主是全能的，真主……。

他之所以被罰抄書，是因為在伊斯蘭教課上沒有正確回答老師的問題。「我總是回答得不對，」他小聲對他母親說，「因為我看見老師時就緊張得什麼都忘記了，他總是在生氣，即使你只犯了一個小小的錯誤，他也會討厭你。」

從法佐被叫到黑板前回答有關真主的問題開始，事情從頭到尾都不對勁。他已經準備了功課，但是他一走到黑板前就全忘了。蓄著大鬍子、纏著穆斯林頭巾、穿著長套衫和寬褲子的伊斯蘭教老師用銳利的眼神盯著他，問道：「真主會死嗎？」

「不會。」在他銳利的眼神下，法佐渾身發抖，不管說什麼，都一定會出錯。

「為什麼不會？」

法佐舌頭打結了。真主為什麼不會死呢？沒有刀子能刺穿他嗎？沒有子彈能傷害他嗎？他在腦子裡飛快地轉念。

「嗯？」老師又問。法佐滿臉通紅，嘴裡結結巴巴，卻一個詞也沒吐出來。老師讓另一個男孩來回答。「因為他是不朽的。」他敏捷地回答道。

「正確。真主會說話嗎？」老師繼續問。

「不會。」法佐說，「或者說，會。」

「如果你認為他可以說話，他是怎麼說的？」老師問。

法佐又回答不出來了。他是怎麼說的呢？是用雷霆般的聲音，還是低聲地說，或是耳語？

「嗯哼，你說他會說話，那他有舌頭嗎？」老師問。

真主有舌頭嗎？

法佐絞盡腦汁猜想正確的答案會是什麼。他不認為真主有舌頭，但是他不敢說出來。與其說錯答案讓全班同學嘲笑，倒不如什麼都別說。老師又叫了另一個男孩回答。

「他透過《古蘭經》來說話。」他說，「《古蘭經》就是他的舌頭。」

「正確。真主看得見嗎？」

法佐意識到老師正拿著教鞭輕輕敲擊著手掌，看起來教鞭隨時都有可能如雨點般地落到他的指關節上。

「看得見。」法佐說。

「他怎樣看呢？他有眼睛嗎？」

法佐猶豫了一會兒，脫口而出：「我從沒見過真主，我怎麼知道？」

教鞭雨點般地落在法佐身上，打得他淚流滿面。他肯定是全班最笨的學生，比起站在那裡的羞愧來，疼痛簡直不值一提。接著他被罰寫額外的家庭作業。

「如果你連這都學不會，你別想繼續待在這個班級裡。」老師總結道。

將真主是誰抄十遍以後，他應該將它們牢牢記住了。他默默念了幾遍，然後對著他母親大聲背誦了一遍。最後他終於記下來了。祖母很憐惜她的孫子，她沒有上過學，覺得這樣的功課對小孩來說是太難了。她用殘疾的手指端著一杯茶，嘖嘖地喝起來。

「當先知穆罕默德喝東西的時候，他不會發出聲音。」法佐嚴厲地說道，「他每喝一口都會將杯子從嘴唇移開三次，以向真主表示感謝。」他敘述道。

一隻眼的祖母偷偷瞥了他一眼，然後說道：「真的啊，你不說我還不知道。」

下一部分作業是有關先知的生活的，他已經翻到了介紹先知生活習慣的章節，他用手指頭從右向左指著一個個字母大聲讀了起來。

「先知穆罕默德，願真主賜他平安，總是蹲在地上，他的房間裡沒有傢俱，一個人的生活就應該像個旅行者，在陰涼處休息，然後繼續趕路。一間房子就是一個休息的處所，一個禦寒避熱的地方，一個抵禦野生動物的屏障，一個免受外界干擾的獨居之所。除此之外別無他用。

「穆罕默德，願真主賜他平安，習慣靠在左手臂上休息。當他沉思默想的時候，他喜歡拿把鐵鏟或棍子在地上挖掘什麼，或者雙手環抱大腿坐在地上。當他睡覺時他向右側臥，右手掌壓在臉下。有時候他也仰臥著睡覺，有時還將一條腿交叉放在另一條腿上，總是把全身用被子蓋得嚴嚴密密。他討厭將臉壓在下面趴著睡覺，他也禁止他人這樣做。他不喜歡睡在黑屋子裡或是屋頂上，他總是洗澡後才就寢，默默祈禱著直到入睡。當他入睡時他輕輕地打鼾，如果他夜裡起來小解，之後他會將手和臉洗淨。就寢時他纏著一塊腰布，但經常會脫掉他的襯衣。由於在那個時候房間裡沒有廁所，為了不被人看見，先知可能會走到好幾公里外的城外，並選擇鬆軟的地面以免飛濺，而且他總是選擇在石頭或是隆起的地方後面，以確保他人不會看到。他用一塊毯子隔起來沐浴，當他在雨中沐浴時他會纏著一塊腰布。擤鼻涕的時候，他總會用一條手帕。」

法佐繼續大聲朗讀有關先知飲食習慣的章節：他喜歡椰棗，尤其是摻了牛奶或牛油的；他喜歡動物頸部和肋部的肉食，但是從不吃洋蔥或大蒜，因為他不喜歡難聞的氣息；在坐下來用餐前，他會脫去鞋子，洗淨雙手；他用右手取東西吃，而且只吃放在他跟前碗裡的東西，絕不會把手伸到中間的碗裡去抓取食物；他從不用餐具，而且只使用三個指頭抓東西吃，每吃一口他都會向真主表示感謝。

還有，他喝東西從不發出聲音。

他合上了書。

「上床睡覺，法佐。」

瑪利安已經將餐廳裡的床整理好，他的三個兄弟已經響起了鼾聲，但是法佐還得繼續研讀阿拉伯文祈禱語，他囫圇吞棗地背誦《古蘭經》裡難以理解的句子，然後和衣躺在墊子上。他必須在第二天早上七點準時到學校，他打了個寒戰，第一節課是伊斯蘭課。他疲憊不堪地躺下來，卻怎麼也睡不安穩，睡夢中他被老師質問，但是他全回答錯了，他知道答案，然而就是說不出來。

烏雲在村子上空積聚，在他入睡以後，大雨傾盆而下，雨點打在泥土屋頂上，打在石板路上，打在覆蓋著窗戶的塑膠片上。一絲涼爽的空氣飄進屋內，祖母被吵醒了，她翻了個身。「讚美真主！」聽到了雨聲，她這樣說道。她用殘疾的手按祈禱的方式摸了摸臉部，又翻過身入睡了。在她身旁，四個孩子靜靜地熟睡。

第二天早上五點半法佐醒來時，雨已經停了，太陽將它的第一束光輝投射在喀布爾周圍的高地上。當他用母親盛好的水洗完臉、穿好衣服、收拾好書包時，太陽光正逐漸把地上的水塘曬乾。法佐喝過茶，吃過早餐，然後匆匆忙忙往學校趕。他心裡非常著急，總覺得母親為他收拾東西的動作太慢，實際上真正使他心急火燎的是伊斯蘭課。

瑪利安對她的大兒子非常溺愛，讓他吃最好的食物，得到最多的關愛。她總擔心他吃的東西不夠好，不能補足他腦子所需的養分。偶爾當她手裡有點錢時，就會花在給他買新衣服上。她對他寄予了莫大的期望。她記得十一年前她是多麼地心滿意足，她和卡里穆拉的婚姻非常幸福，當她生下第一個男孩時，她是多麼地快樂。他們舉辦了一個盛大的慶祝會，她和她的兒子收到了許多漂亮的禮物。親戚們時常上門來訪，大家歡天喜地。兩年後她生了一個女兒，這一次既沒有宴會，也沒有禮物了。

她和卡里穆拉的婚姻只持續了幾年，當法佐三歲時，他父親死於內戰的一次交火。瑪利安成了寡婦，認為生命就此完結。她的獨眼婆婆和她的母親比比•古兒決定將她許給卡里穆拉的弟弟哈齊姆，但是他不如他哥哥那麼聰明能幹，那麼強健有力。內戰摧毀了卡里穆拉的商店，他們不得不靠哈齊姆海關官員的薪水維持生計。

但是她希望法佐繼續上學成為一個有地位的人。一開始她想他也許可以在她哥哥蘇爾坦的書店裡上班，她認為書店是一個很能鍛鍊人的場所。蘇爾坦負責他的食宿，飲食也比他在家裡時好多了。當蘇爾坦把法佐趕回家時，她哭了整整一個晚上，她擔心法佐有什麼過失，但她也了解蘇爾坦的個性，她明白他的書店不再需要搬運工了。

不久她弟弟尤努斯說，他可以設法讓法佐進喀布爾最好的學校——艾斯特科爾，法佐很幸運地插班進了四年級。瑪利安很清楚，這樣的安排是再好不過了。她想起蘇爾坦的兒子艾默，他在蘇爾坦的一家書店工作，每天從清晨忙到深夜，幾乎見不到陽光，實在太可怕了。

她理了理法佐的頭髮，然後他就出了門。他踏上村子裡的泥土路，跳過不時出現的水坑，先到達一個公共汽車站，上車後坐在男人們坐的前面座位，然後一路駛入喀布爾。

他是最早到達教室的學生之一，進教室後坐在第三排的位置上。男孩們一個接一個進了教室，他們大多數都長得很瘦弱，衣服也很邋遢。有的人穿的衣服太大了，也許是從兄長那裡傳下來的。衣服的樣式也是風格各異，有的人穿的是塔利班時期規定的男人和男孩服裝，褲腿下面添加了一些布料，以適應男孩長高的身材。其他人則穿從地下室或閣樓上翻出來的七〇年代舊褲子和運動衫，這些衣物他們的哥哥在塔利班上臺前曾經穿過。一個男孩穿了一條牛仔褲，看起來就像是一個氣球，緊緊地束在他的腰部。另一些人穿著喇叭褲。一個男孩的運動衫太小了，他不得不把它塞進內褲的褲頭裡。有幾個男孩忘了拉上褲子拉鏈，畢竟，從孩提時代就一直穿著長長的長套衫，他們很容易就忽略這種新奇的裝置。一些人穿著與蘇聯孤兒院的孩子穿的一樣的寬鬆棉襯衫，他們有著同樣饑餓而微帶桀傲不馴的神態。一個男孩穿了一件大大的磨破的夾克衫，他乾脆把袖子捲到手肘上面。

男孩們打鬧著叫喊著，在教室裡亂扔東西，把桌子四處拉著跑，在地面上刮出刺耳的聲音。上課鈴聲響了，老師走進教室，五十個男孩全都坐在座位上，他們高高坐在與桌子相連的木頭長椅上，每張椅子可以坐兩個人，但是有時為了容納所有的學生，不得不每張椅子坐三個人。

老師一走進教室，學生們立即起立向他問好。「Salaam alaikum（求真主賜您平安）。」

老師一邊慢慢從前向後走著，一邊檢查他們是否帶齊了課本，是否完成了家庭作業。他檢查他們的指甲、衣服、鞋子，如果不是很清潔，至少不能太骯髒，否則就要被趕回家。

然後老師開始隨堂考，今天早上他們全都記住了家庭作業的內容。

「那麼我們繼續。」他說，「Haram（哈拉目）。」他提高了聲調，將陌生的字寫在黑板上，「哪一個知道這個字是什麼意思?」

一個男孩舉起手：「非法的行為叫哈拉目。」

他說對了。「非法的行為，穆斯林不會做的行為就是哈拉目。」老師說，「例如，毫無根據地殺害人，或者毫無根據地處罰人。喝酒是哈拉目。那些異教徒，那些沒有信仰的人，他們對哈拉目不在乎。許多在穆斯林眼裡是哈拉目的，他們卻視為是合法的。這是錯誤的。」

老師朝全班看了一眼。他畫了一個表，解釋 Haram（哈拉目）、Halal（哈拉勒）、Mubah（穆巴赫）三個概念的意思，哈拉目是非法的、不好的行為，哈拉勒是合法的、好的行為，穆巴赫是有疑問的行為。

「穆巴赫是非法但非罪惡的行為，例如為了不要餓死而吃豬肉，或是為了生存而獵殺動物。」

男孩們抄個不停，講課到最後，老師一如往常開始提問題，以確認他們到底有沒有聽懂。

「如果一個男人認為哈拉目是一件合法的事情，那麼他是什麼樣的人？」沒有人回答。

「一個異教徒。」伊斯蘭教老師自己做了回答。

「那麼哈拉目是好的還是不好的？」

幾乎所有的手都高高舉起，法佐非常擔心，他害怕說錯答案，他儘量在他坐著的第三排縮成一團。老師指著一個學生要他回答，那個男孩起立，筆直地站在桌子旁答道：「不好的。」

這正是法佐想要回答的，異教徒是不好的。

16 陰鬱的房間

艾默是蘇爾坦最小的兒子。他雖然只有十二歲，但每天都要工作十二個小時。每週七天他都在天一亮就被叫醒，他又轉身睡去，直到蕾拉或者他母親強迫他起床。洗臉穿衣後，就著麵包片吃一個荷包蛋，而後再喝點茶。

早上八點鐘，他打開喀布爾一家飯店昏暗大廳裡的一個小販賣部，裡面賣一些巧克力、餅乾、飲料和口香糖。在這個被他稱做「陰鬱的房間」裡，他每天無聊地數著錢。每次開店門的時候，他就覺得內心揪痛，胃部翻騰，他必須在這裡坐到晚上八點，那時外面已經天黑，他直接回家，吃完晚飯就上床睡覺。

就在他的販賣部門外，飯店服務員放了三個臉盆，想盡方法企圖將天花板上滴下的水都接進盆子裡。可是不管他放了多少個盆子，艾默的門外總有大水坑，行人經過時總是繞道而行。大廳裡經常停電，白天的時候厚厚的窗簾從窗戶拉開，但是陽光仍然無法照到黑暗的角落。晚上的時候，如果有電的話，燈會亮起來，如果停電的話，接待櫃檯上會點上大大的煤氣燈。

這家飯店建於六〇年代，是那個時候喀布爾最現代化的建築，大堂裡總是擠滿了西裝筆挺的紳士及穿著短裙一頭時髦髮型的淑女，西方音樂伴著飄香美酒，甚至連國王也會來這裡出席會議或是用餐。

六、七〇年代是阿富汗最自由的時期，先是經常出入社交場合的查希爾國王的君主體制時代，接著是他的堂兄達烏德統治時期，儘管他扼殺了政治自由，逮捕了大批政治犯，但他至少在表面上依然允許舞會等西方現代娛樂存在，在這家飯店裡還有酒吧和夜總會。隨著國家開始衰落，飯店的生意也一落千丈。內戰時期它幾乎被徹底摧毀，面向大街的房間滿是子彈的痕跡，手榴彈把陽臺炸塌，火箭彈把天花板炸開了一大塊。

內戰之後，塔利班當政，修復工作一拖再拖，客人寥寥無幾，因此被毀壞的飯店也派不上用場。居於統治地位的神學士們一點也不關心旅遊業，恰恰相反，他們希望來這個國家的外國人越少越好。屋頂坍塌了，走廊因為架構不穩而彎曲變形。

現在的政府希望修復這家飯店，並以此做為他們重建喀布爾的象徵。修復工程開始了，工人們抹平牆上的彈孔，替換掉破碎的窗玻璃。艾默時常觀察著修復工作的進展情況，每當舉辦重要會議，需要麥克風和揚聲器時，他總會看見電工們被那台發電機弄得火冒三丈，暴跳如雷。飯店的大廳就是艾默的遊樂場：他在這裡玩一玩水，四處蹓躂，但整體來說也僅此而已，他的生活孤獨寂寞，無聊透頂。

有時候他也和昏暗大廳裡的人聊天：清潔工、接待員、門房、警衛、一兩個客人、或是別的攤販。他們都很少有顧客上門。一個男人在櫃檯後面賣阿富汗傳統首飾，他整天也很無聊，飯店裡想買首飾的客人少之又少。另一個人在賣紀念品，可是價格高得驚人，根本沒有人願意買，甚至連回過頭來看一眼都沒興趣。

很多商店的櫥窗上都覆蓋了厚厚的灰塵，要不就是被窗簾或紙板遮擋著。一扇破碎的窗玻璃上寫著「阿里亞納航空公司」的字樣。曾經，阿富汗的國內航線擁有龐大的機群，優雅的空姊為乘客提供威士忌和白蘭地。很多飛機在內戰時被摧毀，剩下來的少數幾架也在美國人尋找賓拉登和毛拉・奧馬爾（Mullah Omar）時，被扔下的炸彈炸毀。只有一架飛機倖免於難，911的時候，它正停留在新德里。如今這架飛機仍往返於喀布爾和新德里之間，它成了振興阿里亞納的唯一希望。不過，只有一架飛機的航空公司顯然不足以重新開辦它在飯店裡的辦事處。

大廳的一端是餐廳，裡面供應喀布爾最難吃的食物，但是卻有著全城最好的侍者，他們無微不至的服務似乎是為了彌補難以下嚥的米飯、乾巴巴的雞肉還有爛糊糊的紅蘿蔔的不足。

大廳中央有一個幾平方公尺的小圍場，一道低矮的木柵欄隔開了大廳地板和裡面的綠地毯。經常可以看到客人、部長、服務生、侍者並排蹲伏在綠地毯上面的小墊子上。祈禱的時候所有的人都是平等的。在地下室也有一個大一點的祈禱室，但是大多數人只是在兩組椅子和沙發中間的地毯上簡單祈禱幾分鐘。

一台電視機聳立在大廳一張搖搖晃晃的桌子上，裡面成天播放著一些吵吵鬧鬧的節目。電視機正好在艾默的小攤外面，但是他很少駐足觀看。做為阿富汗唯一的電視頻道，喀布爾電視臺沒有什麼有趣的東西可以報導，充斥其間的是宗教節目、冗長的辯論、幾則新聞公告、許多以靜止的阿富汗風景為背景的傳統音樂。電視台有女新聞播音員，但是沒有歌手和舞者。「人們還沒有準備好。」經理說。有時也播放波蘭或捷克卡通片，引得艾默急匆匆地跑出去看，但經常是失望而歸，因為總是重播。

飯店外面有一個游泳池，它一度是飯店的驕傲，它的竣工典禮在一個晴朗的夏日舉行，現場彩旗招展，鑼鼓喧天。竣工後的第一個夏天，每一個喀布爾市民，至少是每一個男性都受到熱情接待。游泳池後來以悲劇收場，池裡的水很快變成了棕灰色，沒人想到要裝一個過濾系統，由於池水變得越來越髒，它不得不關閉了。一些人認定他們游過泳之後染上了疹子或是其他皮膚病，有傳聞說好幾個人甚至因此而喪命。游泳池最後完全乾枯，再也沒有重新啟用。

時至今日，一層厚厚的塵土蓋在了淺藍色池底，沿著池牆周圍長滿了枯萎的灌木。隔壁是一個同樣廢棄不用的網球場，飯店的電話簿裡還列有網球教練員的號碼，但是他幸運地另找了一份工作。在新喀布爾的第一個春天，需要接受他培訓的人實在是太少了。

艾默成天遊走在販賣部、餐廳和寒酸的傢俱之間，他隨時密切注意著販賣部，看看有沒有人會過來。有一次有一個人衝向販賣部，貨架上的東西被他搶走不少。自從塔利班垮臺以後，酒店的走廊裡就湧進越來越多的記者。這些記者曾經和北方聯盟的士兵們一起住了好幾個月，靠著吃發了霉的米和綠茶維生。現在他們買艾默的 Snickers 和 Bounty 巧克力棒吃，它們都是從巴基斯坦走私過來的。這裡一瓶水賣價約合三英鎊，小小一盒軟乳酪賣價約合九英鎊，一罐醃橄欖裡面每一顆都是天價。

記者們對價錢並不在乎。他們和北方聯盟的士兵們一起佔領了喀布爾，打敗了塔利班。記者們的衣服很髒，鬍子很長，就像是游擊隊員；那些女記者的衣服穿得和男人一樣，腳上的靴子很髒。他們之中大部份的人都是金頭髮和白皮膚。

有時候艾默偷偷跑到屋頂上，那些記者正站在攝影鏡頭前用大麥克風講話。他們現在看起來不再像是游擊隊員，而是梳洗一新。大廳裡滿是滑稽的人，不時和他聊天逗樂。艾默在巴基斯坦流亡的時候學過一些英語。

沒有人問他為什麼不上學，因為幾乎沒有一所學校正常開課。他用計算機數著美元，夢想有朝一日能成為一個大老闆。那時法佐仍和他在一起工作，他們瞪大眼睛注視著眼前這個奇異的世界，他們從中賺了不少錢。但是幾週後，這些睡在大多數沒水沒電甚至沒窗戶的房間裡的記者們，陸續離開了飯店。戰爭已經結束，新領導人已經產生，他們對阿富汗不再感興趣了。

記者走後，新選舉出來的部長、他們的祕書和助理搬進了飯店：來自坎大哈的黑皮膚的普什圖人、流亡國外穿著訂製西服的返鄉者、剛剛修過臉容光煥發的草原軍閥，所有這些人坐滿了大廳的沙發。飯店成了那些在喀布爾沒有家的現任統治者的家。他們從沒嚐過 Bounty 巧克力棒，他們只喝水龍頭的水。他們絕不會把錢扔在艾默那些昂貴的進口貨上。已經過了保存期限的義大利橄欖、法國乾酪，對他們沒有絲毫誘惑力。

偶爾有重返阿富汗的記者回到飯店裡，看到他仍然待在販賣部裡。

「你還在這兒？為什麼不上學？」

「我下午去。」如果他們是上午來，艾默會這樣回答。

「我早上去。」如果他們是下午來，艾默會這樣回答。

他不敢承認他就像別的街童一樣不去學校。因為艾默是個家道殷實的小男孩，他父親是熱衷於文字和歷史的富有書商，對書店經營有著遠大的夢想和宏偉的計畫。可是他是這樣一個父親，不相信除了他的兒子們還有任何別人可以經營這些書店。當春分時節的新年慶典後，喀布爾的學校重新開學，這個父親卻不允許他的任何一個兒子去上學。不管艾默怎麼哀求，蘇爾坦總是這樣回答：「你將來是要做商人的，最好的學習場所就是這間販賣部。」

艾默變得越來越鬱悶，他的臉孔暗淡，皮膚慘白，年輕的身體彎腰駝背，走起路來搖搖晃晃。人們都叫他「憂傷的男孩」。回到家裡以後，他和他的哥哥打架鬥嘴，藉以發洩自己的情緒。他非常嫉妒他的表兄法佐，他進了一所法國政府資助的學校，他滿褲子泥濘地回到家裡，帶著練習本、鉛筆、尺、圓規、鉛筆刀，還會講好多有趣的故事。

「沒爸爸的窮法佐都可以去上學，」艾默向哥哥曼蘇爾抱怨，「可是我，我有一個父親，他讀遍了世上所有的書，我卻必須一天工作十二個小時，我原本應該踢足球、到處交朋友的。」

曼蘇爾同意，他也不願意艾默整天站在昏暗的販賣部裡，他也曾經請求蘇爾坦將他最小的弟弟送到學校去。「晚一點，」父親說，「晚一點。現在我們必須齊心協力，為我們的圖書王國打好基礎。」

艾默能怎麼辦？逃走？早上拒絕起床？

當他父親不在時，艾默大膽地關了販賣部，冒險跑出大廳，到停車場兜了一圈。他想找一個人和他一起說說話，或者一起踢踢石子。一天，來了一個英國救援人員，他突然看到他的那輛被塔利班偷走的車，他走進飯店裡想查個究竟。一位部長說他是透過合法管道購得的，他現在是這輛車的主人。救援人員從此偶爾會光顧艾默的販賣部，艾默總是向他打聽他車子的近況。

「唉，你相信嗎，它一去不復返了。」那人說，「新騙子取代了老騙子。」

大廳裡一如既往地冷冷清清，可是當極其罕見的意外事故發生時，大堂就會擠滿了人，這時他躡手躡腳走向廁所的腳步聲就聽不見了，比如航空部部長被殺那次一樣。如同其他不住在城裡的部長，阿卜杜・拉赫曼（Abdur Rahman）也居住在飯店裡。塔利班垮臺後，在聯合國波恩會議期間，阿富汗新政府成立，拉赫曼操縱了足夠多的支持者提名他為新政府部長。「一個花花公子兼江湖郎中」，他的反對者這樣評價他。

戲劇性的事件發生在上千個「Haji（前往麥加朝聖的穆斯林）」因為被旅行社領隊欺騙，而滯留在喀布爾機場，他們買到的是並不存在的航班機票，阿里亞納特別調派了一架往返麥加的航班，但是那架飛機的座位容納不下所有的乘客。

朝聖者們發現一架停在跑道邊上的阿里亞納飛機，立刻將它包圍了起來。但是那架飛機並不是飛往麥加的，它正要載著航空部部長飛往新德里。身穿白色長袍的朝聖者被阻止進入機艙內，極度憤怒的他們擠倒了飛行員並衝進飛機裡，他們看到部長和他的助理正舒舒服服地躺在坐椅上。朝聖者把他拖到走道上，將他活活打死了。

艾默是第一個聽說這件事的人之一。大廳裡當時到處都是人，大家都想知道詳情。「一個部長竟然被朝聖者活活打死？誰會是下一個呢？」

一個又一個陰謀論的謠言傳到他耳邊。「這會是一次武裝起義的開始嗎？這是種族暴亂嗎？塔吉克人想殺死普什圖人嗎？這是個人的報復，還是觸犯了朝聖者的眾怒？」

突然間大廳變得比平常更加令人難以忍受。嗡嗡作響的人聲，嚴峻的面孔，興奮激動的人群，艾默很想哭。

他回到了「陰鬱的房間」，坐在桌子後面，吃著巧克力棒，還有四個多小時才能走。

一個清潔工一邊掃地一邊將垃圾桶倒空。

「你看起來很傷心，艾默。」

「Jigar Khoon（我的心在流血）。」艾默說。

「你認識他嗎？」清潔工問。

「誰？」

「部長。」

「不，」艾默想了想，「或者說是，也算認識吧。」

這個想法讓他感覺好受了很多。比起死去的部長，他失去的童年時光也許真的不算什麼。

17 木匠

曼蘇爾氣喘吁吁地跑進他父親的書店，手裡拿著一個小包裹。

「兩百張明信片，」他喘著氣說，「他偷了兩百張明信片。」

汗珠從他的臉上不住地往下淌，跑回來的路上已經用掉了他所有力氣。

「誰？」父親將他的計算機放在櫃檯上，在帳本裡寫了一個數字，然後看著他兒子問道。

「木匠。」

「木匠？」蘇爾坦驚訝地問，「你確定嗎？」

曼蘇爾倨傲地把一個棕色包裹交給父親，好像是他剛從黑手黨裡救出來似的。「兩百張明信片。」他重複道，「當他離開的時候，顯得很慌張，但由於這是他最後一天上班，我也沒有多想。他問還有別的什麼事情可以讓他做，他說他需要找份工作，我說我要問你，畢竟書架已經做好了。接著我看到他背心口袋裡露出了東西。我問：『那是什麼？』他疑惑地問：『什麼？』我說：『你的口袋裡。』他說：『那些東西是我帶來的。』我說：『拿給我看看。』他拒絕了。最後我自己把包裹從他的口袋裡扯出來，你看，就是這個。他想從我們書店偷明信片，但是他的計謀沒有得逞，我一直都在監視他。」

曼蘇爾把整個故事添油加醋了一番。真實的經過是：木匠賈拉魯丁要離開的時候，曼蘇爾正像往常一樣打盹，是清潔工阿卜杜將木匠抓住的。他看到木匠拿了明信片。「你能給曼蘇爾看一看你口袋裡的東西嗎？」他說。賈拉魯丁強行要離開。

清潔工是一個貧窮的哈札拉人，喀布爾社會地位最低下的一個族群。他很少說話。「把你的口袋給曼蘇爾看看。」他在後面朝木匠喊道。曼蘇爾到了這時候才有所反應，他把包裹從木匠口袋裡拉了出來。現在他在向父親邀功，希望得到讚許。

但是蘇爾坦繼續慢慢翻著帳本，平靜地問：「嗯，那他現在在哪兒？」

「我把他打發回家了，不過我告訴他，我們不會輕易饒過他的。」

蘇爾坦沉默不語。他還記得這個木匠剛到他書店時的情形，他們來自同一個村，實際上還是鄰居。賈拉魯丁這些年沒有多大變化，他身材瘦削像根棍子，眼睛大而凸出，時時流露出一副驚恐的神情。他可能比以前更瘦了些，雖然只有四十歲，可是背已經駝了。他家裡很窮，但是名聲不差。他父親也是個木匠，但是視力漸漸不如從前，現在已經不能幹活了。

蘇爾坦很高興地給了他工作，賈拉魯丁很能幹。蘇爾坦的書店需要新書架，他的書架一直到現在都是極為普通的那一種，書本在上面上下豎放著，書脊露向外面。書架擋住了後面的牆壁，地上還平放著一些空書架，但是他需要更能夠展示圖書的書架，他想要傾斜的書架，帶有薄薄的橫木，可以陳列書本的整個封面，如此一來，店裡就會更有西方的味道。蘇爾坦同意每天付給他三英鎊，賈拉魯丁第二天就帶著鍾子、鋸子、釘子和一些木板來了。書店後面的儲藏室成了木匠的工作室，賈拉魯丁整天幹活，周圍堆放著大量的明信片，它們是蘇爾坦的主要利潤來源。他在巴基斯坦用很便宜的價格印製，拿到阿富汗就可以賣出很高的價錢。蘇爾坦通常選擇他喜歡的畫，根本不考慮攝影師或者繪畫者的版權問題。一旦他找到了一幅畫，他就直接把它帶到巴基斯坦加以複製。一些攝影師也會免費送給他一些圖片。這些明信片賣得很好，最主要的顧客是聯合國維和部隊的士兵。當他們在喀布爾巡邏的時候，他們經常來蘇爾坦的書店購買明信片：身著布卡的婦女、在坦克上玩耍的孩子、穿著過去時髦服飾的王妃、被塔利班炸毀之前和之後的巴米揚大佛、馬背叼羊、身穿傳統服飾的阿富汗小孩、野外風景區、以及喀布爾的現在和過去等等。蘇爾坦很會挑照片，來到店裡的士兵通常每個人都會買個十幾張。

賈拉魯丁每天的薪水與九張明信片等價。明信片在儲藏室裡堆得到處都是，每堆有數百張，有的裝在袋子裡，有的擺放在外面，用橡皮筋紮著，有的則沒有橡皮筋，還有的裝在盒子裡、紙箱裡或是放在書架上。

「你說兩百張，」蘇爾坦若有所思地說，「你認為這是他第一次偷嗎？」

「我不知道，他說他本來要付錢的，只是後來忘了。」

「是的，他巴不得我們相信他的話。」

「一定是有人叫他這麼做的。」曼蘇爾推斷，「他還沒有能幹到自己把它們賣掉的地步，他也肯定不是把它們偷去貼在牆上。」他說。

蘇爾坦罵著髒話。他沒有時間考慮太多，兩天後他將起程去伊朗，這是幾年來的第一次。他有太多的事情要做，但是他必須先處理這件事。絕對沒有任何人可以從他這裡偷過東西之後而又免於懲罰。

「看好書店，我要到他家去，我們必須弄個水落石出。」蘇爾坦說。他帶著拉蘇一起去，他對木匠很了解。他們開車去了德庫岱達村。

汽車進了村子，車後揚起一陣灰塵。他們來到通往賈拉魯丁家的一條小路上。「記住，不要讓任何人知道這件事情，沒必要讓他全家人都為此蒙羞。」蘇爾坦對拉蘇說。

離賈拉魯丁家不遠處的小路拐角處有一家雜貨店，門前站著一群人，賈拉魯丁的父親法伊茲也在其中。法伊茲朝他們笑了笑，緊緊握住蘇爾坦的手並擁抱了他。「進來喝杯茶。」他熱情地說，他顯然對明信片的事情一無所知。其他人也想和蘇爾坦說上幾句話——畢竟他靠自己的努力打拚出一片天地，是名副其實的成功者。

「我們只想見你的兒子，」蘇爾坦說，「你可以去把他找回來嗎？」

老人出去了，回來時兒子跟在他後面，和他保持著兩步遠的距離。賈拉魯丁看著蘇爾坦，渾身不住地顫抖。

「店裡有點事，你可以和我們一起去一會兒嗎？」蘇爾坦說。賈拉魯丁點點頭。

「你改天一定要來喝喝茶。」木匠的父親在後面對他們喊道。

「你知道是怎麼回事。」蘇爾坦不動聲色地說。他和木匠坐在後座，拉蘇開著車。他們在去瓦基弟弟家的路上，他是個警察。

「我只是想看看它們，我打算把它們還回來的。我只想拿給我的孩子們看看，它們好漂亮。」

木匠往縮在角落裡，垂著肩膀，盡可能地把自己縮得小小的。他握緊拳頭放在兩腿之間，不時將十指緊緊相扣。當他說話的時候，他迅速而又緊張地看了蘇爾坦一眼，像是一隻被嚇得羽毛蓬亂的小雞。蘇爾坦靠在座位靠背上，冷靜地盤問著他。

「我需要知道你拿了多少張明信片。」

「我只拿了你看到的那些。」

「我不相信你。」

「這是真的。」

「如果你不願意承認你拿了更多的，我要到警察那裡告發你。」

木匠一把抓住蘇爾坦的手，狠命地親了起來。

「不要做這種無聊的事，你的行為像個白癡一樣。」

「以阿拉的名義，以我的名譽擔保，我沒有拿更多。請不要把我送進監獄，我會還你的，我是一個有誠信的人，原諒我吧。我太蠢了，原諒我吧。我有七個小孩，其中兩個女兒有小兒麻痺。我老婆又懷孕了，我們沒東西吃，我的孩子們越來越瘦，我老婆每天都哭，因為我養不活全家人。我們吃的是馬鈴薯和爛蔬菜，我們甚至買不起米。我母親去醫院和餐館討飯，有時候能討回一些吃剩的米飯，有時候她們把這些剩飯剩菜拿到市場去賣，這些日子來我們甚至連一塊麵包也沒有。我還要養活我妹妹的五個孩子，她丈夫失業了。我家裡還有年老的父母和祖母。」

「這是你的選擇。承認你拿了更多的，否則要把你關到牢裡去。」蘇爾坦說。

對話陷入了沒完沒了的循環，木匠哀歎自己的貧窮，蘇爾坦要他承認偷了更多的，還想知道他將那些明信片賣給了誰。

他們繞著喀布爾轉了一圈，又重新出城來到鄉下。拉蘇載著他們行駛在泥濘的道路上。道路兩旁有不少匆匆忙忙要趕在天黑前回家的人，幾隻流浪狗正追逐著一根骨頭，孩子們光著腳到處亂跑，一個布卡包覆的女人坐在她丈夫自行車的橫桿上，一個老年人正費力地推一輛裝滿橘子的手推車，雙腳踩入最近幾天因暴雨而碾軋出來的深深車轍中。傾流如注的雨水把小巷子裡的糞便、垃圾和動物排泄物全部沖到堅硬的泥土路上，馬路變成一個藏汙納垢的泥塘。

拉蘇在一家房屋門口停了車，蘇爾坦叫他去敲門，米茲耶出來開門問候，並把他們請進了家裡。當他們登上臺階的時候，他們可以聽到衣服悉嗦聲，屋子裡的女人們全都躲了起來，有的在半開的門背後，有的在窗簾的後面。一個年輕的女孩透過門縫偷偷往外看，她想知道誰在這麼晚了還來他們家串門子。家庭成員以外的男人是見不到她們的。母親和妹妹在廚房裡準備好茶水，再由年齡大一點兒的男孩端到客人手裡。

「嗯。」米茲耶說。他盤腿坐著，穿著傳統的長套衫和燈籠褲，這是塔利班時期強迫所有男人穿的服裝，寬鬆的服飾讓身材矮胖的他感覺很舒適，他非常喜歡它們。上班時他不得不穿他很不喜歡的一種服飾，一種塔利班以前的老式阿富汗員警制服。在衣櫃裡放了很多年以後，它們穿在身上緊繃繃的，而且還很熱，因為只有手織的厚厚的冬季服飾保存了下來。這種制服採用俄國款式，在西伯利亞穿起來要比在喀布爾穿感覺更舒適。即使只是春天，溫度有時也高達三十攝氏度，米茲耶整天汗流浹背的。

蘇爾坦很快說明了他們的來意，米茲耶要他們輪流講，好像是對他們進行交叉審問似的。蘇爾坦和賈拉魯丁分別坐在他的兩邊，他不時心領神會地點點頭，保持一種輕鬆的神態。蘇爾坦和賈拉魯丁一邊喝茶吃牛奶糖，一邊相繼講著。

「為你自己好，你最好現在把一切都講出來，否則的話就去蹲監獄。」米茲耶說。賈拉魯丁低著頭，不停扭著雙手。他結結巴巴地向米茲耶而不是蘇爾坦交代道：「我可能拿了五百張，不過都放在家裡，我會把它們還回去，我都沒動過它們。」

「喲，這倒奇怪。」警察說道。

但是這對蘇爾坦來說顯然是不夠的：「我敢肯定你拿的比這要多。得了吧！你把它們賣給了誰？」

「現在承認一切對你有好處。」米茲耶說，「如果正式交由員警來審訊，事情就不會像現在這樣了，那裡可沒有茶水和牛奶糖。」他盯著賈拉魯丁高深莫測地說。

「但我說的全是實話。我沒有賣掉它們，我以阿拉的名義發誓。」他一邊說，一邊先後朝他們兩個看。蘇爾坦態度很硬，同樣的話又在他們之間重複著。該回家了，宵禁後任何四處走動的人都要被抓起來。甚至曾經有車子裡的人被殺死，只因為士兵覺得過路的汽車可能存在威脅。

他們一聲不響地上了車。拉蘇要木匠說實話。「否則盤問會沒完沒了，賈拉魯丁。」他說。當他們到木匠家時，他進去取明信片。他很快帶著一小捆明信片返回，它們被橙色和綠色圍巾包了起來。蘇爾坦將它們打開，滿心喜悅地看著，它們現在終於物歸原主，他要把它們放回書架上，但是在此之前它們得用做證據。拉蘇驅車送蘇爾坦回家，留下木匠一個人滿臉羞愧地站在通往他家的路口旁。

四百八十張明信片，這是伊克巴和艾默坐在墊子上數出來的數字。蘇爾坦想估算一下木匠究竟拿走了多少張明信片，這些明信片的圖案各種各樣，在儲藏室裡有千百張之多。「如果整袋明信片都被拿走，那就難以統計了。但如果只是幾個袋子裡少了幾十張，有可能他只打開了幾個袋子並分別拿了一些明信片。」蘇爾坦推論道，「我們明天得仔細查一查。」

第二天早上，當他們正在清理明信片的時候，木匠突然出現了，他一聲不吭地站在門口，背看起來比以前更駝了。猛然間他衝向蘇爾坦，趴下來吻蘇爾坦的腳。蘇爾坦一把將他從地上拽起來，大聲斥責道：「別來這一套，老兄，我不需要你的祈禱。」

「原諒我，原諒我。我會賠你，我會賠你。我家裡的孩子們正在挨餓。」木匠說。

「我要說的跟昨天一樣，我不需要你的錢，我只想知道你把它們賣給了誰。你究竟拿了多少張？」

賈拉魯丁的父親法伊茲也來了，他也準備趴下來吻蘇爾坦的腳，但是蘇爾坦在他趴在地上之前抓住了他。他不喜歡別人吻他的腳，尤其是一個年長的鄰居。

「你一定要知道我打了他一整晚。我感到太丟臉了，我努力把他教導成為一個誠實守信的工匠，可是現在，我兒子成了一個賊！」法伊茲說道，怒視著退縮到角落裡的兒子。躬腰駝背的木匠看起來就像一個偷了東西又撒了謊的小孩，正準備著被大人打屁股。

蘇爾坦心平氣和地告訴他發生了什麼事，賈拉魯丁從他這裡把明信片帶回了家，現在他們想知道他拿了多少，把它們賣給了誰。

「給我一天時間，我會讓他承認一切的，如果還有什麼他沒講的話。」法伊茲乞求道。他鞋子上的縫合線已經裂開，夾克的袖子油光光的。他看上去就像他兒子，只不過更黑一些、矮一些、老一些，他們都身材單薄，體質虛弱。木匠的父親溫順地站在蘇爾坦面前，蘇爾坦也不知道該怎麼辦才好，老人的出現令他有些不知所措，畢竟老人這樣的年齡都可以做他的父親了。

最後法伊茲毅然決然地朝書箱方向走過去，他兒子正站在那裡，他的手臂閃電似的揮了出去，他在書店裡痛打起他的兒子。「你這個無賴，你這個廢物，你是全家的恥辱，你真不該被生出來，你這個不爭氣的傢伙，你這個騙子。」木匠的父親咆哮道，他對著自己的兒子又踢又打，用膝蓋頂他的胃，用腳踹他的胯部，用拳頭揍他的背。賈拉魯丁一動不動地站在那裡，用手臂護著胸部。接著他突然掙脫出來，三大步逃出書店，下了臺階消失在街道上。

法伊茲的羔羊皮帽在狠打兒子時掉在了地上，他把它撿起來，用力扯了扯，然後戴在頭上。他站起身來，向蘇爾坦道別後就出去了。蘇爾坦從窗戶裡目送著他僵硬地跨上自行車，左右看了看，然後朝著村子方向歪歪扭扭地騎回家去。

尷尬的一幕塵埃落定以後，蘇爾坦繼續算明信片，他的情緒略為鎮定了些。「他在這裡做了四十天工，假定他每天拿兩百張明信片，加起來總共就有八千張。我敢肯定他至少拿了八千張。」他看著曼蘇爾說道。曼蘇爾聳了聳肩膀，眼見著可憐的木匠被他父親痛打，對他來說是一件很痛苦的事。曼蘇爾根本不在乎什麼鬼明信片，他認為既然已經把它們拿了回來，就應該忘記這場烏煙瘴氣的鳥事。「他還不至於狡猾到變賣它們的地步，忘掉這件事吧。」他懇求道。

「也許有人事先下了訂單。你認識所有從我們這裡買明信片的攤販，他們中有些人已經好久沒來了，我原本以為他們進夠貨了，可是瞧一瞧，他們從木匠那裡買便宜貨，而那個愚蠢的木匠很可能用極便宜的價格就把它們賣掉了。你覺得呢？」

曼蘇爾又聳聳肩。他瞭解父親，不把事情弄個水落石出，蘇爾坦是絕不會善罷甘休的。他還知道父親一定會把這個任務交給他，因為蘇爾坦就要到伊朗去，而且一走就是一個月。

「我不在的期間，你和米茲耶做一些調查怎麼樣？真相總會大白的，誰也不能從蘇爾坦身邊偷走任何東西。」他目不轉睛地盯著曼蘇爾說道，「他可能把我的整個生意都給毀了，」他說，「你想想，他從我這裡偷走了數千張明信片，並把它們賣給了全喀布爾的攤販和書店，他們以比我便宜得多的價錢出售，人們就會到他們那裡去買，我將會失去買明信片的顧客——甚至買書的顧客。因為大家會說我賣的東西都比別人貴，到頭來我也許會破產。」

他對父親絮絮叨叨的囑咐有聽沒聽進去，他很不高興父親離開時還給他安排另一項任務。不僅要做好所有圖書的買賣賬目、搬運印刷廠從巴基斯坦寄來的一箱箱書、打理書店業務的繁雜手續、當好一名司機、並且管理好自己那家書店，除此之外，他現在還必須承擔一個類似於警察的角色。

「我會處理好這件事的。」他生硬地回了一句，沒有別的話好說。

「別太心軟，別太心軟。」這是傍晚蘇爾坦臨上飛機前往德黑蘭時，跟他說的最後一句話。

父親一走，曼蘇爾就將所有事情忘得一乾二淨。馬札里沙里夫朝聖之旅結束後，他展開一段看似虔誠的生活，事實上前後總共一個星期。儘管他每天祈禱五次，但是什麼長進也沒有，他留鬍鬚的下巴開始發癢，人人都說他看起來骯髒邋遢，他也不喜歡自己穿著寬鬆長套衫的模樣。「如果我沒辦法思想虔誠的話，那還不如把整件事拋之腦後。」他自言自語地說。他才剛剛開始，就很快放棄了虔誠的行為，朝聖之旅對於他而言只不過像是一次郊遊。

父親離開的第一天晚上，他接到一些朋友的邀請，他應約前往，但是並不知道他們準備了烏茲別克伏特加、美國白蘭地和紅葡萄酒，這是他們從黑市上高價購買到的。「這是你能買到最好的酒，所有的酒精濃度都高達百分之四十，事實上葡萄酒甚至高達百分之四十二。」酒販說。他們每瓶花了四十美元，他們完全沒覺察到，酒販在法國紅葡萄酒的標籤上畫了兩條細線：把它們從12%變成了42%。所有酒的度數都被他做了手腳。酒販的顧客大多數都是年輕男孩，他們脫離了父母的嚴加管束，喝酒只是為了想醉。

曼蘇爾從沒喝過酒，這是伊斯蘭教最禁忌的東西。那天晚上，為了逃避父母的懲處，曼蘇爾的兩個朋友在賓館裡租了一間房。他們早早地就開始開懷暢飲，他們將白蘭地和伏特加倒在玻璃杯裡混合著喝，幾杯過去，他們已經暈頭轉向。曼蘇爾還沒有來，因為他得先把他弟弟送回家。當他到達時，他的朋友們正又吼又叫著要從陽臺上跳下去。

看到這一幕場景，曼蘇爾暗暗下定決心：如果酒竟然使得一個人變得如此瘋狂，他最好還是不要去碰它。

賈拉魯丁家裡沒有一個人睡得著，孩子們躺在地上靜靜地哭著，最近的二十四小時成了他們經歷過的最可怕的噩夢：看見他們善良的父親被祖父痛打，而且被稱做竊賊。一切都亂了。賈拉魯丁的父親在院子裡繞著圈子走來走去。「我怎麼會有這樣一個兒子？他給全家帶來了羞辱。我究竟做錯什麼了？」

他的大兒子，也就是那個竊賊，坐在唯一的那個房間裡的墊子上。他不能躺下來，因為他父親用一根粗粗的樹枝將他的背打得血跡斑斑。從書店出來後，他們都回了家，父親騎自行車先到，賈拉魯丁走路後到。父親繼續像在書店時那樣狠打他，兒子一點兒也沒反抗。樹枝抽打他的同時，咒罵聲也劈頭蓋臉地湧向他。全家人驚懼地看著，女人們想把孩子們支開，但是他們沒地方可去。

房屋環繞著院子修建，其中一面牆就是通向外面小道的籬笆。沿著兩面牆修建的是陽臺，陽臺後面是幾間房間，掛著油布的大窗戶面向院子開著。一間供木匠夫婦和他們的七個孩子住，一間供木匠父母和祖母住，一間供他妹妹、妹夫和五個孩子住，還有一間餐廳、一間廚房，廚房裡有一個土爐子、一個煤氣爐和幾個櫥櫃。

木匠的孩子們睡在墊子上，墊子是由破舊衣服和布片做成的，有些部位用硬紙板蓋著，還有一些部位用塑膠布和麻布袋蓋著。兩個小兒麻痺的孩子一隻腳上纏著夾板，走路要用拐杖。另外兩個孩子患有嚴重的濕疹，他們不停地摳著硬痂，直摳得血流不止。

當曼蘇爾的朋友又第二次喝到吐時，在城市的另一邊，木匠的孩子們進入了夢鄉。

父親離開的第二天早上，當曼蘇爾醒來時，一種如釋重負的令人沉醉的感覺充溢在他心中。他自由了！他戴上從馬札里沙里夫買來的墨鏡，以時速一百公里的速度開車疾馳在喀布爾的街道上，時不時出現的負重的驢子、髒兮兮的山羊、乞丐、和訓練有素的德國士兵，都飛也似的被他拋到了車後。他朝德國士兵豎起了一根手指頭。車子在坑坑窪窪的柏油碎石路上一路彈跳，他大聲咒罵，路邊的行人趕緊跳離開路面。他駛過一條又一條街，映入他眼簾的到處是布滿彈孔的廢墟和搖搖欲墜的房屋。

「他必須為他的行為負責，這是品格培養。」蘇爾坦曾這樣說，曼蘇爾在車上做著鬼臉。從現在起，拉蘇可以搬運書箱並傳遞訊息，從現在起曼蘇爾要玩得痛快，直到父親回來。除了每天早上送弟弟們去書店——這樣他們就不會向父親打他的小報告——他用不著再做任何事情。唯一讓曼蘇爾害怕的人就是他父親，當父親在場時，他從來不敢有任何異議，父親是他唯一敬重的人，至少在表面上是如此。

曼蘇爾此行的目標是想去泡妞，這在喀布爾並非易事，因為大多數的家庭都將女兒像金銀財寶似的看得緊緊的，他靈機一動去參加了一個英語初級班。曼蘇爾在巴基斯坦上過學，英語還算不錯，但是他猜想他可以在初級班找到最年輕漂亮的女孩。他想得沒錯。才上了一堂課，他就發現了一個最令他喜歡的女孩。他小心翼翼地試著同她交談，有一次回家時她甚至容許他送了一段路。他邀請她到書店去，但她一次也沒去。有一天女孩不再來英語課了，曼蘇爾聯絡不到她。他很想念她，但更主要是為她不再來上學感到遺憾，她是那麼渴望學英語。

英語女學生很快就被他忘記了，在這個春天，曼蘇爾的生活裡沒有任何東西是真實的，也沒有任何東西是恆久的。有一次他應邀到喀布爾市郊參加了一個聚會，幾個朋友租了一間房子，房子的主人站在外面的花園裡擔任警戒。

「他們吸蠍子乾煙。」曼蘇爾第二大興奮地告訴一個朋友說，「他們將蠍子磨成粉末狀，然後混進煙草一起抽。抽過之後又亢奮又激動。太酷了。」曼蘇爾吹噓道。

終於有一天，蘇爾坦捎信回來說他將於第二天回家，曼蘇爾立即從沉醉狀態中清醒過來。父親吩咐他做的事情，他一件也沒做。沒有將圖書歸類，沒有收拾儲藏室，沒有做新的訂單，沒有將在車站堆積如山的書箱運回來。木匠的事情以及調查的任務他甚至連想都沒想。

沙里法在他身邊急著問：「怎麼了，兒子，你生病了嗎？」

「沒事。」他不耐煩地說。

她繼續嘮嘮叨叨。「閉嘴——滾回巴基斯坦去。」曼蘇爾嚷道，「自從你來了以後，一切都變得亂七八糟。」

沙里法哭了起來：「我怎麼會有這樣的兒子？我到底做錯什麼了，他們竟然不要母親待在他們身邊？」

沙里法在子女面前又哭又鬧，拉蒂法也開始哭了起來。比比・古兒搖來晃去，芭布拉直盯著空中，桑雅設法安撫拉蒂法，蕾拉在洗東西，曼蘇爾砰的一聲推門進了他和尤努斯的房間。尤努斯患有肝病，整天躺在床上，吞了一堆藥。他的兩眼泛黃，臉色更蒼白，神情也比以前更憂傷了。

第二天，蘇爾坦回來了，曼蘇爾極為緊張，儘量迴避著他銳利的眼神。實際上他沒有必要過分緊張，因為蘇爾坦的主要心思都花在桑雅身上。直到接下來的一天，他在書店裡才問起曼蘇爾，是否完成了要他所做的所有事情。曼蘇爾還沒來得及回答，父親就已經開始發布新的指令。蘇爾坦的伊朗之行非常成功，他和以前的老商業夥伴又恢復了聯繫，要不了多久，一箱又一箱的波斯書籍就會到達喀布爾。但是有一件事情他可沒有忘記：木匠和明信片。

「你什麼都沒發現？」蘇爾坦驚訝地凝視著兒子，「你要毀掉我的工作嗎？明天你就去警察局告發他。他父親答應一天內給我說明真相，可是一個月已經過去了！如果我從巴基斯坦回來的時候他還沒有被關起來，你就不是我兒子。」他威脅道，「任何圖謀我的財產的人，一但被發現，都不會有好下場。」他冷冷地說。

第二天早上，天還沒有亮，兩個女人帶著兩個孩子敲響蘇爾坦家的門。蕾拉迷迷糊糊地開了門，女人又哭又喊，過了一會兒蕾拉才弄明白是木匠的祖母和姑姑帶著他的孩子站在那裡。

「求求你，原諒他。」她們說，「看在阿拉的份上。」她們泣不成聲。老祖母年近九十，身材矮小瘦弱，長著一張看起來像老鼠的臉，下巴尖而多毛。她是木匠父親的母親，這幾個星期以來，木匠的父親不斷地拷打兒子，想逼他說出真相。

「我們沒東西吃，我們在挨餓，看看孩子，但是我們會賠償明信片的錢。」

蕾拉請她們進了門，尖臉的老祖母猛然跪了下來，趴在被哀號聲吵醒而進到客廳的女人們腳下。就像一陣寒冷的空氣湧進了屋子裡，眼前淒慘的一幕讓她們感到非常尷尬。木匠家的女人們帶了一個兩歲的男孩和一個小兒麻痺的女孩一起來，小女孩坐在地上靜穆地聽大人們的談話，綁著夾板的僵直的腿直直伸著。

當警察到來時，賈拉魯丁不在家，因此他們將他父親和叔叔先帶走了，他們說第二天早上還要來抓他。全家人一晚沒睡，第二天清晨，在警察到來之前，兩個老婦人動身去求蘇爾坦看在親戚的分上可憐和寬恕他。

「如果他偷了東西，那也是為了救他的家人。看看他們，看看這些孩子，都瘦成什麼樣子了。他們沒衣服穿，沒東西吃飽。」

蘇爾坦的家人心軟了，但是除了同情，她們實在是愛莫能助。一旦蘇爾坦決定了什麼事情，家裡的女眷是無能為力的，尤其是在與書店有關的事情上。

「我們很願意幫助你們，但是我們改變不了蘇爾坦的決定。」她們說，「再說，蘇爾坦也不在家。」

木匠家的女人繼續哀號，她們知道這是真的，但是她們不願放棄希望。蕾拉帶著煎雞蛋和新鮮麵包進來了，她也為兩個孩子煮了牛奶。當曼蘇爾進來時，兩個女人衝過去吻他的腳。他把她們踢開。她們知道，身為家裡的長子，父親不在時由他說了算，但是曼蘇爾已經決定照他父親要求的做。

「自從蘇爾坦沒收了他的工具，他就一直沒法幹活。我們已經幾星期沒東西吃了，我們甚至已經忘記了糖的味道。」老祖母哭訴道，「我們買的米都快爛掉了，他的孩子們一天比一天瘦。看吧，他們瘦得皮包骨頭。賈拉魯丁每天都挨他父親揍，我做夢也沒想到我們養了一個小偷。」

祖母說。蘇爾坦家的女人答應盡最大努力勸說蘇爾坦，儘管她們都知道這將無濟於事。

當賈拉魯丁的祖母和姑姑帶著兩個孩子好不容易回到村裡時，警察已經將他帶走了。

當天下午曼蘇爾被傳喚去做證人。他蹺著腿坐在警察局長桌子旁邊的一張凳子上，有七個人聽警察局長的審訊。房間裡椅子不夠，他們中有兩個人只好擠在一把椅子上。木匠蹲在地板上。員警們穿的衣服五花八門，有的是厚厚的灰色冬季服裝，有的是傳統服飾，其他的則是綠色下院議員的制服。這個警察局平常閒閒沒事，因此明信片失竊就成了頭等大案。一個員警站在門邊上，似乎還沒有下定決心是該進去還是出去。

「你必須告訴我們你把明信片賣給了誰，否則你會被送到中心監獄。」警察局長說。中心監獄這個詞給房間裡帶來一絲寒意，中心監獄——那裡是真正的罪犯去的地方。木匠癱坐在地上，面露絕望之色。他使勁地擰著他那雙傷痕累累的手，刀子、鋸子和斧頭切割的深深的傷痕，在從窗戶進來的強烈陽光的照射下十分顯眼。與其說是他的臉，倒不如說是他的手代表著他本人，它們無動於衷地注視著房間裡的七個人，彷彿眼前的一切不算什麼。過一會兒他們把他送進了一個一平方公尺的單人牢房，在這裡他不能站立，只能躬著、蹲著或是彎曲著身子躺著。

賈拉魯丁的命運掌握在曼蘇爾家人手裡，他們既可以撤訴，也可以起訴。如果他們選擇起訴，他就得接受法律的懲處，要再為他脫罪就為時已晚了。最後員警作出決定。「我們可以拘留他七十二小時，給你們時間考慮考慮，再做出你們最後的決定。」警察局長說。照他的意思，賈拉魯丁必須受到懲罰，貧窮不是偷竊的理由。

「貧窮的人多的是，如果我們對犯罪份子不予以懲處，整個社會將變得毫無秩序。當所有的準則都被顛覆的時候，樹立良好的榜樣是至關重要的。」聲音洪亮的警察局長和曼蘇爾辯論道，後者已經對整件事情已起了惻隱之心。當他發現賈拉魯丁因為偷竊明信片將被判處六年徒刑時，他想起他的孩子，想起他們饑餓的臉孔、破爛的衣服。他又想起他自己的生活，他一天花的錢等於木匠家一月的開銷，兩者的對比是多麼強烈啊！

一大束人造花朵佔據了半個桌子，花瓣上落了一層厚厚的灰塵，但無論如何還是為房間增添了一些色調。德庫岱達警察局的員警顯然喜歡鮮豔的色彩：牆壁是薄荷綠色的，燈光是紅色的。牆壁上掛著一幅戰爭英雄馬蘇德的像，一如喀布爾的其他辦公室那樣。

「不要忘了，在塔利班時期，他的手會被砍掉。」警察局長強調，「那些比這個人所犯罪行更輕的人也受到了這樣的懲處。」警察局長講述了一個婦女的故事，她丈夫去世後，她獨自帶著孩子，「她很窮，最小的孩子沒鞋穿，整天光著腳，冬天天氣很冷，他出不了門，她十來歲的大兒子為弟弟偷了一雙鞋，被當場捉住並被砍掉了右手。這有點兒過頭了！」警察局長認為，「但是木匠的行為有過之而無不及，他一連幾次作案。如果你想餵養你的孩子，你只會偷一次。」

警察局長給曼蘇爾看了放在他身後櫥櫃裡的沒收物品：彈簧刀、菜刀、小折疊刀、大柄刀、手槍、火把，還有一副紙牌。賭錢會被拘禁六個月。「這副紙牌之所以被繳獲，是因為賭博中的輸家用這把刀子捅傷了贏家，他們都喝醉了。那個傢伙因為傷人、飲酒、賭博被一併處理，」他笑道，「受傷的那個人被釋放了，他現在已是一個殘疾人，這樣的懲罰已經足夠。」

「喝酒會受到什麼處罰？」曼蘇爾問。他知道根據伊斯蘭法律，飲酒是一種極大的罪過，要遭受嚴厲處罰。《古蘭經》裡講要被抽八十鞭子。

「坦白說吧，我對這樣的事情通常是睜一隻眼閉一隻眼。有人舉辦婚禮時，我告訴他們那是一個假日，但是一切都必須適度，而且只能在家裡。」警察局長說。

「男女通姦呢？」

「如果他們是已婚身份，他們將被石頭砸死；如果他們沒結婚，處罰是一百鞭子，而且他們必須結婚；如果他們當中有一個人已經結婚，比如是男方已婚，女方未婚，那麼男方必須娶女方，但假如是女方已婚而男方未婚，那麼女方會被處死而男方會被鞭打並入獄。」警察局長說，「但是我有時也會網開一面。也許她們是寡婦，她們需要錢，那麼我會幫助她們，讓她們重新過上安穩一點的生活。」

「對，你說的是那些妓女，但如果是一般人呢？」

「有一次我們抓獲了一對在車上行不軌之事的男女，我們，或者說是他們的父母強迫他們結婚。」他說，「這是公正的，你不這樣認為嗎？畢竟，我們不是塔利班，」警察局長說，「我們儘量避免向人砸石頭，阿富汗已經經受了太多的苦難。」

曼蘇爾離開警察局，陷入沉思。警察局長給了他三天的期限，他依然可以原諒那個竊賊，但是如果過了這個期限，一切就太晚了。曼蘇爾不想回書店去，而是回家吃午飯——這是很少有的情況。他往墊子上一倒，以和平的名義感謝真主，飯菜已經準備就緒。

「把你的鞋脫了。」母親說。

「要你管。」曼蘇爾回答。

「曼蘇爾，你必須聽你母親的話。」沙里法繼續道。曼蘇爾躺在地上沒吭聲，高高地翹著二郎腿，腳上的鞋依然穿著。她母親生氣地將嘴唇抿得緊緊的。

「我們必須決定如何處置木匠。」曼蘇爾說。他點燃一根香煙，他母親開始哭起來。曼蘇爾從未在他父親面前抽煙，但是他父親一腳跨出門，他就在餐桌上抽起煙來，在愉悅自己的同時也惹惱了他的母親。房間裡煙霧瀰漫。比比・古兒很長久以來總埋怨曼蘇爾對母親太不禮貌，但是這一次慾望佔據了上風，她伸出一隻手，輕聲問：「我可以抽一支嗎？」

房間裡靜默了一會兒，祖母開始抽煙了嗎？

「媽媽！」蕾拉哭喊著一把將香煙從她手裡搶了過來。曼蘇爾又給了她一根，蕾拉只好離開房間以示抗議。比比・古兒吐了一口煙，坐在地上靜靜地笑著，顯出十分陶醉的樣子，她甚至停止了前後搖晃，將香煙舉得高高的，然後又深深吸了一口。「我以後會少吃一點。」她解釋道。

「放了他。」抽過香煙後，她說，「他已經受到懲罰了，他父親揍了他，他的家庭蒙受了恥辱，而且他畢竟已將明信片還回來了。」

「你見過他的孩子嗎？沒有父親的收入，他們怎麼活？」沙里法支持她。

「如果他的孩子死了，我們可得負責。」蕾拉說，母親滅掉香煙後，她就回來了，「如果他們生病了該怎麼辦？他們負擔不起醫生的費用，他們會因為我們而死，或者因為饑餓而死。」她說，「而且，木匠也許會死在監獄裡，很多人活不過六年，常常因為感染、肺結核或是別的疾病而死亡。」

「可憐可憐他吧。」比比·古兒說。

曼蘇爾用他剛剛申請的手機打電話給在巴基斯坦的蘇爾坦，請求他寬恕並放了木匠。房間裡靜悄悄的，每個人都傾聽著電話裡的對話。

他們聽到蘇爾坦從巴基斯坦傳過來的吼聲：「他想降低價格，毀掉我的生意。我給他的報酬不差，他沒有必要偷竊，他是個騙子，他犯了罪，他不受處罰不會說出真相。誰毀我的生意，誰就不可能逃避懲罰，絕對不可能。」

「他也許會被判六年刑！等他出獄的時候，他的孩子可能早就死了。」

「就算他判六十年，我也不在乎。除非他說出把明信片賣給誰，不然他就得吃苦。」

「你可以說這樣的話，因為你吃得飽穿得暖！」曼蘇爾吼道，「我一想到他瘦巴巴的孩子，我就禁不住掉眼淚。他一家人都完了。」

「你膽敢忤逆你的父親？」電話裡傳來蘇爾坦的咆哮聲，房間裡的每個人對他這樣的聲音再熟悉不過，他們可以想見他的臉因為憤怒而變成了深褐色，渾身氣得直發抖，「你哪像個兒子？你必須一切都服從我，一切的一切。你怎麼搞的？你竟對自己的父親如此無禮？」

從曼蘇爾的臉上可以看出，他內心正在進行激烈的掙扎。他從來都是按他父親的要求做事，從不敢有任何違背，換句話說，這些事情都是他父親知曉的。他從沒當面公然違抗他，他也絲毫不敢惹父親生氣。

「好吧。」曼蘇爾說，然後放下了電話。家裡人靜悄悄的，曼蘇爾罵了一句髒話。

「他的心就像石頭一樣硬。」沙里法嘆息道。桑雅一聲不吭。

木匠的家人每天早上和晚上都來，有時是祖母，其他的時候是母親、姑姑或太太。每一次都帶著一兩個孩子。她們每次都得到同樣的回覆，這事要由蘇爾坦決定，等他回家後一切才會明瞭。但是他們知道這不是真的，蘇爾坦已經做出了判決。

最後他們再也受不了了，他們不開門，靜靜地坐著，假裝不在家。曼蘇爾去警察局要求推遲宣判，他想等父親回來，他會處理這件事的。但是警察局長不能再等了，一平方公尺的單人牢房不可能多關犯人幾天，他們再一次要求木匠承認他拿了更多的明信片，並且告訴他們他把它們賣給了誰，但是他拒絕了。賈拉魯丁被銬上手銬帶出了小牢房。

由於當地警察局沒有車，送木匠去喀布爾中心警察局的任務落到了曼蘇爾身上。

木匠的父親、兒子和祖母等在外面，當曼蘇爾到來時他們猶疑地走向他，曼蘇覺得很痛苦，父親不在，他不得不扮演無情無義的法官角色。

「我只不過是按照父親的吩咐行事。」他這樣開脫自己，然後戴上墨鏡，坐進了車裡。木匠的祖母和小兒子回去了，他父親騎著自行車搖搖晃晃地跟在曼蘇爾的車後，他不願意放棄，以最快的速度跟在後面，他們眼看著他騎車的側影慢慢消失在後面。

曼蘇爾開得比平時慢，木匠要過許多年後才能重新看到這些街道。

他們到達了中心警察局。塔利班時期這裡是喀布爾最令人憎惡的建築之一，宗教警察的總部，「道德促進與惡行防範部」，或稱「道德部」就坐落在這兒。那些鬍子或褲子過短的男人被抓到這裡，那些由親戚之外的男人陪伴著在街上行走的女人被抓到這裡，那些一個人獨自行走或是在布卡下面化妝的女人也被抓到這裡。在被移交別處關押或無罪釋放前，他們將在這裡的地下室裡被關押幾個星期。當塔利班逃跑時，牢房被打開，犯人被釋放，從裡面發現了嚴刑拷打用的纜索和鞭杖。男人光著身子被鞭打，女人則罩著一塊布。在塔利班之前，先是殘暴的蘇聯情報機關，接著是聖戰者組織毫無紀律的警察部門佔據著這一建築。

踩上高高的臺階，木匠朝著五樓走去。他儘量走在曼蘇爾身邊，懇切地看著他，那雙哀憐的眼睛像是要從頭上蹦出來似的。「原諒我，原諒我。我願意用這輩子剩下的生命為你做牛做馬。

原諒我吧。」曼蘇爾兩眼盯著前方，他現在可不能心軟，蘇爾坦將權力賦予了他，他不能違背父親的旨意，否則他將被剝奪繼承權並被逐出家門。他已經感覺到他弟弟成了父親的最愛，伊克巴可以學電腦，而且蘇爾坦答應給他一輛自行車。如果曼蘇爾現在反對父親，蘇爾坦將會和他斷絕父子關係。不管他對木匠是多麼的同情，他沒辦法冒這個險。

他們在等待審訊和登記報告。在被證明是無辜或是罪行被確認之前，被起訴的人將被暫時羈押。任何人都可以起訴他人，並且將嫌疑人關起來。

曼蘇爾將他的訴訟案件交給了審訊官。木匠蹲在地上，他的腳趾長而彎曲，趾甲邊沿黑黑的，他的背心和上衣破破爛爛地搭在背後，褲子則搖搖晃晃地垂掛在臀部周圍。

桌子後面的審訊官小心翼翼地記錄下兩個人的證詞，他的筆跡很漂亮，下面墊了張複寫紙。

「你為什麼如此熱衷於阿富汗的明信片？」警察笑道，覺得這事滿有趣的，但是在木匠還沒有回答前，他繼續道，「現在告訴我，你把它們都賣給誰了，我們知道你並不是把它們偷來寄給親戚。」

「我只拿了兩百張，拉蘇也給了我一些。」木匠試探性地說。

「拉蘇從未給過你任何明信片，這是謊言。」曼蘇爾說。

「你要記住，要把這間房間當成一個你有機會說出真相的地方。」警察說。賈拉魯丁沒吭聲，把玩手指關節發出咔嗒咔嗒的聲響，直到員警繼續訊問曼蘇爾事情是什麼時間、什麼地點又是如何發生時，木匠才鬆了一口氣。在審訊官身後，透過窗戶可以看到喀布爾郊外的一處高地，上面修建的房子很少，道路呈Z字形盤旋在山間。木匠透過窗戶可以看見小得像螞蟻的行人正上上下下走著。這間屋子是用喀布爾廢墟裡所能找到的材料建造的：一些彎曲的鐵板，一塊麻布袋，一些塑膠片，幾塊磚頭，還有雜七雜八的東西。

審訊官突然蹲到了木匠身邊。「我知道你的孩子在挨餓，我知道你不是罪犯，我給你最後一次機會，抓住它。如果你告訴我你把明信片賣給誰了，我就放你走；如果你不告訴我，我將判你幾年刑。」

曼蘇爾很不耐煩。這個問題他們已經問了木匠好幾百次，但他就是不承認賣給了別人。也許木匠說的是實話，也許他並沒有賣掉。曼蘇爾看著手錶，打了個呵欠。

突然間一個名字從賈拉魯丁嘴裡冒了出來，他的聲音是如此之小，小得幾乎聽不見。

曼蘇爾一躍而起。

賈拉魯丁說出的那個人在市場上擁有一個攤位，裡面出售日曆、筆和卡片，有宗教節日卡、婚禮卡、訂婚卡和生日卡——還有印有阿富汗圖案的明信片。他一直從蘇爾坦的書店裡批發明信片，但是他已經有一段時間沒來了。曼蘇爾很清楚地記得他，因為他總是在抱怨價格。

就像江河被打開了一個口子，賈拉魯丁滔滔不絕地說了起來，不過在談話的時候他渾身不住地顫抖。

「一天下午，我幹完活正準備離開時，他來找我，我們聊起來。他問我需不需要錢，我當然需要了，接著他就要我為他弄些明信片。一開始我拒絕了，但是他隨後和我談起做這件事能賺多少錢。我想起家裡的孩子們，靠木匠的工資我養活不了他們；我想起我老婆，她才三十歲，就已經開始掉牙齒了；我想起由於我掙不到足夠的錢，我回家時所有人責備的神情；我想起我沒錢給我的孩子們買衣服和鞋子，我付不起醫藥費，我們不得不吃剩菜剩飯。於是我想，如果我少拿一些，趁我在書店裡幹活的時候拿，那麼我就能解決一些生活的問題，蘇爾坦不會注意到，他有那麼多的明信片，還有那麼多的錢。因此我就拿了一些明信片。」

「我們得去那裡保護證據。」員警說。他站起來，命令木匠、曼蘇爾和另一名警察和他一起去。他們驅車去了市場並找到那家明信片攤位，一個小男孩正在門後看著攤位。

「馬哈默在哪裡？」穿著便服的警察問。馬哈默吃午飯去了，警察向小孩出示了證件並說他想看一看這裡賣的明信片。男孩讓他們從邊上進了攤位，來到了牆壁、堆積的商品和櫃檯之間的狹窄地帶，曼蘇爾和一個警察把架子上的明信片拿下來，蘇爾坦印刷的明信片裝了整整一個袋子，他們數出了幾千張，但是他們很難區分哪些是馬哈默合法購買的，哪些是他向賈拉魯丁買的。他們將男孩和明信片一起帶回了警察局。

一個員警留下來等候馬哈默，攤位被查封了，由於這件事情，馬哈默今天沒法再出售任何明信片或是英雄戰士的圖片了。

當馬哈默帶著烤羊肉串的氣味來到警察局後，審訊重新開始。一開始馬哈默竭力否認他曾見過木匠，他說他所有的東西都是從蘇爾坦、尤努斯、伊克巴、曼蘇爾那裡合法購買的，後來他又改口說木匠有一天確實接觸過他，但是他沒有買任何東西。

攤販也必須在拘留所過夜，曼蘇爾終於可以離開了，木匠的父親、叔叔、侄兒和兒子在走廊裡等著，他們走近他，簇擁著他，目送著他驚恐地匆匆離去。他再也受不了了，賈拉魯丁坦白了，蘇爾坦該滿意了，整件事情完結了，既然小偷和盜賣明信片者已經查出來，犯罪訴訟可以開始了。

曼蘇爾感到很不舒服，他衝了出去，腦海裡縈繞著蘇爾坦出門前丟下的幾句話：「我冒著生命危險經營我的事業，我坐過牢，我被毆打過，我嘔心瀝血，只是希望能為阿富汗人做點什麼。可是現在一個可惡的木匠來了，他想毀掉我一生的心血，他必須受到懲罰。別太軟弱，曼蘇爾，難道你開始心軟了嗎？」

在德庫岱達一座破敗的小土屋裡，一個女人坐在地上，呆呆地盯著空中，她年幼的孩子們正在哭泣，他們沒東西吃，正等待著他們的祖父從城裡回來，也許他會給他們帶些東西回來。當他騎著自行車進了大門時，他們迫不及待地衝向他，但是他兩手空空，車架上什麼也沒有。看到他憂鬱的神情，他們停止了嚷嚷，他們安靜了好一陣子，接著就緊緊抓著他大聲哭喊道：「爸爸在哪裡，爸爸什麼時候回來？」

18 我的母親「奧薩馬」

塔吉米爾將《古蘭經》舉到額前，輕輕地吻了吻，隨便翻開一頁開始讀起來，然後又吻了一下書，將它裝進口袋裡，兩眼注視著窗外。汽車行駛在喀布爾出城方向，正朝東往動盪不安的巴基斯坦和阿富汗邊界開去。這裡依然支援塔利班和基地組織，按照美國人的說法，恐怖份子藏匿在這一帶的山區裡。他們對這一地區進行地毯式搜查，審訊當地居民，炸毀那裡的洞穴，搜索藏匿的武器，尋找一個個隱蔽處所，殺死一些平民百姓。他們這樣做的目的，就是為了尋找恐怖份子以及他們夢寐以求的高額懸賞的通緝犯——奧薩馬・賓拉登。

這裡是初春時針對基地組織發起的主要攻勢「巨蟒行動」的發生地，以美國為首的國際特種部隊向奧薩馬・賓拉登在阿富汗的殘餘份子發動了猛烈的進攻。據聲稱，在這些邊界地區依然可以發現個別基地組織士兵。這裡的軍閥並不承認中央政府，依然按照部族法律進行統治。美國人和阿富汗政府很難滲透進邊界線兩邊地帶的普什圖族村落，情報專家相信，奧薩馬・賓拉登和毛拉·奧馬爾如果真的還活著，而且還在阿富汗的話，他們一定在這一地區。

塔吉米爾此行正是為了去尋找他們，或者至少是某個知道誰曾經見過他們的人，或是認為見到過長得像他們的人。不同於同行的年輕小夥子，塔吉米爾希望他們最好什麼也別發現。塔吉米爾討厭危險，討厭進入危機四伏的部族地區。汽車的後座上放著防彈背心和頭盔，隨時準備展開行動。

「你在讀什麼，塔吉米爾？」

「讀神聖的《古蘭經》。」

「我知道，但是有什麼特別的嗎？我的意思是，像『旅行見聞』片段或之類的東西？」

「不是，我從來不會特別尋找什麼，只是翻到哪讀到哪。剛才我讀到，無論是誰，只要他服從於真主和他的信使，他就會被領入溪流淙淙的天堂花園，反之，誰要是轉過他的身子，他就會受到痛苦的折磨。當我感到恐懼或悲傷時，我就讀《古蘭經》。」

「噢，是啊。」鮑伯答道。他將頭靠著車窗，兩眼斜視著喀布爾骯髒的街道。他們駛入了晨曦中，刺眼的陽光使得鮑伯閉上了眼睛。

塔吉米爾想起了他的任務，他曾經擔任一家美國大型雜誌的口譯工作。在此之前，在塔利班統治時期，他曾為一家慈善機構工作，負責向窮人發放麵粉和米。911 事件以後，外國人撤出阿富汗，他一個人留下來全權負責所有的工作，可是塔利班對他百般刁難，儘管他想盡了一切辦法，救濟工作還是不得不中斷。有一天一枚炸彈炸毀了救濟倉庫，感謝真主，幸虧他早已停止了救濟，否則的話，如果這個地方排滿了急切等待救濟的婦女和兒童的長隊，後果將不堪設想。

但是他的救濟工作似乎已成為永不復返的過去，當記者潮水般紛紛湧入喀布爾時，一家美國雜誌社聘用了他，他們給他的日薪相當於他平時兩個星期的報酬。他想到他貧困的家庭，決定放棄救濟工作，開始用他那並不十分流利的英語做起口譯來。

塔吉米爾家在阿富汗算是比較小的，他是家裡的支柱。他和他母親、父親、領養的妹妹、妻子和一歲的芭哈居住在米克羅拉揚的一棟小公寓裡，和蘇爾坦家離得很近。他母親是蘇爾坦的大姊，正是靠著她出嫁的聘金，蘇爾坦才有了接受教育的費用。

費羅莎是一個最嚴厲不過的母親，從塔吉米爾孩提時代起，他就很少被容許到外面和其他孩子玩，他不得不在費羅莎關切的目光下一個人安安靜靜地在小房間裡玩。當他長大一些時，他又被看管著做作業，放學後他必須馬上回家，既不許和任何人同行，也不許帶任何人來家裡玩。塔吉米爾從不敢有任何怨言，更不可能同費羅莎進行辯論。因為她會打他，而且打得很兇。

「她比奧薩馬・賓拉登更壞。」塔吉米爾這樣對鮑伯講，以此做為他遲到或早退的藉口。他的美國新朋友老是聽他講起「奧薩馬」的可怕故事，他們把她想像成為一個披著布卡的潑婦，但是當他們去拜訪塔吉米爾時，他們看到的是一個滿臉微笑的小婦人，有著一雙探詢的瞇瞇眼，脖子上掛著一枚金光閃閃的大獎章，上面刻有伊斯蘭的信條，這是她用塔吉米爾第一筆美國薪水買的。費羅莎很清楚他賺多少錢，他把所有的薪水如數上交，她返還給他一點零用錢。塔吉米爾給他的朋友看牆壁上母親朝他扔鞋子或是別的東西留下的痕跡，這時候他忍不住笑了，兇巴巴的費羅莎已變成了一個有趣的故事。

費羅莎盼望著塔吉米爾能夠出人頭地，每次只要她手裡有些閒錢，她就送他去上各種各樣的培訓課：英語班、數學補習班、電腦班。這個一字不識的婦人，當初被迫出嫁以供應娘家所需的錢財，現在正努力憑藉兒子成為一個受人尊敬的母親。

塔吉米爾和他父親在一起的日子並不長，他是一個善良怯懦的人，因為重病而死。在以前較為和平安寧的好年月他是一個商人，曾到印度和巴基斯坦做過生意，有時會帶一些錢回來，有時則兩手空空。

費羅莎會打塔吉米爾，但卻從不碰她丈夫，儘管在他們兩人之間誰強誰弱一目了然。許多年以來，費羅莎已經變成了一個體態豐滿的女人，胖得像個小圓球，厚厚的眼鏡有時架在鼻尖上，有時又掛在脖子上；另一方面，她的丈夫卻蒼白瘦弱，脆弱得像根乾樹枝。隨著丈夫的去世，她成了一家之主。

費羅莎再沒有生過更多的兒子，但是她從未放棄要更多孩子的期望。在失去了再次做母親的希望以後，她去了喀布爾的一家孤兒院，在那裡她找到了柯西麥希，她的父母將她裹在一個骯髒的枕頭套裡，丟在孤兒院門口。費羅莎領養了她，並且讓她做了塔吉米爾的妹妹。當塔吉米爾長得越來越像他母親時——同樣的圓臉，同樣的大肚子，同樣的走路姿勢——柯西麥希卻與他們完全不同。

柯西麥希是一個機警任性的小姑娘，瘦得像根乾柴棍，她的膚色比其他家庭成員都要黑，有一種狂野的神情，彷彿她腦子裡面要比真實的世界更加精采。在家庭聚會的時候，柯西麥希總像個瘋女孩似的到處亂跑，令費羅莎完全無法控制。塔吉米爾從小就服從母親的意願，柯西麥希卻總是弄得渾身髒兮兮，到處傷痕累累。但是當她安靜的時候，沒有誰能比她更專心致志，也沒有誰比她會更溫柔地親吻、更熱烈地擁抱自己的母親。不論什麼時間，只要費羅莎外出，柯西麥希都緊緊地跟著她——在母親胖胖的身軀後面，瘦小的女兒就像影子一樣寸步不離。

就像所有小孩子一樣，柯西麥希很快就知道什麼是塔利班。有一次，柯西麥希和一個朋友在樓梯上被一個塔利班打了。他們和他的兒子一起玩耍，小男孩自己不小心摔了下去，傷得很重，他的塔利班父親抓住他們兩個，狠狠地用棍子打他們。從此以後他們不再和那個小男孩玩耍。塔利班是那些永遠不准她和米克羅拉揚的男孩子一起上學的人，是那些禁止唱歌、拍手乃至跳舞的人，是那些禁止她在戶外玩玩具的人。洋娃娃和絨毛玩偶被禁止，因為它們模擬了有生命的活物。宗教警察搜查人們的房間，砸爛電視機、錄音機，還查扣小孩子的玩具——只要被他們發現。當著嚇壞的孩子們面前，他們扯斷娃娃的手臂或頭，或者扔在地上用腳踩得稀爛。

當費羅莎告訴柯西麥希，塔利班已經逃跑的時候，她所做的第一件事就是拿著她最喜歡的娃娃，帶它到外頭見識世界。塔吉米爾剪掉了鬍鬚，費羅莎翻出布滿灰塵的錄音機，開始合著音樂的節拍扭來扭去。「現在我們要把五年的損失彌補回來。」

費羅莎再也沒有更多的小孩要照顧了。就在她領養了柯西麥希後不久，內戰爆發了，她和蘇爾坦一家逃到了巴基斯坦。當她結束流亡狀態返回阿富汗以後，已經到了為塔吉米爾找一個妻子，而不是到醫院去領養棄嬰的時間了。

就像塔吉米爾生活中的其他所有事情一樣，找太太也是母親說了算。塔吉米爾曾經和一個他在巴基斯坦上英文課時遇到的女孩談戀愛，雖然他們從沒牽過手或是親過嘴，但仍算是小情侶。他們很少單獨相處，都靠著互相寫紙條和情書。塔吉米爾從不敢對費羅莎提到這個女孩，但是他夢想著有朝一日能娶她。她是戰鬥英雄馬蘇德的親戚，塔吉米爾知道他母親也許會擔心惹來麻煩，但是不管他的目標是誰，塔吉米爾都不敢把他的滿腹心事向母親傾訴。他從小就被教育成不會要求任何東西，他從不和費羅莎談他的感受，他覺得尊重母親的意見有百利而無一害。

「我已經為你找到了一個可以做妻子的女孩。」費羅莎有一天說。

「噢。」塔吉米爾說，他的喉嚨繃緊，但是一句表示意見的話都沒有冒出來。他明白他得寫一封信給他希望渺茫的心上人，告訴她一切都結束了。

「她是誰？」他問。

「她是你的二表妹卡迪雅，你還是在很小的時候見過她。她人聰明，又勤快，家境也不錯。」

塔吉米爾只是點點頭。兩個月以後，他在訂婚儀式上與卡迪雅第一次相見。整場訂婚期間他們坐在彼此的身邊，但一句話也沒說。我可以愛上她，他想。

卡迪雅看起來像是一個二〇年代的巴黎爵士歌手。她烏黑的頭髮呈波浪狀披在肩上，白皙的皮膚施了粉，眼睛畫著深黑的眼影，嘴唇抹著紅紅的口紅，她的臉頰很窄，雙唇很寬，她也許一輩子都會擺出一副照藝術照的姿勢。不過按照阿富汗的審美標準來看，她不算非常漂亮，她太瘦了，也太高了，理想的阿富汗女人應該是圓潤的：圓圓的臉龐，圓圓的臀部，圓圓的肚子。

「現在我很愛她。」塔吉米爾說。快要抵達加德茲時，他向美國記者鮑伯講完了自己一生的故事。

「哇，」他說，「好精采的故事！那麼你現在真的愛你老婆嗎？另外那個女孩怎麼樣了呢？」

塔吉米爾一點也沒有另外那個女孩的音信，他甚至連想都沒想過她。他現在生活在自己的小家庭裡，一年以前他和卡迪雅有了一個女孩。

「生了一個女兒可把卡迪雅嚇壞了。」塔吉米爾告訴鮑伯，「她總是害怕什麼事情，這一次是生一個女兒。我告訴她和所有別的人說我想要個女兒，最重要的是我想要個女兒，因此如果我們真的有了個女兒，沒人會說『多令人傷心哪』之類的話，因為這畢竟是我所希望的；而如果我們有了一個男孩，那就更不會有誰說三道四了，因為那時所有的人無論如何都會滿意的。」

「嗯哼。」鮑伯道，努力想弄清所有這一切中的邏輯。

「現在卡迪雅又擔心她不能再懷孕了，因為我們試了很多次，結果還是什麼也沒有。因此我不斷告訴她說一個孩子足夠了，一個孩子滿好的，在西方國家許多人只要一個孩子。因此如果我們不再生，每一個人都會說我們不想多要了；而如果我們有了更多的孩子，所有的人無論如何都會滿意的。」

「嗯哼。」

他們在加德茲停了車，以每包十美分的價錢買了一條「hi-lite」牌香煙，還買了一公斤黃瓜、二十個煮雞蛋和一些麵包。他們正削著黃瓜、剝著雞蛋殼的時候，鮑伯突然大喊一聲：「停車！」

靠近路邊的地方有大約三十個人圍坐在一起，卡拉什尼科夫衝鋒槍放在他們跟前的地上，子彈帶斜揹在他們的胸前。

「他們是帕薩・汗（Padsha Khan）的人，」鮑伯嚷道，「快停車。」

鮑伯拽著塔吉米爾朝那些人走去，帕薩・汗坐在那群人當中：他是東部省份最大的軍閥，卡爾札伊最強有力的競爭對手之一。

塔利班逃跑以後，帕薩・汗被任命為派克蒂亞省省長，那裡是阿富汗最桀驁不馴的地區之一，仍然支援著基地組織網絡，做為此區的省長，帕薩・汗成了美國情報機構至關重要的人。他們一拍即合，決定彼此合作，相互倚重。美國情報機構需要當地配合的人，而一個軍閥既說不上更好，也說不上更壞。帕薩・汗的任務是摸清塔利班和基地組織士兵的行蹤，然後把他收集到的情報報告給美國人。他們為他配備了衛星定位電話，他經常使用，不斷給美國人打電話，告訴他們基地組織在該地區的活動情況，而美國人則使用火力攻擊——朝著這個或那個村莊、瞄準要前往參加卡爾札伊就職典禮的部族首領、對準一些婚禮宴會男人聚集的場所、或者向美國人自己的支持者發動攻擊。這些人和賓拉登沒有任何關聯，他們只有一個共同點——他們是帕薩・汗的敵人。當地部族反對這個濫殺無辜的省長，在報復他們的過程中，他甚至可以任意操縱美軍動用B-52轟炸機和F-16戰鬥機，他肆無忌憚到如此地步，以致除了撤他的職，卡爾札伊別無他法。

為了恢復自己失去的權力，帕薩・汗接著挑起了他自己的小規模戰爭，他將火箭炮運到敵人所在的村莊，衝突在不同派別之間爆發了，幾個無辜的人死於這場衝突。但是到最後，他還是不得不暫時放棄。鮑伯已經找了他好久，沒想到此刻他就在眼前！他就在那裡，坐在沙地上，周圍圍著一群大鬍子男人。

看到他們，帕薩・汗站起身來，他冷冰冰地向鮑伯問了聲好，卻熱情地擁抱了塔吉米爾，並把他推到他身邊坐下。「我的朋友，你們怎麼樣？你們還好嗎？」

在美國針對賓拉登發動的「巨蟒行動」主要攻勢期間，他們曾經在警察局見過面，塔吉米爾擔任口譯，就只是這樣而已。

以前帕薩・汗和他三個弟弟一起統治這個地區時，他們把這裡當成是自己的後院。僅僅在六個星期前，他讓火箭彈如雨點般傾瀉到加德茲，現在又輪到霍斯特了。新省長已經被任命，他是一名社會學家，最近十年生活在澳大利亞，由於害怕帕薩・汗及其手下，他不得不轉入地下。

「我的手下已經做好準備，」帕薩・汗告訴塔吉米爾，再由他翻譯給鮑伯，鮑伯趕緊記在本子上，「我們剛才還在討論下一步該做什麼，」他看著手下的人繼續說，「我們是現在就收拾他呢，還是再等等？」帕薩・汗繼續道，「你們要去霍斯特嗎？那你們一定要轉告我弟弟，要他快趕快把新省長解決掉，告訴他叫卡爾札伊他媽的快滾蛋。」

帕薩・汗用手比了比驅趕的動作，他手下的人看看他，然後又看看塔吉米爾，然後又看看金髮的鮑伯，鮑伯正將他們所說的一切飛快地記錄在筆記本上。

「聽著……」帕薩・汗說，他是美國人像鷹一樣盯著的三個省份的主宰，對此他深信不疑。軍閥拿塔吉米爾的腿說明他的意思，他在塔吉米爾的腿上畫了一幅地圖，標出了道路和分界線，他每說一句話，就在塔吉米爾的腿上拍一下，叫他翻譯。一隻他所見過最大的螞蟻正在他腳上爬。

「卡爾札伊威脅說他下週要派一支軍隊來，對此你將如何應對？」鮑伯問。

「什麼軍隊？卡爾札伊沒有任何軍隊，他只有幾百名由英國訓練的保鏢。在我的勢力範圍內，誰也無法打倒我！」帕薩・汗看著手下的人說。他們穿著磨損的涼鞋和破爛衣服，身上唯一閃閃發亮的地方是他們的武器，一些手柄上裝飾有彩色的珍珠，其他的手柄則有刺繡鑲邊，有幾個年輕人還在他們的卡拉什尼科夫衝鋒槍上貼了貼紙，一張粉紅色貼紙印著「吻我」的字樣。

在這些人當中，有不少人不到一年前還站在塔利班一邊。「沒人可以主宰我們，他們只能花錢雇我們。」阿富汗人這樣形容他們自己。他們在戰爭中神奇地從一方投靠到另一方，今天他們屬於帕薩・汗，明天美國人也許雇傭他們。他們現在最重要的事情就是反對任何被帕薩・汗視為敵人的人，至於美國人搜尋基地組織的事，那就只好等等再說了。

「他瘋了。」回到車上後，塔吉米爾說，「就是他這種人，要為阿富汗的連年戰亂負責。對於他來說，權力比和平更為重要。他是個瘋子，為了掌控權利，根本不在乎危害成千上萬人的性命。我無法想像為什麼美國人要和這樣一個人合作。」他說。

「如果他們只和那些手上清白的人合作，在這個省份裡他們找不到多少人。」鮑伯說，「他們別無選擇。」

「但這些人根本不再替美國人搜尋塔利班，現在他們拿著武器互打。」塔吉米爾駁斥道。

「嗯哼。」鮑伯咕噥道，「但我想應該不是很認真地在互相攻擊。」他對著自己而非塔吉米爾說。

關於這一次的旅程，究竟怎麼樣才算是任務成功，塔吉米爾和鮑伯的看法南轅北轍。鮑伯希望有動作，而且越多越好；塔吉米爾想回家，而且越快越好。再過幾天就是他和卡迪雅結婚兩週年紀念日，這是他急於回家的原因，他想帶一個漂亮的禮物，給她一個驚喜。鮑伯則醉心於體驗驚心動魄的感覺，就像幾星期前那樣，他和塔吉米爾差一點被一顆手榴彈炸死，手榴彈沒有炸到他們，但他們後面的一輛車卻未能倖免於難。前往加德茲的路上，他們被當成了敵人而不得不躲避在黑暗中，子彈從他們身邊呼嘯而過。儘管鮑伯也嚇得要命，但是這些危險讓他覺得他正在做重要的工作，相反地塔吉米爾則咒罵自己怎麼不早換工作。這趟旅程他唯一的收穫是多了一筆危險私房錢，因為費羅莎對此一無所知，他可以把這筆錢留給自己。

對塔吉米爾和大多數喀布爾居民來說，他們對這一地區的阿富汗人缺少認同感。這一地區被視為野蠻和暴力地帶，居住在這裡的人們不願意服從中央政府，帕薩・汗和他的兄弟控制了整個地區，弱肉強食從來就是這裡的生存法則。

他們穿越不毛的沙漠地帶，不時可以看到牧民和駱駝緩慢而高傲地行進在沙丘間。少數的一些地區，牧民們搭建了沙石色的大帳篷，穿著隨風飄揚的彩色裙子的女人走動在帳篷之間。「庫奇（Kuchi）」族的女人是阿富汗最自由的，只要她們不在城鎮裡，即使是塔利班也無法強迫她們穿布卡。但是那些遊牧部族在過去的歲月中也蒙受了巨大的苦難，由於頻繁的戰爭和遍地的地雷，他們不得不改變幾百年來的行走路線，現在他們的活動範圍受到了極大的限制。近幾年的乾旱導致他們的山羊、駱駝等牲畜大量死亡。

四周的景色越來越荒涼，地勢較低的沙漠，地勢較高的山脈，都呈不同程度的棕褐色。在山腰間星星點點地點綴著一些小黑點，那是緊靠在一起的綿羊在山邊尋找著牧草。

他們離霍斯特已經不遠了，塔吉米爾討厭這個城市，塔利班的領導人毛拉・奧馬爾在這裡找到了最忠實的支持者。霍斯特及其周圍地區沒有注意到國家已經被塔利班所統治，對他們來說生活沒有任何改變。女人們從不外出工作，女孩從不上學，從她們有記憶開始就一直穿著布卡，這並不是當局的指令，而是父母的要求。

霍斯特是一個沒有女人的城市，至少在表面上是如此。塔利班垮臺後的第一個春天，當喀布爾的婦女已經開始扔掉布卡，偶爾甚至會光顧餐廳的時候，在霍斯特卻很少見到女人，即使是藏在布卡後面的女人也很少見。她們的生活封閉在後院裡，她們從不出門，哪怕是逛商店或探親訪友。男女完全隔絕的深閨制度，是人們奉行的律令。

塔吉米爾和鮑伯去找帕薩・汗的弟弟卡馬爾・汗，他佔據了省府所在地，而新任命的省長則寄居在警察局下面的一間屋子裡。省府花園裡擠滿了忠於帕薩・汗兄弟的士兵，從瘦小的男孩到頭髮花白的老人，各個年齡都有，他們坐著、躺著或是四處走動著。在緊繃的氣氛中略顯疲態。

「卡馬爾・汗？」塔吉米爾問。

兩個士兵領他們去覲見司令官，他被一群人圍護著。他同意接見，於是他們坐了下來，一個小男孩端上了茶。

「我們做好了戰鬥準備，冒牌的新省長一天不離開，我哥哥一天不復職，和平就無從談起。」

這個年輕人說道。周圍的人點點頭，其中有一個人點得尤其起勁，他是地位僅次於卡馬爾・汗的指揮官，他盤腿坐在地上，一邊喝茶一邊聽著。他不斷地和另一個士兵調情，他們緊緊依偎在一起，交纏的手指放在其中一人的大腿上。許多士兵都向塔吉米爾和鮑伯投來異樣的目光。

在阿富汗部分地區，尤其是東南部地區，同性戀非常普遍地被接受。許多指揮官都有年輕的同性情人，經常可以看到老頭後面跟著好多個年輕男孩，這些男孩頭髮上、耳朵後或鈕扣孔上插著花，這種行為方式可以從盛行於南部和東部地區的嚴格深閨制度中找到原因。經常可以看見一些裝腔作勢、扭扭捏捏的男孩子，他們畫著粗粗的眼線，舉手投足都讓人想起西方的變性人，他們搔首弄姿，扭動臀部和肩膀賣弄風情。

指揮官們並非單純是同性戀，他們也有妻室和一大群孩子，但是他們生活在男人中，很少有機會回家。在這些年輕男孩中經常上演爭風吃醋的戲碼，一個男孩同時喜歡兩個男人，由此而引發的嫉妒和衝突不斷。有一次為了爭奪一個年輕的情人，兩個指揮官之間發動了一場坦克戰，結果是數十個人在這次衝突中死亡。

卡馬爾・汗是一個二十來歲的帥氣青年，自信滿滿地認為統治這個省份是他們家族與生俱來的權利。

「人民站在我們一邊，我們將戰鬥至最後一人。並不是我們迷戀於權杖，」卡馬爾・汗解釋說，「是人民，是人民需要我們，他們值得我們為他們振臂一呼，我們只是順應民心。」

在他身後，兩隻長腿蜘蛛正往牆上爬。卡馬爾・汗從腰帶裡取出一個小包，裡面有幾片藥片，他把它們吞了下去。「我身體不太好。」他說，流露出渴望同情的眼神。

這些是與卡爾札伊作對的人，是繼續按照軍閥規則實行統治的人，是拒絕效忠於喀布爾的人。對他們而言，就算失去了文明的生活，也沒什麼大不了，只有權力才有價值，而權力意味著兩件事情：榮譽——帕薩・汗家族繼續掌權；金錢——控制繁忙的商品走私路線，徵收合法進口貨物的關稅。

這本美國雜誌之所以對霍斯特地區的衝突特別感興趣，究其本質上來說並不是卡爾札伊威脅要對這裡的軍閥動用武力，因為正如帕薩・汗所說：「如果他派遣了軍隊，就有人會喪命，他就會受到譴責。」

不，美國雜誌真正感興趣的是這一地區的美國軍隊，一般人不可能接近的美國祕密特種部隊，他們潛伏在山區祕密搜尋基地組織。鮑伯的雜誌社希望他寫一篇獨家報導，題目為〈追獵基地組織〉。這名年輕的記者最希望的是找到奧薩馬・賓拉登，或者至少是毛拉・奧馬爾，並且跟蹤報導這次搜索的過程。美國人兩面下注，與當地衝突雙方都進行合作。美國人給雙方錢，還給他們武器、通信工具、智慧型設備，而雙方也分別為他們效命。他們與雙方都有很好的溝通，雙方以前都是塔利班的支持者。

帕薩兄弟最主要的敵人是霍斯特的警察局長穆斯塔法。穆斯塔法同卡爾札伊和美國人合作，在最近的一次交火中，穆斯塔法的一個部下殺了帕薩家族的四個人，他自己不得不在警察局躲了幾天。帕薩兄弟警告說，前四個離開警察局的人將被殺死。當他們的食物和水用光以後，他們同意協商，達成了一個延遲處罰的協議，穆斯塔法手下的四個人被宣判了死刑，死刑可以在任何時候執行。這個協議對他們沒什麼好處，畢竟血債要用血來償還，而在死刑執行之前，恐懼本身就是一種折磨。

卡馬爾·汗和他的弟弟瓦希爾·汗在美國記者面前，把穆斯塔法描繪為一個屠殺婦女和兒童的罪犯，必須加以處決。談話結束之後，塔吉米爾和鮑伯起身離開，後面兩個男孩把他們送到門口。那兩個男孩就像是南海島嶼上的漂亮女孩，波浪般的頭髮上佩戴著大黃花，腰間束著緊緊的腰帶，他們專注地凝視著塔吉米爾和鮑伯，在高挑金髮的鮑伯和強壯而有娃娃臉的塔吉米爾之間，他們不知道看哪一個好。

「小心穆斯塔法的人，」他們說，「你們不能相信他們。只要你一轉身，他們就會背叛你。天黑以後別出去，他們會搶劫你們！」

兩個旅行者直直朝敵對的一方走去，警察局距離被佔據的省府只有幾條街的距離，裡面擠滿了犯人。警察局是一個堡壘，牆有幾尺厚。穆斯塔法的人打開了重重的鐵門，他們進入一個庭院裡，那裡也有芳香的鮮花在向他們致意，但是這些鮮花生長在樹上和灌木叢中，而不是佩戴在男人的頭上。穆斯塔法的士兵很容易和帕薩兄弟手下的人區分開來。他們穿著深棕色制服，頭戴小方帽，穿著長筒靴。有許多人在臉上綁一條手帕遮住鼻子和嘴巴，眼睛上戴著墨鏡。看不清他們的臉孔使得他們看起來更加恐怖。

塔吉米爾和鮑伯被領著爬上窄窄的臺階，穿過陰森森的堡壘，穆斯塔法坐在建築物最裡面的一間房間裡。就像他的敵人卡馬爾·汗一樣，周圍有一幫帶著武器的人保護著他。武器是一樣的，鬍鬚是一樣的，表情是一樣的，牆上的麥加畫是一樣的，唯一的不同是桌子後面的椅子上而不是地上坐著警察局長，而且那裡沒有戴花的年輕男子，唯一的花是一束擺在警察局長桌上的塑膠水仙花，有螢光黃、紅、綠幾種顏色。花瓶旁邊擺放著一本綠皮的《古蘭經》，還有一面小小的有基座的阿富汗國旗。

「卡爾札伊站在我們一邊，我們將努力奮鬥。」穆斯塔法說，「帕薩兄弟禍害這個地區已經很久了，現在我們必須終止這種不文明的行為！」他周圍的人點頭表示同意。

塔吉米爾不停地翻譯，同樣的威脅，同樣的辭彙，為什麼穆斯塔法比帕薩·汗好，穆斯塔法怎樣帶來和平，他強調著阿富汗之所以從來沒有真正和平的原因。

穆斯塔法多次加入美國人的搜索行動，他回憶起他們怎樣監視一間房屋，他們確信賓拉登和毛拉·奧馬爾就在裡面，可惜他們始終沒有任何發現。美國的偵察工作還在繼續，他們周圍的人都遮遮掩掩的，塔吉米爾和鮑伯無法得知更多的資訊。鮑伯問是否可以和他們一起待一晚上，穆斯塔法笑道：「不行，這是最高機密，美國人希望如此。你再怎麼請求都是沒用的，年輕人。」他說。

「天黑後別出門，」他們離開時，穆斯塔法嚴肅地命令他們，「帕薩・汗的人會把你們抓起來。」

在相繼被雙方警告之後，他們去了一家烤肉串店，房間很大，窗簾一直垂到長椅，塔吉米爾點了些肉飯和烤肉串，鮑伯要了些煮雞蛋和麵包，他害怕肉食裡面有寄生蟲和病菌。他們匆匆填飽肚子，在天黑前快步趕回旅館。在這個城市什麼都有可能發生，一個人還是小心謹慎為佳。

霍斯特城唯一一家旅館門前重重的鐵柵門打開了，在他們進去之後又鎖上。他們朝外向這個城市望去，這個城市的商店關著，警察蒙著臉，而老百姓同情基地組織。一個過路人哪怕是對鮑伯皺著眉頭看一眼，都會令塔吉米爾感到不對勁，在這個地區對美國人有高額懸賞，任何人只要殺死一個美國人，都可以得到五萬美元的報酬。

他們上到屋頂上搭設鮑伯的衛星電話，一架直升機從他們頭頂上飛過，鮑伯猜想不知它會飛往何方。十幾個旅館的士兵聚集到他們的周圍，他們好奇地看著鮑伯對著無線手機講話。

「他在跟美國人講話嗎？」一個頭纏頭巾、身穿長套衫、腳蹬拖鞋的瘦高個兒問。他看起來是個頭兒，塔吉米爾點點頭。士兵們繼續看著鮑伯，塔吉米爾簡短地同他們交談了幾句，他們只對手機以及它怎樣操作感興趣，因為以前幾乎沒見過電話。其中一個人大聲哀嘆道：「你知道我們的問題出在哪兒嗎？我們對武器裝備瞭若指掌，可是卻不會使用電話。」

和美國人通過話以後，鮑伯和塔吉米爾往下走，士兵們跟在後面。

「這些人會不會等我們一轉身就殺死我們？」鮑伯悄聲問。

士兵們每個人都揹著一支卡拉什尼科夫衝鋒槍，有些人還在他們的槍上上了長長的刺刀。鮑伯和塔吉米爾坐在大廳的沙發裡，他們的頭上掛著一幅詭異的畫，這是一張裱框的紐約市海報，世貿雙塔依然矗立在那裡，但是其背景卻不是紐約的真實景象，高高的建築物後面是高聳入雲的山峰，前景是一個大大的綠色公園，上面貼了些紅色的花。在巨大的山脈下面，紐約就像是一個由小木屋組成的小城鎮。

這幅畫看上去已經在那裡掛了很多年，畫面有些褪色，而且皺巴巴的。在它掛上去很久以後，人們才開始意識到這幅畫原來和阿富汗以及塵土飛揚的霍斯特城是有關聯的，那是一種古怪的關聯，結果是給這個國家送來了他們並不需要的東西：更多的轟炸。

「你們知道這座城市是哪裡嗎？」鮑伯問。

士兵們搖搖頭，除了一兩層樓的土屋，他們幾乎沒見過別的東西，要想明白這是一個真實的城市，對他們來說一定是件很困難的事。

「這就是紐約。」鮑伯說，「美國。那兩座建築就是賓拉登的人用飛機撞擊的高樓。」

士兵們一躍而起，他們聽說過那兩棟建築，他們指了指，摸了摸，原來它們長這個樣子！想想看，他們每天都從這幅畫前經過，居然從來不知道！

鮑伯隨身帶了一份他們的雜誌，上面刊登著一張全美國人都認識的照片，他拿出來給他們看。

「你們知道他是誰嗎？」他問。他們搖搖頭。

「這就是奧薩馬‧賓拉登。」

士兵們睜大眼睛，從他手裡一把搶過雜誌，他們圍攏在一起，每個人都想看看。

「他長這個樣子嗎？」

這個人和這本雜誌讓他們亢奮不已。

「恐怖份子。」他們指著畫大笑不止。霍斯特城沒有報紙或雜誌，他們以前從未見過奧薩馬‧賓拉登的像——為了這個人，鮑伯和塔吉米爾此刻才會出現在霍斯特。

士兵們坐下來，拿出一大塊大麻，他們遞給鮑伯和塔吉米爾一小塊，塔吉米爾嗅了嗅後謝絕了。「味道太重了。」他笑著說。

兩個旅行者上床了，機關槍響了整整一個晚上。第二天起來，他們想知道是怎麼回事，接下來又將發生什麼。

他們皺著眉頭徘徊在霍斯特的街上，沒有人邀請他們參與重大的行動，或是搜尋藏匿在洞穴中的賓拉登。他們每天都去拜訪狡黠的對手穆斯塔法和卡馬爾‧汗，打探有什麼新消息。

「你得等到卡馬爾・汗身體好些再來。」從被佔據的省府傳出這樣的資訊。

「今天沒消息。」警察局迴響著這樣的聲音。

帕薩・汗早已消失得無影無蹤，穆斯塔法呆若木雞地坐在螢光花後面。美國特種部隊不知去向。什麼也沒發生，除了每天晚上機關槍響個不停，直升機盤旋在上空。置身於世界上最無法無天的一個地區，他們卻感到很無聊，最後鮑伯決定回喀布爾，塔吉米爾暗地裡非常高興：離開霍斯特，回到米克羅拉揚，他要為結婚週年買一個大蛋糕。

他高高興興地回到他自己的「奧薩馬」身邊，那個矮矮胖胖、眼睛近視的母親，那個他愛她超過愛世界上所有一切的母親身邊。

19 破碎的心

幾天來蕾拉接連不斷地收到信，這些信把她嚇得動彈不得，令她的心臟砰砰跳，害她的腦子裡什麼事都記不住。看完這些信後，她把它們撕成碎片扔進了火爐裡。

這些信使她開始作白日夢，開始對截然不同的另一種生活產生遐想。這些潦草的字跡讓她胡思亂想，給她的生活帶來激動和興奮。這些對蕾拉來說都是全新的，突然間，她發現自己的腦海裡存在一個她以前從未知曉的世界。

「我想飛走！我想逃走！」一天早晨，她在清掃地板時大喊，「出去！」她揮舞著掃帚在房間裡叫道。

「你說什麼？」桑雅從地板上仰起頭問，剛才她正盯著地面，用手指撫摸著地毯的花紋。

「沒什麼。」蕾拉回答，她再也受不了了，這間房子就是一個監獄，「為什麼每件事都這麼煩人？」她咕噥道。她通常很討厭外出，但是她覺得無法繼續在屋子裡待下去了，她出門去了市場，十五分鐘後她帶著一袋洋蔥回來，與此同時也招來家人的猜疑。

「你出去只是買洋蔥嗎？我們並不真正需要什麼東西，你是不是迫不及待想去市場上拋頭露面？」沙里法正好心情很差，「下一次你應該叫個小男孩去。」

買東西其實是男人和老年婦女的事，停下腳步和店主或市場裡的男人討價還價，對年輕女子來說是不適宜的。所有的商店和貨攤都是屬於男人的，塔利班時期當局禁止婦女單獨上市場，現在鬱鬱不樂的沙里法也禁止她這樣做。

蕾拉沒做聲，好像她真的喜歡跟一個賣洋蔥的攤販聊天似的！她把洋蔥全部用上，無非是為了向沙里法證明他們的的確確需要洋蔥。

男孩們回家時她正在廚房裡，她聽見身後響起艾默的聲音，頓時渾身直打哆嗦，心砰砰直跳。她吩咐過艾默別再帶信了，但是他還是塞給她一封信和一個包裹。她把這兩樣東西藏在衣服下面，直奔她存放首飾盒的地方，並將它們全都鎖進裡面。趁別人吃飯時，她溜進了存放首飾盒的房間，雙手顫抖著打開盒子，展開那封信。

親愛的蕾，你必須現在就回答我，我的心為你而燃燒，你是如此美麗，你願意將我的悲傷全部消除，還是要我永遠生活在黑暗中？我的小命掌握在你的手中。求求你，給我一個信物，我想和你見面，回答我，我想與你共度人生。愛你的卡。

包裹裡面有一支錶，藍色玻璃的錶面和銀色的錶帶，她把它戴在手上，然後又迅速摘下來。她永遠不可能佩戴它，如果別人問起錶是誰給她的，她該怎麼回答？她的臉羞紅了。如果她的哥哥們或是她的母親知道這件事，那該怎麼辦？多可怕、多討厭、多丟人，蘇爾坦和尤努斯都會斥責她。接收這些信件，已經讓她犯下不道德罪過。

「你和我的想法一樣嗎？」他曾經問她。事實上她沒有任何想法，她非常絕望，一個新的現實壓迫著她，有生以來第一次有人要求她給一個答案。他要知道她的想法，她的感覺，但是她沒什麼感覺，她也不習慣於有什麼感覺。她囑咐自己不要有什麼感覺，因為她知道她必須如此。有感覺是不體面的，她一直就是這樣被教育的。

卡里姆有感覺，他曾見過她一次，那是她和桑雅給飯店的男孩們送飯的時候。卡里姆迅速地看了她一眼，她身上有某種特別的東西，讓他意識到她就是他等待的人：圓潤白皙的臉，美麗的皮膚，動人的眼睛。

卡里姆獨自一個人住在飯店裡，他為一家日本電視機公司工作。他孤身一人，內戰期間一顆榴彈落在他們家庭院裡，他母親被炸死，他父親很快娶了一個新太太，他和她合不來，她也不喜歡他。她不關心第一任太太留下的孩子們，經常趁父親外出時打他們。卡里姆從不抱怨，是父親而不是他們選擇了她。中學畢業後他在賈拉拉巴德父親的藥房裡工作，但是最後他無法再繼續與他的新家庭一起住下去，他的妹妹嫁給了喀布爾的一個男人，他就跟隨他們一起過來並和他們住在一起。他在大學裡零零星星地聽一些課。塔利班逃跑後，大批記者擠滿了喀布爾的旅館和飯店，憑藉他的英文水準他想謀求一個高薪的職位，非常幸運的是一家公司駐喀布爾辦事處聘用了他，並且給了他一份薪水不菲的長期合約，並替他在飯店裡租了一個房間。在那裡卡里姆認識了曼蘇爾和他家其他的人，他喜歡這家人，他們的書店，他們的知識，他們冷靜的頭腦。一個很好的家庭，他想。

當卡里姆看到蕾拉時，他一見鍾情，但是蕾拉不再來飯店，事實上去了一次以後，她就對那裡感到厭惡。對一個年輕女子來說不是個好地方，她心想。

卡里姆無法向任何人透露他的迷戀，曼蘇爾只會冷嘲熱諷，最壞的情形下可能毀掉一切，曼蘇爾什麼事都幹得出來，他對他姑姑尤其沒有好感。

只有艾默知道這件事，他對此守口如瓶。艾默是卡里姆的媒人。

如果他能更進一步接近艾默，卡里姆想，他就可以透過他了解這家人。他很幸運，一天曼蘇爾邀請他去家裡赴宴，卡里姆是曼蘇爾最敬重的朋友之一，把他介紹給家人是理所當然的。卡里姆在餐桌上盡力表現得中規中矩：他非常風趣，善於傾聽，對菜肴讚不絕口。尤其重要的是要討祖母的歡心，因為在蕾拉的事情上她有最後的發言權。可是他來這兒要見的人——蕾拉——卻一直未曾露面，她在廚房裡煮飯，沙里法或芭布拉端菜進來，家族以外的年輕人很少有機會見到家裡未婚的姑娘。等吃完飯喝過茶，大家準備上床時，他才幸運地瞥見她一眼。由於宵禁的緣故，來吃晚餐的客人經常會在家裡過夜，於是蕾拉把飯廳收拾完之後便去整理臥房。她攤開床墊，拿出墊子和毯子，為卡里姆另外鋪了一張床位。她唯一的念頭就是那個寫信的人在公寓裡。

他想她已經收拾妥當，準備在其他人上床前進屋去祈禱。但她還在那裡，彎著腰在墊子上，長長的頭髮梳成辮子，上面蓋著面紗，他跨進了門，既驚訝又激動，蕾拉沒注意到他。整個晚上他腦海裡都是蕾拉在墊子上彎著腰的一幕。第二天早上他沒見到她，儘管她為他準備了洗臉水，還有煎蛋和茶水，她甚至還在他睡覺時幫他擦了鞋。

第二天他派他妹妹去見蘇爾坦家的女人們。當一個人交到新朋友時，不僅是他，而且還有他的親戚也會介紹給朋友的家人，而他妹妹是他最親近的人。她知道卡里姆對蕾拉很癡迷，現在她想對這個家庭了解得更多一些。當她回來時，她告訴卡里姆一些他早已知道的事：「她很聰明，做起家務很能幹，她美麗健康，她的家人既安靜又體面。她是個很好的對象。」

「但是她有說什麼嗎?她看起來怎麼樣?她的表情如何?」卡里姆一而再、再而三地詢問著，甚至問到了有關蕾拉的最細微的問題。「她是個得體的姑娘，我已經告訴過你了。」她最後說道。

由於卡里姆沒有母親，他妹妹承擔起為他提親的任務，但是現在為時尚早，首先她得進一步了解這個家庭，因為他們之間沒有血緣關係，而沒有血緣關係就意味著第一次答覆必然是否定的。

卡里姆的妹妹來訪過後，家裡所有的人開始為這件事奚落起蕾拉來，每當這個時候，蕾拉就裝做沒注意。她假裝對此事毫不在意，儘管她內心在燃燒。一定不能讓他們知道寫信的事。她很生氣卡里姆把她置於危險之中，她用石頭把那支錶砸碎，然後扔得遠遠的。

她首先怕尤努斯會發現。在所有的家庭成員中，尤努斯是最嚴格地按伊斯蘭教教義生活的人，儘管他也並非完全做得到這一點。他也是她最疼愛的一個，她擔心一旦他知道她收了信，他就會往壞處想她。之前有一次，她憑著優秀的英文能力找到了一份兼職工作，然而他禁止她接受這個職位，因為他不能容許她在辦公室裡和別的男人一起工作。

蕾拉回憶起他們曾經談論過嘉米拉的事，沙里法告訴她那個年輕女子是被悶死的。

「她怎麼了？」尤努斯大聲說道，「你是指那個因為電扇短路而死的女孩嗎？」

尤努斯壓根兒不知道電扇短路是個謊言，不知道嘉米拉是因為一個情人晚上到她房間裡而被殺的。蕾拉講述了整個事情的經過。

「太可怕了，太可怕了。」他說。蕾拉點點頭。

「她怎麼能那樣？」他又說。

「她？」蕾拉驚呼。她誤會了他的表情，她以為他是因為嘉米拉被自己親哥哥殺害而震驚和憤怒，實際上他是為她和情人偷情而震驚和憤怒。

「她的丈夫既有錢又英俊，」他說，覺得這件事很不可思議，「太可恥了。而且還是跟一個巴基斯坦人。」他說，「我現在更確信我一定要娶一個年輕的女孩，年輕而乾淨，而且我一定把她看管得緊緊的。」他堅定地說。

「但是謀殺算怎麼回事呢？」蕾拉問。

「她犯罪在先。」

蕾拉也希望自己年輕而乾淨，她唯恐自己被發現，她看不出對自己的丈夫不忠和接受一個男孩的信之間有何區別。兩者都是被禁止的，都同樣地壞，一旦被發現都一樣丟人。既然她逐漸把卡里姆視為逃離這個家庭的救星，她非常擔心他提親後尤努斯不會支持她。

在她這一邊，現在還談不上墜入愛河。她幾乎沒見過他，只不過是在窗簾後面窺視過他，還有就是他和曼蘇爾一起來家裡時，從窗戶遠遠望見過他。從這微不足道的觀察來看，他還算不錯。

「他很年輕，」稍後一點，她對桑雅說，「他個子不高，身材瘦小，長著張娃娃臉。」

但是他受過教育，他看起來心地善良，而且他沒有家庭，因此他是她的救星，他可以讓她從不屬於她的生活中脫身。最理想的是他沒有一個大家庭，這樣她就沒有成為一個女傭的危險。他會讓她去上課，或是找個工作。他們可以組成一個兩口之家，他們可以外出，甚至去國外。

他並不是蕾拉唯一的追求者——她已經有三個，全都是親戚，她不想要的親戚。其中一個是她姑姑的兒子，他是個文盲，沒有工作，懶懶散散，無所事事。

第二個追求者是瓦基的兒子，一個呆頭呆腦的兒子。他也沒有工作，偶爾幫他父親開開車。「你真幸運，找了個三根指頭的男人。」曼蘇爾曾這樣嘲諷她。瓦基的兒子在一次修理發動機時被炸斷了兩根手指，他不是蕾拉想要的。她的姊姊夏琪拉竭力撮合他們，她很希望能有蕾拉在他們家的後院裡作伴，但是蕾拉知道自己將繼續做一個僕人，她將受制於她的姊姊，而且瓦基的兒子將不得不聽命於他的父親。

她將得要洗二十個人的衣物，而不是現在的十三個人，她想。夏琪拉依然是受人尊敬的一家之主婦，而她將繼續做一個女傭。不論何種情形下她都不能離開，她將和夏琪拉一樣被束縛在另一個家裡，小雞、母雞和小孩整天環繞在她的裙裾周圍。

第三個追求者是卡勒德。卡勒德是她的表兄——一個不錯的沉默的年輕人。從小和她一起長大，總體而言是令她喜歡的一個男孩。他很善良，有一雙熱情漂亮的眼睛，但是他的家庭——他有一個糟糕的家庭，一個近三十口人的大家庭。他的父親是個嚴肅的老頭，因為被控告和塔利班合作而入獄，剛剛被釋放。就像喀布爾絕大多數建築那樣，他們的房屋在內戰中被搜刮一空。當塔利班到來時，他們頒布法令，卡勒德的父親控告了他們村子裡的幾名聖戰者組織成員，他們被判刑並被關了很長時間，塔利班逃跑後，這些人在村子裡重新掌權，他們對卡勒德的父親進行報復，把他關進了監獄。「讓他學點教訓，」許多人說，「他笨到居然去告密。」

卡勒德的父親以他的桀驁不馴的個性著稱，還有，他有兩個太太，她們整天吵鬧不停，幾乎無法待在同一個房間裡，現在他又想娶第三個太太。「她們對我來說越來越老了，我必須找一個年輕一點的，以使我自己繼續保持年輕。」這位七十多歲的老頭這樣說過。蕾拉簡直難以想像加入到這樣一個亂糟糟的家庭裡，卡勒德沒錢，他們無論如何不可能自立門戶。

但是現在命運慷慨地把卡里姆贈與了她，他的殷勤令她鼓舞，給了她希望，她不願意放棄去教育部註冊並成為一名教師的努力。很明顯家裡沒有一個男人願意幫助她，對此沙里法深表同情，答應和蕾拉一起去教育部。但是隨著時間一天天過去，她們一直沒有成行，因為她們無法預約。蕾拉十分沮喪，但是接下來的事情以一種奇妙的方式突然有了轉機。

卡里姆的妹妹告訴他關於蕾拉註冊教師方面遇到的問題，由於他認識教育部部長的助理，經過好幾個星期的努力，他安排蕾拉和新任教育部部長拉索•阿明見了一面。蕾拉的母親也准許她去，因為現在她有可能得到長久以來夢寐以求的教師工作。幸運的是蘇爾坦出國去了，甚至尤努斯也沒有橫加阻攔。一切都遂了她的心願，那天晚上她一直感謝真主，祈禱她和卡里姆及教育部部長的見面一切順利。

卡里姆九點鐘來接她，蕾拉試了她所有的衣服，結果都被不滿意地扔到一邊。她又先後試桑雅和沙里法的，然後又重新試自己的。家裡的男人都已出門，女人們舒適地坐在地板上，看著蕾拉穿著一款又一款的服飾走出來。

「太緊了！」

「太花俏了！」

「太閃亮了！」

「太透明了！」

「那件髒了！」

事情總有什麼不對勁之處，蕾拉的寥寥幾件衣服不是舊了就是破了，剩下來的要不就是厚重毛衣，或是鑲了金色飾品的上衣，她沒有普普通通的衣服，她為數不多的幾次買衣服大多都是為了參加婚禮或訂婚，而她總是挑選最耀眼的顏色。最後她選定了桑雅的一件白色短上衣和一條長長的黑裙子。實際上穿什麼不是很重要，因為她罩了一條長長的頭巾，從頭一直蓋到上半身臀部以下，不過她並沒有蓋住她的臉。蕾拉已經不穿布卡，她曾經暗自發誓，一旦國王回來，她將摘掉面紗，露出她的臉，那時阿富汗將成為一個現代國家。四月的一天早上，前國王查希爾在流亡國外三十年後重新踏上阿富汗的土地，就在這天她把她的布卡永久地掛了起來，並且告訴自己說她永遠不會再穿這種討厭的東西了。桑雅和沙里法也跟著換了裝。對沙里法來說並非難事，她成年時期大多數時間都沒有蒙著她的臉。桑雅的情形則有些麻煩，從生下來起她一直都穿著布卡，因此過了沒有多久她又重新把它穿上，最後是蘇爾坦明令禁止她再穿。「我不想要一個守舊的太太，你是一個自由主義者而不是基本教義份子的太太。」

在許多方面蘇爾坦是一個自由主義者，在伊朗的時候他曾為桑雅買過西式服飾，他經常稱布卡為一個鬱悶的牢籠，他對新政府中有女性部長感到很滿意。內心深處，他希望阿富汗成為一個現代國家，而且也熱情洋溢地談論婦女解放的問題，但是在家庭內部他依然保留著家長獨裁制，在管理家庭方面他只有一個榜樣：他自己的父親。

當卡里姆終於到來時，蕾拉正站在鏡子前戴頭巾，她的臉上閃爍著一種以前從未有過的光澤，沙里法走在她前面，蕾拉低著頭，心裡異常緊張。沙里法坐在前座，蕾拉坐在後座，她快速地向他問了聲好。一切進展得不錯，她依然有些激動，但緊張感稍微緩解了些，他似乎非常天真無邪，看上去很善良也很有趣。

卡里姆和沙里法隨意地聊這聊那：她的兒子、工作、天氣，她問起他的家庭、工作。沙里法也想重操她教師的職業，與蕾拉相比她的證書更完備，她只需重新註冊。蕾拉有好些不同顏色的證書，有些來自巴基斯坦的學校，有些來自她上的英語夜校班，她沒有接受過教師訓練，甚至沒有完成高中學業，好在沒有別的候選人──如果蕾拉不去授課，學校就沒有英語教師。

到了教育部，他們不得不在外面等了好幾個小時，才輪到和部長見面的時間。他們周圍有很多婦女，她們坐在角落裡、牆壁前，有的穿著布卡，有的沒穿。人們在很多櫃檯前排著長隊，表格被扔給他們，他們填好後又扔回去。有時他們挪動得不夠快，雇員們會罵人。他們朝櫃檯後面的人嚷嚷，櫃檯後面的人回過頭來又朝他們嚷嚷。這當中存在著某種權力的平衡：男人衝著男人吼，女人衝著女人叫。有些顯然是教育部雇用的人員，他們拿著成堆的卷宗跑來跑去，看上去就像在兜圈子，每個人講話都用喊的。

一個年老體衰的老太太四處走動著，她顯然走丟了，但是沒有人幫助她，筋疲力盡的她坐在一個角落裡睡著了。另一個老婦人在哭喊。

卡里姆充分利用等待的有利時機，有那麼一段時間，沙里法離開他們到一個排著長隊的櫃檯去諮詢一些事情，他甚至有了和蕾拉單獨相處的機會。

「你的答覆是什麼？」他問。

「你知道我不可能答覆你。」她說。

「不過你想要什麼呢？」

「你知道我不能有慾望。」

「但是你喜歡我嗎？」

「你知道我不可能回答這個。」

「我求婚時你會答應嗎？」

「你知道不是我來回答的。」

「你會和我再見面嗎？」

「我沒辦法。」

「你為什麼不能對我溫柔一點？你不喜歡我嗎？」

「我的家人決定我喜歡還是不喜歡你。」

他竟然膽敢問這樣的問題，蕾拉感到很惱怒。這事無論如何都得由蘇爾坦或是她母親做主，但是她當然喜歡他，她喜歡他是因為他是她的救星，但是她對他沒有感覺，她怎麼可能回答卡里姆的問題？

他們等了幾個小時，最後終於被召見了。部長坐在帷幕後面，他簡短地向他們問好，他接過蕾拉給他的文件，甚至連看都沒看一眼就在上面簽了字。他一共簽了七張紙，然後它們亂糟糟地被推到了一邊。

這就是阿富汗社會的運作方式，你要想讓人生有所改變，就必須認識什麼人：一種癱瘓的體制。沒有適當的人簽名或批准，你什麼事情也做不成。蕾拉見到了部長，其他人必須得到某個不那麼重要的人的簽名。但是由於部長們每天絕大多數時間都花在替那些走後門的人簽名，因此他們的簽名就變得越來越沒有價值。

蕾拉以為得到了部長的簽名，通往教師之路就輕而易舉了，但是她還得去不同的辦公室、櫃檯和小隔間辦理手續。整個過程都是沙里法不斷地說，而蕾拉只是低頭坐在一旁。當阿富汗迫切需要教師的時候，為什麼註冊當教師就這麼難？部長說在許多地方有學校、有課本，可就是沒有人上課。等蕾拉終於來到新教師接受口試的辦公室時，她的所有檔案幾經轉手後，已經被弄得皺巴巴的了。

這是一次口試，測試她是否適合做一個教師。在一間屋子裡，兩個男人和兩個女人坐在櫃檯後面，他們記錄下蕾拉的姓名、年齡、教育程度後，問題開始了。

「你知道伊斯蘭教的信條嗎？」

「真主是唯一的神，穆罕默德是祂的先知。」她急促地背誦道。

「一個穆斯林每天必須祈禱多少次？」

「五次。」

「不是六次嗎？」櫃檯後面的女人問道。蕾拉不容許自己被她的質疑而擊退。

「對你來說也許是的，但對我來說是五次。」

「那麼你祈禱幾次？」

「每天五次。」蕾拉撒謊道。

接著是數學問題，她答對了，然後是一個她從沒聽過的物理公式。

「你們不測試我的英語嗎？」

他們搖搖頭。「你想說什麼就說吧。」他們諷刺地笑道。他們沒有一個人會說英語，蕾拉感覺到他們並不想讓她或任何一個候選人得到工作。考試結束了，在相互討論了好長一段時間之後，他們發現其中一張紙不見了。「等找到那份文件後你再來。」他們說。

在教育部待了整整八小時後，他們神情沮喪地回了家。在如此官僚的作風面前，即使是部長的簽名也不夠。

「我放棄了。也許我並不真想當老師。」蕾拉說。

「我會幫助你的。」卡里姆笑道，「既然我已經開始了，我就一定促成這件事。」他保證。

蕾拉的心似乎有點融化了。

第二天卡里姆去了賈拉拉巴德和他的家人商量，他向他們談起了蕾拉，她來自什麼樣的家庭以及他想向她求婚的想法。他們同意了，現在剩下的就是派遣他妹妹做媒。但事情拖延了下來，卡里姆唯恐被拒絕，而且他需要一大筆錢準備婚禮，置辦傢俱，找到合適的房子。另外，他和曼蘇爾的關係日趨冷淡。一連好幾天，曼蘇爾都不搭理他，每當他們相遇時，曼蘇爾只是生硬地點點頭和他打招呼。一天卡里姆問曼蘇爾他是不是做錯什麼事了。

「我必須告訴你有關蕾拉的事情。」曼蘇爾答道。

「什麼事？」卡里姆問。

「不行，我什麼也不能說。」曼蘇爾說，「對不起。」

「究竟怎麼回事？」卡里姆張著嘴站住沒動，「她生病了？她出了什麼事？」

「我不能說是什麼事，但是一旦你知道了，你就絕對不會再想娶她。」曼蘇爾說，「我現在得走了。」

卡里姆每天都纏著曼蘇爾問蕾拉究竟出了什麼事，曼蘇爾只是轉身離開。卡里姆的心情既憤怒又沮喪，他一再乞求曼蘇爾，但是他就是什麼也不說。

艾默把信件的事情告訴了曼蘇爾，事實上他並不介意卡里姆娶蕾拉，恰好相反，他覺得還不錯，但是瓦基也聽到了卡里姆求婚的風聲，他要曼蘇爾將卡里姆從蕾拉那裡趕走。曼蘇爾不得不照他姑丈的吩咐做，因為瓦基是親戚，卡里姆不是。

瓦基甚至威脅卡里姆。「我把她選配給我的兒子，」他說，「蕾拉屬於我們家，我太太希望她嫁給我的兒子。我也想這樣，而且蘇爾坦和她母親也會同意的。為你自己好，別插手。」

卡里姆沒法去和年長的瓦基理論，他唯一的機會就是蕾拉為了和他在一起而進行抗爭。但是蕾拉究竟出了什麼事？曼蘇爾說的是真的嗎？

卡里姆開始對整場追求產生了質疑。

與此同時，瓦基和夏琪拉拜訪了米克羅拉揚，蕾拉躲到廚房做飯去了。夫婦倆走了以後，比比・古兒說：「他們為賽伊德來向你求婚。」

蕾拉站在那裡，全身動彈不得。

「我說我本人沒意見，但是我要問問你。」比比・古兒說。

蕾拉總是順從母親的意願，現在她什麼也沒說。瓦基的兒子。和他在一起她的生活就和現在完全一樣，只不過家務多了些，人多了些，還有就是她將得到一個三個指頭的丈夫，一個從未翻開過一本書的文盲。

比比・古兒將一塊麵包蘸飽盤子裡的肉汁，然後放到嘴裡，接著又拿起夏琪拉盤子裡的一塊骨頭，當著女兒的面吸起骨髓來。

蕾拉感覺到她的生活、她的青春、她的希望正在離她而去——可是她拯救不了自己。她感覺到她的心沉重孤獨得就像一塊石頭，註定要被碾成碎片。

蕾拉轉過身，邁了三步來到門口，靜靜地合上門出去了，她的一顆破碎的心被拋棄在了身後，很快它就和窗口吹進來的灰塵混合在一起，然後飄落到地毯上。到了晚上，她將把它清掃起來，一起扔到後院裡去。

尾聲

幸福的家庭都是相似的，
不幸的家庭各有各的不幸。

——列夫・托爾斯泰《安娜・卡列尼娜》

在我離開喀布爾幾個星期後，這個家庭分裂了。一個口角演變成一場激烈衝突，蘇爾坦和他的兩個太太站在一方，蕾拉和比比・古兒站在另一方，雙方惡言相向，彼此互不相讓，以致到了很難再繼續生活在一起的地步。尤努斯在爭吵後回到家裡，蘇爾坦把他叫到一邊說，他、他的姊姊妹妹和母親理應對蘇爾坦表示尊重，因為他是長子，而且他們全靠他養活。

第二天天還沒亮，比比・古兒、尤努斯、蕾拉和芭布拉一起離開了公寓，他們唯一帶走的就是他們身上穿著的衣物，從此以後他們再也沒回來過。他們搬到了被蘇爾坦驅逐出門的另一個弟弟法里德家，和他懷孕九個月的妻子還有三個孩子住在一起。

「阿富汗的兄弟之間很難相處，」蘇爾坦在喀布爾打電話給我說，「是我們自己獨立生活的時候了。當他們住在我的房子裡時，他們應該尊重我，難道不是這樣嗎？」他問，「如果一個家庭都沒有規矩，我們怎麼可能組成一個遵紀守法而不是只有槍炮的社會呢？內戰剛剛結束，這是一個亂糟糟的社會，一個無法無天的社會。如果連家庭都不服從權威，我們怎麼可能期望一個秩序井然的社會的到來？」

蕾拉再也沒有卡里姆的消息。當卡里姆和曼蘇爾的關係日趨冷淡以後，他很難和這個家庭繼續保持聯繫，除此之外，他開始對自己真正需要什麼感到茫然。他得到了一份獎學金，要去埃及開羅阿茲哈爾大學研讀伊斯蘭教。

木匠被判了三年監禁，蘇爾坦是無情的：「社會對惡棍無賴絕不能手下留情。我敢肯定他偷了至少七千張明信片，他說什麼家裡窮沒飯吃全都是撒謊，我估算他一定攢了不少錢，但是他把錢藏起來了。」

蘇爾坦的巨額教科書合約最終沒有談成，牛津大學出版社成了最後的贏家，不過他對此並不很介意：「這會榨乾我的精力的，這筆訂單實在太大了。」

儘管如此，他書店的生意卻越來越興隆。他在伊朗談到了不少賺錢的合約，他還把書賣給西方大使館的圖書館，他正在洽談一項收購喀布爾一家廢棄電影院的案子，他準備將其改造成一個結合書店、演講廳、圖書館於一體的文化中心，這樣一來研究人員就可以有機會使用他收藏頗豐的藏書了。明年他打算送大兒子曼蘇爾去印度作一次商務考察。「他需要學習如何承擔責任，這可以塑造他的性格。」他說，「也許我也會把另外幾個孩子送去上學。」除此之外，他每星期五給三個兒子放一天假，讓他們做想做的事。

政局令蘇爾坦憂心忡忡。「太危險了，大國民議會賦予北方聯盟太多的權力，毫無平衡可言，卡爾札伊太軟弱無力了，他統治不了這個國家。最理想的是政府機構由歐洲任命的技術官僚組成，每當我們阿富汗準備任命領導人時，一切就會亂成一團，沒有合作人民必然遭殃。再說，我們的菁英份子還沒有回來，這期間留下的空白需要有人來填補。」

曼蘇爾不容許他母親沙里法回學校教書，「沒什麼好的。」這是他全部的理由。蘇爾坦並不介意她重新工作，但既然大兒子反對，事情也只好不了了之。蕾拉第二次註冊成為教師的努力也沒有任何結果。

芭布拉最後如願以償地嫁給了拉蘇。舉辦婚禮時，蘇爾坦留在了家裡，他也禁止太太和兒子們去參加。

瑪利安非常擔心生的是一個女兒，不過感謝阿拉，她生了一個兒子。

桑雅和沙里法是留在蘇爾坦公寓裡的最後兩個女人，當蘇爾坦和兒子們去工作的時候，房間裡只剩下她們倆，她們有時像母女，有時又像是對手。再過幾個月後，桑雅的孩子就要出世了，她祈求阿拉保佑她生個兒子，她央求我也為她祈禱。

「假如又是個女孩該怎麼辦呢？」

對蘇爾坦家來說，這恐怕又將是另一場小小的災難。

Passion 13

喀布爾的書商，和他的女人

The Bookseller of Kabul

作者：奧斯娜・塞厄斯塔Åsne Seierstad
譯者：陳邕
責任編輯：李佳姍
校對：李珮華
封面設計：張士勇工作室
法律顧問：全理法律事務所董安丹律師
出版者：英屬蓋曼群島商網路與書股份有限公司台灣分公司
台北市10550南京東路四段25號10樓之一
TEL：886-2-25467799 FAX：886-2-25452951
Email：help@netandbooks.com
http://www.netandbooks.com

發行：大塊文化出版股份有限公司
台北市10550南京東路四段25號11樓
TEL：886-2-87123898 FAX：886-2-87123897
讀者服務專線：0800-006689
Email：locus@locuspublishing.com
http://www.locuspublishing.com
郵撥帳號：18955675
戶名：大塊文化出版股份有限公司
總經銷：大和書報圖書股份有限公司
地址：台北縣新莊市五工五路2號
TEL：886-2-8990-2588 FAX：886-2-2290-1658
排版：天翼電腦排版印刷有限公司
製版：瑞豐實業股份有限公司
初版一刷：2007年7月
初版三刷：2007年7月
定價：新台幣280元
ISBN：978-986-6841-04-0

國家圖書館出版品預行編目資料

喀布爾的書商，和他的女人／奧斯娜・塞厄斯塔（Åsne Seierstad）著；陳邕譯. -- 初版. --
臺北市：網路與書出版：大塊文化發行，2007〔民96〕
面；　公分. --（Passion；13）
譯自：The bookseller of Kabul
ISBN 978-986-6841-04-0（平裝）

881.457　　96010716